Eine Detailkarte zu den Handlungsorten der Geschichte findest du hinten im Buch.

Carola Vahldiek

Der Auftrag der Verborgenen

Ein Troll ohne Frühstück

Carola Vahldiek

Der Auftrag der Verborgenen

Ein Troll ohne Frühstück

Mit Fotos von Carola Vahldiek
und Illustrationen von Kathrin Schwertner

verlag grasnelke

Dieses Buch wurde nachhaltig, umweltschonend und mit gesundheitlich unbedenklichen Substanzen gedruckt. Mehr Informationen dazu findest du auf Seite 354.

Für meine Eltern

Liebe Leserinnen und Leser,

seid ihr schon einmal über türkisblau und orangerot gescheckte Berge gewandert? Habt ihr schon mal am Rand eines übelriechenden, blubbernden Tümpels gestanden, in dem grauer Schlamm brodelt? Oder habt in einer Landschaft aus tausenden von Moos bedeckten Buckeln ausprobiert, wie gemütlich es sich auf dicken Moospolstern liegt? Willkommen in Island! In und von diesem merkwürdigen Land handelt die hier erzählte Geschichte.

Die farbigen Fotografien in diesem Buch zeigen Ausschnitte aus diesem fremdartigen Land. Sie haben zudem eine besondere Bewandtnis: In ihnen entdeckte Kathrin Schwertner, die Illustratorin dieser Geschichte, verborgene Naturwesen. Das war die Geburtsstunde dieses Buches. Denn die Wesen, die sie fand, sind die handelnden Charaktere dieser Geschichte. Die „Geister-Fotografien" wurden tatsächlich an den Orten aufgenommen, an denen die dort verborgenen Naturwesen in der Erzählung handeln.

Ich lade euch ein, diese Naturgeister selbst zu entdecken. Deswegen findet ihr meine Original-Fotografien im Buch. Wer sie betrachtet, sieht vielleicht schon selbst etwas „Geisterhaftes". Die Wesen, die wir entdeckt haben, zeigen sich euch auf den jeweils folgenden Seiten.

Viel Freude beim Lesen und Entdecken wünscht euch

Eure Carola Vahldiek

Der Eyjafjallajökull
oder:
Keine Angst vor Unaussprechlichem!

Im Jahr 2010 brach auf Island ein Vulkan mit dem unaussprechlichen Namen Eyjafjallajökull (gesprochen: Ey-ja-fjad-la-jö-küdl) aus. Seine Aschewolke legte für mehrere Tage fast den gesamten Flugverkehr über Nord- und Mitteleuropa lahm. Nachrichten-Sprecherinnen und -Sprecher bemühten sich angespannt, seinen Namen korrekt auszusprechen – fast immer vergeblich. Niemand aus Island nimmt das krumm.

Denn nicht nur das Land ist sehr besonders. Die isländische Sprache kennt einige im Deutschen unbekannte Buchstaben und viele für uns rätselhafte Buchstabenkombinationen.

Die Ortsnamen, die in diesem Buch genannt sind, scheinen daher erst einmal unaussprechlich. Das ist kein Grund zu verzweifeln oder das Buch zur Seite zu legen. Nimm es einfach mit Humor!

Diejenigen, die versuchen möchten, die isländischen Namen beim Lesen möglichst richtig „zu denken“ oder sie korrekt auszusprechen, finden im Anhang des Buches eine grobe Orientierung für eine (einigermaßen) korrekte Aussprache.

Im Land der Elfen und Trolle

Elfen und Trolle! So ein Blödsinn!“, fährt Finn seiner Schwester Pippa über den Mund. „Das ist doch bloß ein Touri-Gag!“

RUMMS! Der Geländewagen, in dem sie seit Stunden über eine einsame Piste irgendwo im isländischen Hochland rumpeln, holpert durch ein tiefes Schlagloch. Finn stöhnt laut.

„Von wegen Touri-Gag!“, zischt Pippa aufgebracht und wirft energisch ihren feuerroten Pferdeschwanz nach hinten. „Die Isländer lassen sogar Grundstücke frei, weil dort Elfenburgen sind! Tatsache! Auf dem Wappen sind die vier Schutzgeister Islands abgebildet! Sogar auf den Münzen sind sie drauf!" Herausfordernd hält sie Finn die Rückseite eines isländischen Geldstücks unter die Nase, auf dem ein Greifvogel, ein Stier, ein Riese und ein Drache zu sehen sind.

„In der wilden, bizarren Landschaft Islands kann man wirklich an so etwas glauben, finde ich", wirft ihre Mutter mit sanfter Stimme ein.

„Bei Nebel vielleicht ...", brummt Finn mit einem höchst verächtlichen Blick aus seinen hellblauen Augen.

RUMMS! Wieder rumpeln die Reifen durch ein tiefes Schlagloch. Finns Ellbogen knallt gegen die Verkleidung der Tür. „Au!", ruft er erbost.

„Das hast du jetzt davon. Du bist echt bescheuert." Pippa streckt Finn die Zunge heraus und dreht sich demonstrativ zum Fenster. Auf einem kahlen, dunkelgrauen Berg links der Piste ruht eine ebenmäßig runde Eishaube. „Als habe sie jemand mit einem Zirkel gezogen und dann mit einer Riesenschere aus dem grauen Himmel geschnitten", denkt Pippa.

Es beginnt zu tröpfeln. Finn fängt zum hundertsten Mal auf dieser Fahrt an zu quengeln: „Menno, wann sind wir endlich da?! Ich bin dermaßen durchgeschüttelt! Meine Ohren sind vom ständigen Rappeln und Klappern schon halb taub. Was ja noch einigermaßen gut ist, dann muss ich die da nicht immerzu hören." Er ruckt mit dem Kopf zu Pippa hinüber. „Und dann noch der ganze Staub überall!" Er schlägt mit der flachen Hand auf seinen Ärmel. Ein Staubwölkchen wirbelt auf, und er hustet gekünstelt.

„Lass das!", meckert Pippa ihn von oben herab an und wedelt den Staub mit der Hand weg, als wolle sie statt des Staubs viel lieber ihren Bruder verscheuchen.

„Durch alle Ritzen kriecht er rein! Sogar zwischen meinen Zähnen knirscht es schon“, mault Finn weiter. Er greift grummelnd nach der Wasserflasche und spült sich geräuschvoll den Mund. „Warum gibt es hier bloß keine richtige Straße!? Mit Asphalt! Guckt euch mal die Dreckfahne an, die wir hinter uns herziehen!“ Er deutet nach hinten. „Die ist fünfzig Meter lang, wenn nicht hundert!“, grollt er.

Wenn ihr Bruder eins gut kann, dann ist es nörgeln. Pippa verdreht die Augen und schaut wieder aus dem Fenster, auf dem jetzt Regentropfen und Staub ein Muster gebildet haben, das aussieht wie die Landkarte eines Phantasiereiches.

„Elfen, pah!“, setzt Finn nach.

KNALL! Ein Felsbrocken, der unvermittelt auf der Piste liegt, versetzt dem Auto einen heftigen Schlag.

„Mist aber auch!“, schimpft Pippas Vater. „Wenn da bloß nichts kaputtgegangen ist.“ Er bremst. „Ich schau lieber mal nach.“

„Kommt, wir vertreten uns ein bisschen die Beine“, schlägt Pippas Mutter betont munter vor und öffnet die Autotür. „Der Regen hat schon wieder aufgehört. Schaut mal, gerade bricht die Sonne durch und lässt das braune Land glänzen, als wäre es aus Gold.“

Pippa, Finn und ihre Mutter steigen aus und gehen über die graubraune, mit kleinen und größeren Steinen übersäte Ebene auf die hohe Eiskuppe zu. Der Boden unter ihren Füßen knirscht fast wie der Gartenweg aus weißem Kies zu Hause. Es riecht nach feuchten Steinen und nasser Erde. Mitten im grauen Geröll liegt ein schwerer Felsen wie eine gigantische, unförmige Murmel.

„Wie von einem Riesen hingeschleudert“, denkt Pippa. Trotz ihrer kuscheligen, roten Fleecejacke und dem dicken weißen Schal rinnt es ihr plötzlich kalt über den Nacken, als sie zu der Eiskuppe hochstarrt.

Neben der Riesenmurmel bleiben die drei wie auf Kommando stehen. Pippas Vater kommt mit langen, knirschenden Schritten hinter ihnen her.

„Das Auto ist in Ordnung", sagt er erleichtert, als er neben ihnen steht.

„Wie gut", seufzt Pippas Mutter.

Als sich alle vier jetzt schweigend umsehen, umschließt sie unvermittelt eine vollkommene Stille. Nichts ist zu hören: kein Brummen eines Autos, kein Dröhnen eines Flugzeugs, nicht einmal das leise Piepsen eines Vogels oder das Blöken eines Schafes. Einfach nichts. Gar nichts. Selbst der Wind macht kein Geräusch. Nur ganz leicht spürt Pippa seinen kühlen Hauch auf den Wangen.

„Bei uns zu Hause ist es nie so still", flüstert sie.

„Ich fühl mich, als wär ich mit den Ohren unter Wasser", mault Finn leise. „Nur, dass man da meist doch noch was hört. Hier hört man gar nichts."

Keiner sagt etwas.

„Ich finde es schön", flüstert Pippas Mutter dann.

„Unheimlich", wispert Pippa. Sie holt Luft, um noch etwas zu sagen, rückt dann aber nur ein Stück näher an ihre Mutter.

„Jedenfalls sehr ungewöhnlich", flüstert ihr Vater. „Ein bisschen beklemmend, hm?"

Plötzlich ist Pippa, als habe sie aus dem Augenwinkel eine dunkle Bewegung auf der weiß strahlenden Eiskuppe gesehen. Ist da ein Schatten? Ein Flüstern? Ist es nur der Wind, der über die Steine streift? Oder ...?

Da murmelt Finn kleinlaut: „Kommt, lasst uns lieber weiterfahren."

Während Pippa dicht neben ihrer Mutter zurück zum Auto geht, sieht sie sich immer wieder um. Finn ist vorgelaufen. „Nun kommt schon!", drängelt er, als sie am Auto ankommen. „Ich will diese Fahrt endlich hinter mir haben."

Eine geistreiche Versammlung

Sind sie endlich weg?" Wie ein Donnergrollen ertönt die Stimme eines bärtigen Riesen vom Gipfel der Eiskuppe, die majestätisch über die weite Landschaft ragt. Der gewaltige Greifvogel, der neben dem Riesen, einem mächtigen Stier und einem grüngeschuppten Drachen auf der höchsten Stelle der Kuppe thront, schnappt mit seinem messerscharfen, gelben Schnabel noch einmal drohend in Richtung des davonfahrenden Autos.

„Jepp!", antworten zwei Kobolde mit knirschenden Stimmen. „Die stören uns nicht mehr."

Die Kobolde setzen sich zu einer Gruppe gedrungener Erdgnome und finster dreinblickender Schwarzalben auf die kalte, verharschte Schneeschicht. Auf dem Berg mitten im isländischen Hochland, dem Hofsjökull, raunen, rascheln, zischen, murmeln, knarren, rauschen und wispern Zwerge, Wurzelgnome, Elfen, Wasser-, Luft- und Sturmgeister, Wichtel, Feuergeister, Bergmännchen, Bachschrate, Irrwische, Korngeister und so viele andere Naturwesen, dass die vier Großen auf dem Gipfel die Menge kaum überblicken können.

Der Riese räuspert sich. „Lasst uns mit der Beratung fortfahren. Die Waldschrate haben berichtet, dass fast alle Wälder gefällt sind. Die Luftgeister werden mit stickigen Ausdünstungen und Qualm vertrieben." Ein wütender Windstoß fegt über die Kuppe. Der Riese blickt tadelnd auf den graublauen Windburschen, der mit geblähten Backen über dem Hang schwebt. „Von den Felsgnomen und Erdgeistern haben wir gehört, dass die Menschen tiefe Wunden in Fels und Erde reißen und Dämme bauen, die lebendige Täler zu toten Seen machen", fährt der Riese fort. „Den Eisgnomen bleibt immer weniger Raum, weil es immer wärmer wird. Und den Geistern der lebendigen Flüsse und Bäche wird an vielen Stellen der Garaus gemacht. Was ist mit den Feuergeistern?"

Eine Vulkani springt auf wie ein in die Höhe prasselndes Feuer. Flammenzungen umlodern ihren dunklen Körper, und ihre brennenden Augen flackern. „Die Menschen trampeln in Massen durch unsere Feuer-Gefilde! Nicht mal der beißende Gestank der kochenden Schwefeltöpfe vertreibt sie noch!", faucht sie. „Sie bohren sogar unsere Wohnungen an!"

„Verdammt sollen sie sein!" Wütend schlägt der riesige Drache auf dem Gipfel mit seinen grünhäutigen Flügeln. Ein heißer, ledriger Geruch weht über die Feuerelfen vor ihm, die schrill aufkreischen. Der Himmel verdunkelt sich. Ein Felsriese, nur wenig kleiner als der Hüne auf der Kuppe, rumpelt wie ein Donnerschlag: „Weg mit den Menschen! Ins Meer mit ihnen, in Schluchten und reißende Ströme!"

„In Feuerstürme und kochende Schlote!", kreischen die Vulkani.

„Auf spitze Felsen! In siedende Schlammpfuhle!", schreien Schwarzalben, deren Gestalten in wilden, sich drehenden Dunkelheiten verschwimmen. Erdwichte, Wiesengeister und Kobolde rufen Verwünschungen. Die Wettergeister lassen einen wütenden Wolkenbruch auf die Versammelten niedergehen.

Mit Getöse schmettert der Riese auf dem Gipfel seinen schweren Eisenstab auf eine Felszinne. Sie zersplittert knirschend in tausend Teile. „RUUUUUUHE!", brüllt er so laut, dass alle verstummen. Die Flammen der Vulkani verlöschen, die Schwarzalben, der Felsriese und die Wettergeister stehen still. Langsam hellt sich der Himmel wieder auf.

„Sind wir uns also einig, dass wir die Menschen vertreiben?", ruft der Riese in die Menge.

„JAAAA!", hallt es ohrenbetäubend über die Kuppe.

„Nein", ertönt eine glockenhelle Stimme, als der Ruf verstummt ist. Eine schlanke Frau, die einer Menschenfrau zum Verwechseln ähnelt, steht in einem farbenprächtigen Gewand hoch aufgerichtet auf einem kleinen Hügel im Hang der Eiskuppe. Das Leuchten ihres Gesichts und das Licht in ihren Augen bekunden: sie ist eine der Huldren. Ein Hauch von Blumenduft umweht sie. „Island gehört weder den Geistern noch den Menschen. Das Land gehört allein sich selbst", sagt sie silberhell.

„Die Menschen zerstören das Land und unsere Wohnungen!", kreischt ein Kobold.

„Weg mit ihnen!", dröhnt ein baumgroßer, algenumrankter

Wassermann und stößt zornig seinen wuchtigen Dreizack in die Luft.

„Wir brennen sie nieder!“, lodert ein Feuerelf, aus dessen Brust beißender Rauch quillt. „Das ist die gerechte Strafe!“

„Ist es nicht.“ Ein männlicher Huldre mit einer Halskette aus blitzendweißen Kristallen und einem silbernen Umhang, der schimmert, als sei er aus fließendem Wasser gewebt, tritt neben die Huldrenfrau. „Zu Island gehören die Menschen genauso wie die Naturgeister. Hat nicht jeder von uns Geistern schon einmal die Natur nach seinen Wünschen verändert? Aus Steinbrocken ein Heim gebaut? Eine Höhle gegraben? Moos gezupft für ein Gewand? Wir haben kein Recht, die Menschen zu verjagen. Schon gar nicht, sie zu töten.“ Ein Sonnenstrahl bricht durch die Wolkendecke und lässt Eis und Schnee rund um die Huldren hell aufleuchten.

Ein Feuerelf flackert böse auf. „Aber wer reißt denn die Wunden?! Wer zerstört unsere Häuser?! Mir haben diese Menschen noch nie gefallen. Weg mit ihnen!“

Eine Lichtfee erhebt sich und wendet sich an den Feuerelf. „Und was ist mit den Wassergeistern, den Nymphen, Nereiden und Undinen? Bist du mit denen zufrieden?“

„Die soll das Feuer verdampfen!“, zischt der Feuerelf und sprüht mit zornig flackernden Augen gelbe und rote Funken.

Die versammelten Wassergeister springen wie eine Welle auf und schleudern Eis und Wasser in Richtung des Feuerelfs. Ein Schwall trifft sein loderndes Gesicht. Wutentbrannt will er sich auf eine Undine stürzen, aber die Lichtfee tritt zwischen sie und stoppt alle mit einer einzigen, anmutigen Geste. Sie wendet sich an eine Gruppe Baummänner in der Nähe. „Und wie stehen die Baummänner zu den Feuerkobolden, den Feuerelfen und den Vulkani?“

„Vulkani?! Weg mit den Vulkani!“, bellt der Größte. „Meine halbe Familie haben sie verbrannt! Sie ...“

„Halt“, unterbricht ihn die Lichtfee und hebt die Hand. Sie wendet sich an die Versammelten. „Wenn Rache und Vergeltung unsere Ziele sind, wird uns das nicht weiterbringen“, sagt sie. „Weder unter uns Naturgeistern noch gegenüber den Menschen.“

Ein Wasserdrache rollt mit seinen türkisfarbenen Augen und zischt: „Die Menschen sind unnütz und lästig wie eine Horde Wasserflöhe. Soll sie alle das Feuer holen!“

Die Huldre im farbenprächtigen Gewand erhebt noch einmal ihre helle Stimme: „Niemand sollte über das Leben anderer entscheiden, nicht einmal, wenn sie ihm selbst Böses getan haben.“ Leise hallen ihre Worte nach.

Ein winziger, grüngesichtiger Moosgeist springt auf und quiekt: „Es muss doch aber aufhören!“

„Der Zerstörung ein Ende zu machen“, ergreift der Riese auf der Hügelkuppe jetzt wieder das Wort, „bedeutet nicht, den Menschen ein Ende zu machen. Das würde die Zerstörung nur fortsetzen.“

„Einige Menschen haben begonnen, wieder Bäume zu pflanzen“, brummt der Stier neben ihm. „Sie versuchen, verwüstete Landstriche wieder grün werden zu lassen. Sie spüren, dass sie nicht weitermachen können wie bisher.“

„Aber die anderen machen trotzdem weiter!“, zetert eine Luftfee. „Wir können nicht einfach abwarten, bis sie von allein zur Vernunft kommen! Sollen wir warten, bis wir alle vertrieben und alles zerstört ist?!“

„Verjagt sie!“, braust ein Sturmgeist mit klirrendkalter Stimme.

Eine Nymphe in seiner Nähe sieht den Sturmgeist mit einem verführerischen Augenaufschlag an, fährt sich mit schlanker

Hand durch die langen, fließenden Goldhaare und flötet: „Hast du nicht verstanden? Sie gehören zu Island wie wir. Sie müssen nur zur Vernunft kommen."

Der Sturmgeist braust ihr eine eisige Windbö um die Ohren. „Wie willst du sie denn zur Vernunft bringen? Sie mit deinem Goldhaar umgarnen? Und sie alle ertränken?" Er lacht verächtlich auf. „Du kannst überhaupt nichts tun! Die Menschen sehen dich ja nicht mal!"

Ein braun gekleideter Erdgnom hebt einen langen, knotigen Zeigefinger. „Eure Worte enthalten guten Rat", wendet er sich an den Sturmgeist und die Nymphe. „Die Menschen ‚zur Vernunft zu bringen' scheint mir die einzige Möglichkeit. Aber die meisten von ihnen können uns nicht sehen, nehmen uns gar nicht wahr." Er blickt mit tiefliegenden, dunklen Augen in die Runde. „Vielleicht müssen wir die Menschen lehren, uns wahrzunehmen. Wahrscheinlich würden sie dann auf uns und unsere Wohnungen Rücksicht nehmen. Diejenigen Menschen, die unsere Anwesenheit bemerken, tun es doch heute schon. Wenn alle uns sehen oder spüren könnten, bestünde Hoffnung."

„Von ihnen gesehen werden?!", braust eine Windsbraut. „Was für eine furchtbare Idee!"

„Was willst du denn?!", knarrt ein Baumgeist. „Dass sie so weitermachen wie bisher?"

„Ich werde ihnen schon zeigen, was sie davon haben!", stürmt die Windsbraut ihm so heftig entgegen, dass einige seiner Blätter davonsegeln.

„Nicht alle haben so viel Kraft wie du", quietscht ein Erdwicht.

„Aber auch die Kleinen können den Menschen Denkzettel verpassen!", braust sie zurück.

„Das tun wir“, quiekt der Wicht. „Aber es nutzt nichts. Die Menschen merken zwar, dass Dinge geschehen, die sie nicht erwarten. Aber sie lassen sich immer neue Begründungen einfallen, warum das passiert. Sie schieben alles auf den Zufall oder die Steine oder das Wetter oder was auch immer. Aber darüber nachzudenken, dass da noch andere Wesen sein könnten als nur sie selbst? Pah! Nie! Sie machen so weiter wie vorher.“

„Und auch wir starken Geister werden immer machtloser“, knarzt ein flechtenbewachsener Grau-Hüne. „Die Menschen benutzen immer größere Maschinen für ihre Zerstörung. Sogar Sprengfeuer setzen sie ein.“ Er ballt die steingrauen Fäuste, lässt sie dann aber kraftlos wieder sinken.

„Was bleibt uns also, als die Menschen entweder zu verjagen oder uns ihnen zu erkennen zu geben?“, fragt der Erdgnom.

„Selbst, wenn wir es wollten“, braust eine dralle Wasserfrau neben ihm auf und besprüht ihn mit kaltem Regen. „Wie sollten wir uns ihnen zu erkennen geben? Die Menschen glauben, dass es nur gibt, was sie anfassen oder sehen können! Sie sind so sensibel wie berghohe, schwerhörige, halbblinde Trollweiber!“ Sie lacht höhnisch auf.

„Also gibt es keine Rettung für uns?“, wispert ein Bergwicht mit einem verzweifelten Quietschen in der Stimme. Kalkblass verkriecht er sich zwischen zwei kantigen Eisbrocken.

„Es gibt Menschen, die uns wahrnehmen können. Und einige mehr, die glauben, dass wir da sind, auch wenn sie uns nicht sehen oder spüren. Und viele weitere, die es wenigstens für möglich halten“, säuselt eine Farnfee, deren Flügel in allen Grüntönen schimmern. „Bestimmt können wir einigen die Augen öffnen.“

„Aber das reicht nicht!“, blubbert ein Flussmann mit geschupptem Gesicht zornig.

Ein Steinelf, dessen Haare wie struppiges Heidekraut von seinem Kopf abstehen und dessen Gesicht von einer großen, knubbeligen Nase verunstaltet wird, räuspert sich mit knorrig-steinernem Ton. „Auch, wenn es schwierig erscheint. Ich glaube, dass es richtig ist, den Menschen die Sinne für uns zu öffnen. Es scheint mir der einzig mögliche Weg."

„Aber wie sollen wir das machen?", wispert der Bergwicht.

„Das herauszufinden erscheint mir durchaus als möglich", erwidert der Steinelf, während er gedankenverloren in die weite, kahle Landschaft schaut. „Wenn wir die richtigen Beauftragten finden, die es versuchen." Nachdenklich fährt er sich mit seiner rauen Hand durch die struppigen Haare. „Wenn sie zwischen dem Land, den Geistern und den Menschen vermitteln sollen, denke ich, dass die Gesandten diese drei Wesenheiten verkörpern müssen: die Geister, die Menschen und das Land selbst."

Der turmhohe Greifvogel auf dem Gipfel klappt mit dem Schnabel. „Das heißt, dass wir eine Elfe oder einen Elf brauchen. Die Elfen repräsentieren die Naturgeister seit jeher", krächzt er durchdringend. „Es sollte nicht schwer sein, eine Elfe für diese Aufgabe zu finden. Aber der zweite Beauftragte müsste ein Mensch sein. Nur ein Mensch kann die Menschen in dieser Sache vertreten."

Lautes Gemurmel erhebt sich, aber der Greif achtet nicht darauf. „Und der dritte?", fährt er fort. „Niemand ist so sehr mit der Erde, dem Land, den Steinen verwoben wie ein Troll. Trolle sind Wesen der Steine und der Erde selbst."

„Deswegen verwandeln sie sich auch in Felsen, wenn sie von der Sonne überrascht werden", ruft ein Zwerg mit langem, grauen Bart, der auf einem rundgeschliffenen Steinbrocken hockt. „Wäre ein Troll hier, wäre er schon für immer zu Stein geworden." Er blinzelt in Richtung der Sonne, die gerade wieder aus den dichten Wolken hervorlugt.

„Welche Elfe würde sich mit einem Troll zusammentun?!“, unterbricht ein Kobold den Zwerg mit schneidender Stimme. „Trolle sind grobschlächtig und träge und meistens auch noch bösartig! Das ist doch verrückt!“ Mit seiner knochigen Hand schlägt er sich hart an die niedrige, ledrig-braune Stirn. Sein stechender Blick streift zu den Elfen. „Was sagt ihr dazu?“

Die Elfen tauschen Blicke. Dann steht langsam ein großer Waldelf auf. Er ordnet sorgsam die Falten seines moosgrün glänzenden Gewandes und streicht bedächtig dessen samtige Oberfläche glatt. Dann sieht er die Anwesenden mit seinen hellbraunen Augen abweisend an. „Selbst wenn Hoffnung bestünde, den Menschen die Augen zu öffnen – was ich nicht glaube: Keine Elfe wird sich freiwillig mit einem Troll einlassen! Trollen ist nicht über den Weg zu trauen.“

„Sehr richtig!“, zischt ein Feuergeist züngelnd. „Genauso wenig wie den Menschen!“ Seine Augen lodern in Richtung des Steinelfs mit der knubbeligen Nase.

Ein Lächeln erscheint auf dessen schmalen, grauen Lippen. „Vielleicht könnte eine solche Gemeinschaft gerade deshalb zwischen Geistern, Land und Menschen vermitteln, weil niemand glauben kann, dass so unterschiedliche Wesen sich miteinander für ein gemeinsames Ziel einsetzen können“, sagt er.

Die Versammelten schweigen. Leise streicht der Wind über den Berg. Am südlichen Hang, knapp unterhalb der Schneedecke, gerät ein Steinchen ins Rollen und kullert leise klackernd ein paar Meter tiefer, bis es an einen größeren Block stößt und dort liegen bleibt.

Ein gelbgesichtiger Korngeist erhebt zögernd seine Stimme. In ihr schwingen sogar hier auf diesem eisigen Berg im kahlen isländischen Hochland die Fülle des Sommers und der warme Duft reifen Getreides: „Weit im Westen gibt es eine Sippe von Trollen, die sich irgendwann in den Tiefen der Geschichte mit Wurzelgnomen eingelassen hat. Sie bekamen gemeinsame Kinder. Sie haben an Größe verloren, aber dafür ertragen sie die Sonne, ohne zu versteinern. Die kleinsten mit den meisten Gnomenvorfahren in der Familie sind im Vergleich zu reinen Trollen sogar recht gesprächig – was nicht wirklich schwer ist." Er lächelt verschmitzt.

„So ist es!", ruft eine Undine mit silbriger Stimme von der anderen Seite der Versammlung und schaut mit ihrem türkisfarbenem Blick in die Runde. „Ich kenne einen von ihnen. Er ist nicht gerade sympathisch – er ist furchtbar langweilig." Sie verdreht die Augen und streicht ihre langen, fließendblauen Haare glatt. „Aber böse ist er nicht."

„Ein solcher Troll würde sich vielleicht sogar mit einer Elfe unterhalten", grummelt der Stier auf der Hügelkuppe. Aber er kann den Zweifel in seiner Stimme nicht ganz unterdrücken.

„Möglich", zischt der Feuergeist und rollt seine glühenden Augen. „Troll und Elfe. Schwierig genug. Aber ein Mensch?! Den Menschen ist erst recht nicht zu trauen!" Er schnaubt eine dunkle Rauchwolke aus. Die Undine hüstelt vorwurfsvoll.

„Es gibt verschiedene Menschen, so wie es unterschiedliche Trolle gibt", brummt der Stier. „Einige bemerken und respektieren uns auch heute schon. Und brauchen wir nicht nur einen einzigen menschlichen Botschafter?"

Ein blaugesichtiger Bachschrat mit tiefgrünen Augen erhebt seine wässrig-gluckernde Stimme: „Es ist nicht vernünftig, Elfe,

Troll und Mensch zu beauftragen. Trotzdem erscheint es mir merkwürdig richtig." Er legt eine feuchtblau glänzende Hand auf seine breite Brust. „Hier."

„Aber wir brauchen nicht nur Worte! Wo sind die drei, die sich aufmachen und die Aufgabe beginnen?", rumpelt ein Felsriese. „Es sind Elfen unter uns, von denen keine die Aufgabe übernehmen will. Und wo bekommen wir einen Troll und einen Menschen her?"

„Könnten wir nicht einfach ein Menschen*kind* fragen? Oder diejenigen großen Menschen, die uns jetzt schon wahrnehmen?", zirpt eine Heidefee.

Der Drache auf dem Gipfel faucht: „Die versuchen schon lange, zwischen den Menschen und uns zu vermitteln. Die, die es am meisten angeht, hören ihnen am wenigsten zu!"

Da meldet sich der Steinelf mit der knubbeligen Nase noch einmal zu Wort. „Wir müssen unsere Botschafter heute nicht bestimmen. Sie sind nicht unter uns – und keinem von uns bisher bekannt."

„Und wie sollen wir sie dann finden?!", weht ein Schneegeist ihm mit kalter Wut um die Ohren.

Der Steinelf lächelt ein merkwürdiges Lächeln. „Unsere drei Boten müssen einander selbst finden."

„Selbst finden?!", zischt ein Irrlicht ungläubig.

„Ja", antwortet der Steinelf mit geheimnisvollem Blick. „Wenn sie das nicht tun, werden wir sie nicht dazu bringen, gemeinsam diese Aufgabe zu beginnen. Aber ich bin sicher: Wenn wir nur den Beschluss fassen, sie zu beauftragen, dann wird das Schicksal sie zusammenführen." Er macht eine Pause. „Noch ist jeder von ihnen für sich. Wenn sie einander ohne unser Zutun finden, besteht Hoffnung."

„Wir sollen warten, bis unsere Botschafter einander von selbst finden?!", poltert ein felsgrauer Bergmann. „Das ist doch unfassbar! Für einen Witz ist jetzt nicht der richtige Zeitpunkt!"

„Es ist kein Witz", sagt der Steinelf eindringlich.

Die Versammelten beginnen, aufgebracht zu murmeln.

Mit einem Schnauben bringt der Stier auf dem Gipfel sie zum Schweigen. „Die Worte des Steinelfen sind mir rätselhaft", sagt er dumpf. „Doch ich kenne ihn seit langem. Er blickt tiefer als andere. Niemand sollte seinen Rat in den Wind schlagen, der nicht einen besseren weiß." Er blickt auffordernd in die Runde.

Keiner sagt etwas. So fährt der Stier fort: „Wenn Elfe, Troll und Mensch zusammenfinden, dann könnten sich auch Geister, Erde und Menschen versöhnen."

„Das ist doch Irrsinn!", faucht der Wasserdrache. „Einer Gemeinschaft aus Elfe, Troll und Mensch eine so wichtige Aufgabe anzuvertrauen, ist schon irrwitzig genug. Pah!", schnauft er. „Aber es dem Zufall zu überlassen, ob sie sich finden, ist blanker Hohn! Reine Verrücktheit! Das hieße, nichts zu tun!", geifert er.

„Sage nicht, dass wir es dem Zufall überlassen", erwidert der Steinelf ruhig. „Sage, dass wir es dem Schicksal überlassen. Wir können sie jetzt nicht bestimmen. Von den Elfen erklärt sich niemand bereit, und weder Troll noch Mensch sind hier. Lasst uns den unmöglich erscheinenden Weg beschreiten, um das Unmögliche möglich zu machen."

„Du kannst doch einer unserer Botschafter sein", keift ein Wiesenweibchen mit grasgrünen Haaren und gelbem Gesicht. „Warum übernimmst du die Aufgabe nicht, wenn du schon so verrückte Vorschläge machst? Du bist doch ein Elf!"

„Wenn das Schicksal es so bestimmt, werde ich es tun", antwortet der Steinelf und lächelt hintergründig. „Es wird sich herausstellen."

„Herausstellen ...", grummelt das Wiesenweibchen, sagt dann aber nichts mehr. Auch die anderen Geister schweigen.

„Wollen wir diesen Weg also wählen?", fragt der Riese auf dem Gipfel.

Niemand spricht. Doch dann meldet sich eine weiß geflügelte Schmetterlingsfee mit sommerleichter Stimme zu Wort. „Können wir die Menschen, die uns wahrnehmen, nicht wenigstens bitten, uns bei der Suche nach einem menschlichen Botschafter zu helfen?"

„Sie würden doch nur versuchen, die Aufgabe selbst zu erfüllen", sagt der Steinelf. „Und würden wie immer auf taube Ohren stoßen. Was geschehen muss, muss ohne deren Hilfe geschehen."

Der Huldre mit dem silbern schimmernden Gewand ergreift noch einmal das Wort: „Können wir wirklich nichts weiter tun?"

„Ich denke nicht", sagt der Steinelf. „Aber ich bin voller Hoffnung, wenn wir uns nur entschließen können. Und helft den Beauftragten, wenn sie Hilfe benötigen. Ihr werdet sie erkennen."

„Das ist sicher", sagt der Korngeist. „Nie zuvor haben sich eine Elfe, ein Troll und ein Mensch zusammengetan, um eine gemeinsame Aufgabe zu erfüllen."

Die anderen Gesandten grummeln, aber niemand erhebt noch einmal laut seine Stimme. So ergreift der Riese auf dem Gipfel noch einmal das Wort. „Dann ist es hiermit beschlossen. Wenn unsere Hoffnung nicht täuscht, wird sich in Kürze eine sehr seltsame Gemeinschaft zusammenfinden."

Während sich die Geister murmelnd in alle Himmelsrichtungen zerstreuen, bleiben der Steinelf und der Stier noch einen Moment schweigend auf der Eiskuppe stehen. Dann sagt der Stier: „Wen wird das Schicksal zu unseren Botschaftern machen? Und wann wird es entscheiden?“

Der Steinelf lächelt: „Das Schicksal hat schon entschieden. Doch ich werde es nicht sein.“

Reise an den Anfang der Welt

„Letzter Aufruf für Flug 397 auf Flugsteig 10! Wir bitten alle Passagiere von Flug 397, sich zu Flugsteig 10 zu begeben." – „Achtung! Frau Nordbrink-Johannsson wird gebeten, sich unverzüglich an Schalter 8 zu melden! Achtung! Frau Nordbrink- Johannsson bitte zu Schalter 8!", schallt es Michael entgegen, als er aus dem hellen Sonnenlicht durch breite Türen in die hohe Halle des Flughafens tritt. Männer, Frauen und Kinder laufen, Koffer und Taschen hinter sich her ziehend, durcheinander.

„Vorsicht!", brummt Michael. Beinahe hätte ihm ein dicker Mann seinen Koffer über die Füße gerollt. Der Mann bemerkt Michael gar nicht. Er hastet einfach weiter.

Vor den Schaltern zum Einchecken warten lange Menschenschlangen. Überall stehen und sitzen Leute. Michael tritt ein Stück an die Seite. Er kramt nach seinen Papieren für den Flug und guckt sich suchend um. Endlich entdeckt er auf der riesigen Leuchttafel seinen Flug und den richtigen Schalter.

Kofferrollen knirschen und Taschen schleifen über den Boden, während sich die Menschenschlange langsam voran bewegt. Es riecht nach nervösen Menschen, Putzmittel und ein wenig nach Kaffee.

Als alle Formalitäten erledigt sind und der Koffer aufgegeben ist, folgt Michael dem Kaffeeduft. Kurz darauf schaut er durch hohe Fenster den startenden Flugzeugen auf dem Rollfeld zu und trinkt Kaffee.

Eine Frau mit einer Tasse in der Hand kommt eilig auf ihn zu. „Ist dieser Platz noch frei?“, fragt sie und deutet auf den Stuhl neben Michael.

„Ja, setzen Sie sich doch!“, antwortet Michael mit einem Lächeln.

„Danke. – Oh nein! Mist aber auch.“ Beim Absetzen ist ihr Tee kräftig übergeschwappt. Löffel, Keks und Serviette schwimmen in braunem Wasser. Die Frau verdreht die Augen, wendet sich ab und kommt kurz darauf mit schnellen Schritten und drei weiteren Servietten zurück. Geräuschvoll ausatmend lässt sie sich auf den Stuhl fallen.

„Entschuldigen Sie meine Hektik“, sagt sie mit gequältem Lächeln. „Als ich vorhin zum Flughafen aufbrechen wollte, sprang mein Auto nicht an.“ Sie tunkt mit einer Serviette die Pfütze aus ihrer Untertasse auf. „Ich hatte nicht mehr geglaubt, dass ich den Flieger noch erreiche, als das Taxi endlich kam.“ Mit der zweiten Serviette wischt sie den Teelöffel sauber. „Aber dann waren fast alle Ampeln grün, und der Schalter war ganz leer." Sie ergreift mit spitzen Fingern den in Cellophanfolie eingewickelten Keks, lässt ihn dann jedoch wieder auf die Untertasse fallen. „Jetzt habe ich sogar noch fünf Minuten Zeit und gönne mir schnell noch einen Tee. Die Plörre im Flugzeug kann man ja nicht trinken." Sie schlägt die Beine übereinander, zieht sich den kurzen Rock zurecht und nimmt zwei große Schlucke. Dann verzieht sie das Gesicht. „Ohne Tee kann ich nicht leben", spricht sie weiter. „Und? Wohin fliegen Sie? Ich brauche Urlaub, ich muss mal raus, zehn Tage Strand, Meer und Sonne und einfach mal keinen Stress!" Sie kippt einen weiteren Schluck hinunter. „Sie sehen so aus, als würden sie eine Expedition planen." Über den Tassenrand hinweg mustert die Frau Michaels Allwetterjacke, seine taschenbesetzte Trekkinghose und die stabilen Wanderstiefel.

„So könnte man es nennen", antwortet Michael mit verschmitztem Lächeln. „Ich bin Geologe – Erdforscher, wissen Sie?! Ich reise nach Island."

Die Frau schaut Michael entsetzt an. „Ans Ende der Welt?!" Sie trinkt noch einen Schluck und tupft sich den Mund mit der letzten Serviette ab.

„Nein, an den Anfang der Welt!", erwidert Michael.

„Wie bitte?"

Michael lächelt. „Wissen Sie, Island ist noch eine ganz junge Insel. Im Laufe eines Menschenlebens wächst sie ungefähr um die Länge eines Autos. Sie ist sozusagen ein Insel-Baby." Er nippt gemütlich an seiner Kaffeetasse.

Die Frau lässt die Serviette sinken. „Island", schnauft sie, ohne auf seine Erläuterungen einzugehen. „Da gibt es doch nur Steine! Und Kälte!" Sie zieht sich ihren hauchdünnen Seidenschal fröstelnd um die Schultern.

„Sagen Sie das nicht!", erwidert Michael. „Island ist aufregend. Dort kann man sozusagen der Schöpfung der Erde zusehen." Er will fortfahren, doch die Frau schaut auf ihre große, bunte Armbanduhr, erschrickt und springt auf. Im Stehen kippt sie den Rest ihres Tees hinunter. „Ich muss ...! Entschuldigen Sie!", sagt sie und eilt, die Tasse in der Hand, zum Servierwagen.

„Erholen Sie sich gut!", ruft Michael ihr noch hinterher, als sie sich abwendet und eilig zu ihrem Flugsteig stöckelt. Sie hört den Ruf gar nicht mehr.

Michael atmet tief durch, lehnt sich in seinem Stuhl zurück und streckt die langen Beine von sich. Auf dem kahlen Asphalt der Rollbahn startet gerade geräuschvoll ein Flugzeug. Aus den Triebwerken quellen heiße Abgaswolken.

Michael sieht dem Flieger nach. Dann trinkt er den Rest seines Kaffees und bricht auf.

Der Mann am Schalter des Flugsteigs schaut auf Michaels Papiere. „Herzlich willkommen an Bord, Herr Erz", sagt er freundlich und winkt ihn durch die Schranke.

Michaels schwere Wanderstiefel verursachen dumpfe Geräusche auf dem Boden der schmalen, stickig warmen Gangway. Es riecht nach Staub und Schweiß.

Vor Michael trippelt eine kleine, rundliche Frau mit einer signalroten Strickmütze auf den rotblonden Haaren.

„Ob das eine Isländerin ist?", denkt er. „Mit diesem knallroten Etwas auf dem Kopf geht sie im Nebel jedenfalls nicht so leicht verloren."

Die Frau steigt direkt vor ihm ins Flugzeug. Sie scheint die Flugbegleiterin zu kennen. Michael versteht kein einziges Wort von der kurzen Unterhaltung. „Wie schafft man es, in diesem

Tempo so viele Zischlaute und harte Buchstaben aus dem Mund zu katapultieren, ohne sich die Zunge zu brechen?", fragt er sich, während er auf Einlass wartet.

Dann wird er auf einen Fensterplatz knapp vor den Tragflächen des Flugzeuges gewiesen. Es ist ein kleines Flugzeug mit nur sechs Sitzen pro Reihe, auf jeder Seite drei. Der Gang ist so niedrig, dass Michael sich bücken muss. Seine Sitzreihe ist noch leer.

Michael verstaut seinen Rucksack und seine Allwetterjacke im Fach fürs Handgepäck und schiebt sich auf den Platz am Fenster. Ein sportlicher Mann mit grauen Schläfen und schwarzem Anzug setzt sich auf den Sitz neben ihm. Auch er findet zwischen den engen Reihen nur schwer Platz für seine langen Beine. Der Mann nickt kurz und vertieft sich dann in eine Zeitung.

„Das ist ganz bestimmt ein Isländer", denkt Michael, während er ihn unauffällig betrachtet. „So jedenfalls stelle ich mir die Nachfahren der Wikinger vor: mit scharf geschnittenen Gesichtszügen und durchdringend blauen Augen. Wettergegerbt und drahtig, als wären sie gerade erst von den Planken ihrer Schiffe oder den Rücken ihrer Pferde gestiegen." Er grinst über sich selbst. „Ich bin gespannt, wie die Isländer wirklich sind. Der hier sieht jedenfalls sympathisch aus."

Das Flugzeug rollt jetzt ruckelnd über den Asphalt zur Startbahn. Die Motoren röhren immer lauter, als es beschleunigt und schließlich mit einem sanften Ruck abhebt. Michael wird in seinen Sitz gepresst. Er genießt den Start wie eine Fahrt in der Achterbahn. In seinem Magen kribbelt die Vorfreude. So lang hat er diese Wochen ersehnt – in Island, dieser Landschaft ‚im Entstehen', diesem Land großartiger Natur, dieser Insel aus Feuer und Eis. Endlich ist er unterwegs! Er beobachtet, wie der Boden seines Heimatlandes sich immer weiter entfernt und die Häuser der Stadt unter ihm immer kleiner werden. Dann wird sie von bauschigen Wolken zugedeckt.

Kurz darauf bringt die Flugbegleiterin einen Imbiss aus kühlschrankkaltem Käsebrötchen und dampfend heißem Kaffee.

Als sie die Tabletts wieder abholt, schlägt sein Sitznachbar die Zeitung wieder auf. Michaels Blick wandert über die Titelzeilen. Manche isländischen Worte scheinen denen seiner Sprache ähnlich zu sein, zumindest in der Schreibweise.

Als der Mann eine Seite umblättert, stutzt Michael. Die Frau mit der roten Mütze, die vor ihm ins Flugzeug eingestiegen ist, lächelt ihm aus der Zeitung entgegen.

„Ach", entfährt es Michael leise.

Sein Sitznachbar lächelt ihn an. „Das ist Svanhildur Eriksdóttir", sagt er.

„Was für ein Name!", denkt Michael, während der Isländer fortfährt: „Sie ist ein bekanntes Elfenmedium."

„Ein was?" Michael nimmt die Brille ab, reibt sich die Augen und starrt seinen Sitznachbarn dann ungläubig an.

„Ein Elfenmedium! Sie sieht Elfen und andere unsichtbare Wesen und kann mit ihnen Kontakt aufnehmen. Wenn es sein muss, vermittelt sie zwischen Elfen und Menschen. Sie sitzt vier Reihen hinter uns."

„Sie vermittelt zwischen Elfen und Menschen?" Michael setzt die Brille wieder auf. Er kann sich ein ironisches Grinsen nicht verkneifen.

Der Isländer lächelt offen zurück. „Ja, ähnlich wie früher Erla Stefánsdóttir, die sogenannte Elfenbeauftragte der Stadt Reykjavík."

„Elfenbeauftragte?“ Michael schaut seinen Sitznachbarn zweifelnd an.

„Genau. Erla wurde regelmäßig von Behörden gerufen, wenn es um die Unsichtbaren ging. Dadurch konnten oft Probleme gelöst werden, zum Beispiel im Straßenbau“, erklärt der Isländer. „Leider ist sie mittlerweile verstorben. Sagen Sie nur, Sie fliegen nach Island und glauben nicht an Elfen!?“ Er zwinkert.

Michaels Augen verengen sich. Der schelmische Unterton des Isländers entgeht ihm nicht. „Der will mich doch auf den Arm nehmen“, denkt er verärgert. Er übergeht die Frage einfach. „Was steht denn in dem Artikel?“, fragt er stattdessen.

„Oh, das ist spannend“, antwortet der Isländer. Sein Lächeln wird noch breiter.

„Herausfordernd“, denkt Michael.

„Svanhildur berichtet darüber, dass die Naturwesen eine Versammlung abgehalten haben“, sagt der Isländer. „Sie haben nicht verraten, worum es ging – sie sind ja nie sehr auskunftsfreudig. Aber es scheint wichtig zu sein ...“

In Michael beginnt es zu brodeln. „Wofür hält der mich?!“, denkt er. „Ich bin Wissenschaftler – und der erzählt mir Märchen! Niemals steht so etwas in einer Zeitung! Ich werde mich von einem Wildfremden nicht aus der Fassung bringen lassen!“, beschließt er. Betont lässig antwortet er: „Und das steht tatsächlich in der isländischen Tageszeitung?“

„Ja, tatsächlich!“ Der Isländer guckt Michael offen in die Augen. Dann ergänzt er: „Vielleicht tröstet es Sie: Wir Isländer haben seit jeher ein ganz besonderes Verhältnis zu unserem Land. Die allermeisten können Wesen wie Elfen, Trolle und Zwerge zwar nicht sehen, aber viele sind trotzdem vorsichtig, um sie nicht zu verärgern – falls sie tatsächlich existieren sollten." Er macht eine Pause. Sein Lächeln ist verschwunden. „Leider", sagt er dann, „wird dennoch viel zerstört. Zum Beispiel gab es früher in Island ausgedehnte Wälder. Davon ist so gut wie nichts mehr übrig. Einen einzigen größeren Wald haben wir noch – im Osten.

Die Menschen sind auch schuld daran, dass Wind und Wasser auf vielen Flächen die ganze fruchtbare Erde abgetragen haben und nur noch kahle Steine übrig sind. Und auch heutzutage, wo wir längst klüger sein sollten, wird viel Natur zerstört – im Kleinen durch Unachtsamkeit oder aus Gleichgültigkeit, aber auch im Großen durch riesige Bauprojekte. Und durch die menschengemachte Klimaerwärmung haben wir schon mehrere unserer Eisgebiete verloren. Sie sind komplett geschmolzen. An ein besonders großes davon erinnert jetzt nur noch eine Gedenktafel." Der Isländer schaut nachdenklich an Michael vorbei aus dem Fenster.

Michael nimmt den Themenwechsel dankbar an. „Ich dachte, Island sei die letzte große Wildnis Europas", sagt er.

„Schon richtig", antwortet sein Sitznachbar. „Und viele Bereiche wehren sich aus eigenen Kräften: die mächtigen Flüsse, die vereisten Berge, Schnee- und Sandstürme, die wilde Brandung, die Dunkelheit im Winter. Diese Insel macht es den Menschen nicht leicht."

„Eben."

„Vielleicht ist auch das ein Grund, warum viele an Naturgeister glauben", nimmt der Isländer das alberne Thema wieder auf. „Sie spüren die unbezähmbaren, unberechenbaren Kräfte der Natur."

„Will der mich ärgern?", denkt Michael, während der Isländer wieder an ihm vorbei aus dem Fenster blickt. Er beschließt, nicht zu antworten und dreht sich ebenfalls zum Fenster. Sein Sitznachbar nimmt die Unterhaltung nach einer kurzen Pause dennoch wieder auf: „Wenigstens im Kleinen wird manchmal Rücksicht genommen.“ Er kramt in seiner Aktenmappe, zieht eine bunte Landkarte hervor und faltet sie auseinander. „Sehen Sie hier.“

Unwillig guckt Michael auf die Aquarellbildchen herunter, die einen Rahmen um eine Straßenansammlung bilden. Einige größere Gebäude sind hineingemalt. „Sehr wissenschaftlich sieht die nicht aus“, denkt er herablassend. „Eher wie eine Schatzkarte für ein Kinderspiel.“

„Die habe ich gerade zufällig dabei“, sagt der Isländer und lächelt unbeeindruckt in Michaels säuerliche Miene. „Hier sind alle Wohnorte von Naturwesen in der Stadt Hafnarfjörður eingezeichnet“, sagt er und tippt auf lauter dicke rote, blaue, orangefarbene, grüne und violette Punkte.

„Die sind wahllos reingemalt, schätze ich“, denkt Michael.

„Wenn auch viel gebaut wird, an diesen Orten bleibt das Land frei“, fährt der Isländer fort. „Ich schenke Ihnen die Karte. Vielleicht entdecken Sie ja eines dieser Wesen.“ Er faltet das Blatt zusammen und drückt es Michael lächelnd in die Hand.

Unwillkürlich ergreift Michael das Papier. Dann zuckt er zurück. Angewidert starrt er auf die bunte Karte hinab. Gerade will er sie dem Fremden mit einer herablassenden Bemerkung zurückzugeben, als das Flugzeug plötzlich heftig bockt und in ein Luftloch absackt. Instinktiv schließt Michael seine Hand fest um das Papier. Hinter ihm ertönen spitze Schreie. Michaels Magen hebt sich in seinem Bauch und fällt übergangslos zurück in seine Ausgangsposition. Der Flieger fängt sich wieder.

Michael schnauft und wendet sich seinem Sitznachbarn zu, doch der hat sich der älteren Dame auf dem Sitz am Gang zugewandt, die sich kreidebleich an den Armlehnen festklammert.

„Der hat sich doch jetzt extra weggedreht!“, grollt Michael, als sich sein Sitznachbar nach einer Minute immer noch nicht wieder umwendet. Gerade will er ihn ansprechen, um endlich diese Karte wieder loszuwerden, als das Flugzeug noch einmal kräftig bockt. Einige Fluggäste schreien auf.

Michael schluckt schwer, lässt die Elfenkarte fallen und hält sich nun seinerseits an den Armlehnen fest. Das Flugzeug schlingert, fängt sich wieder, bockt noch einmal und gleitet endlich wieder ruhig dahin. Die Motoren dröhnen unverändert weiter.

Michael kramt in seiner Tasche nach einem Mentholbonbon, um das unangenehme Gefühl im Magen loszuwerden, als plötzlich die Wolken eine Lücke freigeben. Aus einem blendend weißen, in sanfter Linie ansteigenden Schneeberg ragen harte, graue Felsgipfel. Michaels Herz beginnt zu klopfen, während seine Stirn fast an das Fenster prallt. Es scheint ein riesiger Schneeberg zu sein. Ja, tatsächlich! Die Wolkenlücken werden größer. Michael beobachtet, wie die eisigen Hänge sanft abfallen zu einer Ebene. Dunkle Flüsse schlängeln sich dort durch grüne, graue und rötlichbraune Flächen. „Wie gut, dass ich mich mit den vielfältigen Farben der isländischen Erde schon beschäftigt habe, sonst würde ich denken, bei dem Geruckel vorhin seien die Farben in meinem Kopf durcheinandergeraten“, denkt Michael und grinst. Er vergisst alles andere und betrachtet fasziniert die Landschaft, die unter ihm dahinzieht.

Nach einer Weile dehnt sich unter dem Flugzeug eine helle Ebene aus. Eigenartige Berge treten wie dunkle Grabhügel hervor. Michaels Blick bleibt an merkwürdigen Flecken hängen, die wie lange, schwarze Zungen aus einem dunklen, scharfkantigen Berg in der Mitte in die helle Ebene lecken. Michaels Herz hüpft, als sei er wieder Kind und habe ein wundervolles Schneckenhaus am Strand entdeckt. „So also sieht Island aus, wo es ganz neu ist“, murmelt er begeistert. Nebel steigt an einigen Stellen aus den schwarzen Bereichen auf.

Ein tiefes Dröhnen ertönt und zeigt an, dass die Landeklappen ausgefahren werden. Das Flugzeug beschreibt einen Bogen und verliert an Höhe. „Da sind Spalten in der Erde! Man kann sie von hier aus sehen“, flüstert Michael. Schon setzt das Flugzeug zur Landung an.

Als sein isländischer Sitznachbar sich lächelnd verabschiedet, nickt Michael ihm nur kurz zu. Er muss noch einen Moment in der Sitzreihe warten, um andere Fluggäste durchzulassen. Auch die Frau mit der roten Mütze geht vorbei.

Während Michael seine Jacke anzieht und den Rucksack ergreift, beugt sich die Flugbegleiterin in seine Reihe und hebt etwas vom Boden vor seinem Sitz auf. „Entschuldigen Sie, Sie haben Ihre Elfenkarte vergessen“, sagt sie und reicht ihm freundlich das bunte Papier. Michael ringt sich ein Lächeln ab, stopft die Karte in eine Seitentasche seines Rucksacks und bedankt sich. Dann verlässt er eilig das Flugzeug. Er ahnt nicht, dass er mit dem ersten Schritt auf isländischen Boden zugleich einen Schritt in eine unsichtbare Welt tut, die er so schnell nicht wieder verlassen wird.

Unsichtbare Ziele

Möchten Sie eine Zeitung?", fragt die junge isländische Kellnerin mit blondem Pferdeschwanz und lustigen Sommersprossen. Lächelnd setzt sie eine Kaffeekanne auf die hellgeblümte Decke des Frühstückstischs und zeigt Michael das Titelblatt einer isländischen Zeitung.

„Nein, danke, ich verstehe kein Isländisch", lehnt er freundlich ab. Sein Blick bleibt kurz auf einem Foto hängen. Irgendwie kommt ihm die Frau darauf bekannt vor.

„Haben Sie sonst noch einen Wunsch?"

„Nein, danke." Auf dem weiß gedeckten Buffet ist alles vorhanden.

Die Kellnerin nimmt die Zeitung wieder mit.

Michael widmet sich mit Appetit dem knusprigen Toastbrot, dem vielfältigen Aufschnitt, dem duftenden Kaffee und einer Schale mit Früchte-Müsli und Joghurt. Als er sich am Buffet ein Glas Tomatensaft einschenkt, fällt ihm plötzlich wieder ein, woher er die Frau auf dem Titelblatt kennt: „Gestern im Flugzeug! Die Frau mit der roten Mütze, über die mein Sitznachbar gesprochen hat. Gibt's schon wieder Elfenalarm?" Kopfschüttelnd grinst er in sich hinein, während er zu seinem sonnenbeschienenen Fensterplatz zurückgeht. Er schaut aus dem Fenster in den blauen Morgen. Eilig treibt der Wind die weißen Wolken über den Himmel. Die Äste der Weidenbüsche an der Hauswand schwanken, und selbst hier drinnen ist das Rauschen der kräftigen Böen zu hören.

Zehn Minuten später schiebt Michael zufrieden seinen Teller von sich und trinkt den letzten Schluck Kaffee. „Island!", denkt er, während sich ein Lächeln auf seinem Gesicht ausbreitet. „Auf zur ersten Tour!"

Als er den Frühstücksraum verlässt, sieht er die Kellnerin an einem Tischchen sitzen und aufmerksam den Artikel auf der Titelseite der Zeitung lesen. Sie blickt kurz auf und nickt freundlich: „Auf Wiedersehen!"

„Auf Wiedersehen", antwortet Michael. Er zögert einen kurzen Moment. „Ob ich sie frage, was es mit dieser Frau wirklich auf sich hat?" Doch dann schüttelt er den Gedanken ab und geht auf sein Zimmer, um sein Gepäck zu holen.

Ein paar Minuten später hebt Michael den schweren Koffer und seinen Rucksack ins Auto. Er verlässt die Stadt Reykjavík in Richtung Norden. Im Schatten eines langgestreckten, kahlen Berges mit schroffen Felswänden erreicht er das Meer. Der kräftige

Westwind treibt weiße Schaumkronen auf dem Wasser vor sich her, durch die leicht geöffneten Autofenster strömt salziger Geruch herein. Michael atmet tief.

Als die Route bald darauf durch saftige Wiesen führt, wechselt der Geruch zu frisch gemähtem Gras, bis sich die Straße in einer breiten Bucht wieder eng an die Küste schmiegt. Immer steiler türmen sich die Berge auf.

Michael umrundet die Bucht und fährt in Richtung Nordwesten weiter, bis weit entfernt ein hoher Berg mit einer spitzen Schneemütze am Horizont aufragt: der Snæfellsjökull, sein heutiges Ziel. „Seit ich das Buch ‚Reise zum Mittelpunkt der Erde' gelesen habe, will ich diesen Berg sehen", denkt er. „Endlich ist es soweit! Oben auf dem Gipfel soll es tatsächlich diesen Höhleneingang geben, den Jules Verne in seinem Roman beschrieben hat: das Tor zur Unterwelt. Ob ich es finden werde?" Er seufzt leise.

Kurz vor dem Mittag erreicht Michael seine Unterkunft unweit des Berges. Der Wind hat nachgelassen. Dicke, weiße Wolken haben sich trotz des blauen Himmels um den Gipfel gehüllt.

„Schade", denkt er. „Ich hätte gern gleich versucht, die Höhle auf dem Gipfel zu finden. Aber ich habe ja noch die dreifarbig gefleckten Gesteinsfelder, die Felsen aus den unterschiedlichen Zeitaltern der Entstehung Islands, die dunkel gähnenden Höhlen und die spannende Strände hier unten zu entdecken. Die Wolken werden sich schon wieder verziehen."

Als Michael am späten Nachmittag am Ausgangspunkt einer kurzen Küstenwanderung anlangt, ist er bereits um einige aufgesammelte Steine und viele spannende Eindrücke reicher.

Auf dem winzigen Schotterplatz steht verlassen ein kleiner Reisebus mit großen, geländegängigen Reifen. Ein Hinweisschild daneben weist Michael die Richtung, in die er wandern will: ‚Svalþufa – Þufubjarg' steht darauf. Michael starrt auf das Schild. „Das ist der schlimmste Buchstabensalat, den ich je gesehen habe!" Grinsend schüttelt er den Kopf und folgt dem Rauschen der Wellen und dem Geschrei der Seevögel zur Küste. Auf dem grasbewachsenen Rand der Steilwand liegen bäuchlings einige Menschen. Gerade weist ein großer, drahtiger Mann mit Bartstoppeln und Brille hinunter zum Meer und sagt etwas zu den anderen, die ihm aufmerksam zuhören.

„... Vermutlich die Reisegruppe aus dem Bus ...", denkt Michael. Er erreicht sie und grüßt mit einem freundlichen „Hallo!".

„Hallo!", „Guten Tag!" tönt es vielstimmig zurück.

„Darf ich auch mal schauen?", fragt Michael.

„Natürlich!" Die Frauen und Männer rücken ein Stück zur Seite.

Der drahtige Mann wendet sich wieder an die anderen: „Als Nächstes gehen wir an der Küste entlang zu dem hoch aufragenden Felsen dort. Dahinter seht ihr schon den Leuchtturm."

Während die Gruppe sich auf den Weg macht, bleibt er noch kurz bei Michael stehen. „Das erste Mal in Island?", fragt er.

„Richtig. Michael ist mein Name. Ich bin Geologe."

„Ah, das ist interessant. Ich bin Peter. Ich führe jedes Jahr Gruppen durch Island. Als Geologe haben Sie hier ja einiges zu entdecken. Gerade habe ich meinen Reisegästen erklärt, dass man an dieser Küste wunderbar sehen kann, wie das Meer die Felsen bearbeitet. Schauen Sie, wie die Brandung dort unten die Felswand ausgehöhlt hat!"

Michael schaut hinunter. „Ah, tatsächlich!", sagt er, als er die kahle, bräunliche Felswand mit der tiefen Einbuchtung etwas oberhalb der Wasseroberfläche sieht. „Das ist Palagonit."

„Das ist was?“, fragt Peter.

„Palagonit“, wiederholt Michael. „Das ist ein gelblich-braunes, ziemlich weiches Gestein.“

„Weiches Gestein“, grinst Peter.

„Tja, nicht jedes Gestein ist steinhart, wie man so sagt“, nickt Michael.

„Aber weiches Gestein?“ Peter zieht die Stirn kraus.

„Bestimmt hast du als Kind mal mit einem roten Stück Backstein Linien auf die Platten eines Gehwegs gemalt. Oder mit Kreide.“

„Klar“, nickt Peter.

„Und das funktioniert nur, weil die Platten des Gehwegs viele, kleine Teile vom Backstein oder von der Kreide abreiben. Kleine Körnchen, die dann deine Linien bilden. Wenn der Backstein oder die Kreide genauso hart wären wie der Gehweg, würde das nicht gehen. Du kannst ja mal versuchen, mit einem Feuerstein eine Linie auf einem Gehweg zu ziehen“, lacht Michael. „Da ritzt du höchstens die Gehwegplatten ein, aber der Feuerstein malt dir bestimmt keine Linie aus feinem Feuerstein-Abrieb. Backsteine sind zwar keine natürlich entstandenen Steine. Und Malkreide besteht meist nicht mehr aus natürlicher Kreide, die eine Form von Kalkstein ist“, erklärt er. „Aber das Prinzip ist dasselbe.“

„Das heißt, alle Steine sind zwar hart, aber es gibt Unterschiede in der Härte?“, fragt Peter nach.

„Genau. Manche Gesteine sind einfach sehr, sehr hart. Andere kann man recht leicht zerbröseln oder sie mit den härteren Gesellen anritzen. Oder eben etwas davon abschmirgeln.“

„Verstehe“, nickt Peter. „Und das Gestein hier an der Küste – wie hieß es doch gleich?“ Er zeigt nach unten auf die Steilwand.

„Palagonit.“

„Genau. Der Palagonit ist ein weiches Gestein? Und deswegen hat die ständige Brandung hier so eine breite Einbuchtung in der Steilwand hinterlassen?“

„Richtig“, bestätigt Michael.

„Und den Felsturm dort hinten, den kriegt das Meer nicht so leicht klein, weil er viel härter ist?“, fragt Peter und zeigt auf den etwas entfernt stehenden Felsen, zu dem seine Gäste gerade wandern. „Da gibt es so eine Brandungshöhle nämlich nicht. Obwohl der doch durch dieselbe Brandung bearbeitet wird.“

„Der dürfte aus Basalt sein, so schwarz, wie er ist“, sagt Michael. „Basalt ist sehr, sehr hartes Gestein“, ergänzt er.

„Da habe ich etwas hinzugelernt“, sagt Peter. „Jetzt muss ich aber los. Vielleicht haben meine Gäste noch Fragen. Viel Erfolg beim Forschen!“

„Danke! Und viel Spaß beim Reiseleiten“, erwidert Michael.

Michael wendet sich wieder dem Meer zu. „Hier tragen die Wellen jede Menge Steinchen und Sandkörner mit sich“, denkt er. „Das ist, als würde man ständig mit Sandpapier an der Steilwand schaben. Und das, was abgerieben ist, wird gleich zu neuem Schmirgelmaterial.“

Er lässt seinen Blick noch einmal schweifen. Dann steht er auf und macht sich, begleitet vom Geschrei der Möwen und dem Rauschen der Wellen, auf den Weg zu dem hoch aufragenden Felsturm, auf den Peter gezeigt hat. Der holperige Pfad führt entlang der steil abfallenden Küste über blumengesprenkeltes Gras, in dem überall verstreut moosbewachsene, graue Steine liegen. Ab und zu geht Michael zu einem von ihnen hinüber, um ihn genauer zu betrachten. Plötzlich entdeckt er einen hellen Stein, der aussieht, als sei er von einem scharfen Messer in Scheiben geschnitten worden. „Ah, das ist also – wie sagen die Isländer doch gleich zu solchen Steinen? – Ach ja: Trollbrot!“, murmelt er, als er sich tief hinunterbeugt. „Wäre ja auch komisch, wenn sie da nicht auch irgendeinen Naturgeist reinmischen würden. – Ganz klarer Fall von Verwitterung.“ Michael klappt den Stein in der Mitte auseinander und fährt mit dem Finger die Kanten der Scheiben entlang. „Allerdings sieht dieser Stein hier ...“, er zögert einen kurzen Augenblick. „Er sieht tatsächlich aus wie ein Brot. Er hat sogar die oben rundliche und unten flache Form eines Brotlaibes.“ Michael hält einen Moment inne. Dann klappt er die Scheiben wieder zusammen, tritt auf den Pfad zurück und wendet sich wieder dem Felsturm zu. Ein kleines Steinchen löst sich unter seinen Schuhen und hüpft ins Moos. Von Michael unbemerkt findet es ein für ihn unsichtbares, aber höchst lebendiges Ziel.

Neue Steine und springendes Wasser

Unverschämtheit! Frechheit! Trampelt der einfach durch meinen Garten! Dieser, dieser ... Mensch! Den Kopf in den Wolken wie eine Bohnenstange, und interessiert sich nicht die Linse, wo er seine platten Füße hinstellt! Alle platt, meine Erbsen! Und dann schießt er mir auch noch diesen alten Stein an den Kopf mit seinen Riesenlatschen! Trampeltier! Entenfuß! Mistkäfer!“ Wie eine wildgewordene Hornisse schwirrt eine Blumenelfe aus dem Moos und reibt sich wütend die Stirn. Das schimpfende Stimmchen der Elfe ist nicht lauter als das Husten eines Käfers. Sie umsirrt purzelbaumschlagend den hochgewachsenen Mann, der jetzt stehengeblieben ist und die Küste betrachtet, die hier ausgefranst ist wie die Kante von grob durchgerissenem Papier.

Die Elfe springt dem Mann mit aller Kraft auf den Kopf, kreist zeternd um ihn und schwirrt dann böse surrend hinunter zu seinen Füßen. Da ertönt eine tiefe, schwerfällige Stimme: „Das war kein alter Stein."

„Was?!" Schwirrend bleibt die Elfe knapp vor den Füßen des Mannes in der Luft stehen. Kann dieser Mensch sie hören? Verblüfft schaut sie hoch in sein Gesicht, doch der Mann guckt nur forschend auf die Steine ringsum. Plötzlich macht er einen Schritt auf die Küste zu. Sein Hosenbein erwischt die Elfe und rempelt sie grob zur Seite.

Ihr Gesicht wird so rot wie ihre Haare, ihre Augen verengen sich zu Schlitzen. Das wütende Sirren ihrer durchscheinenden Flügelchen steigert sich zu einem Mark und Bein erschütternden hohen Pfeifen. Wie eine durchgedrehte Wühlmaus macht sie sich am Steilhang vor den Füßen des Mannes zu schaffen. Erste Bröckchen rieseln in die Tiefe.

Da ertönt die schwerfällige Stimme noch einmal: „Das war kein alter Stein."

Die Elfe starrt dem Mann ins Gesicht, doch der guckt weiter ungerührt in die Gegend.

„Wer redet da?! Zum Lammköttel noch mal!", keift sie erbost.

„Ich", ertönt es nur ein paar Flügelschläge entfernt. Dort hockt ein Troll! Mürrisch mustert er die Elfe aus steingrauen Augen. „Ich kann nicht in Ruhe essen, wenn du hier rumkeifst wie ein grünes Wichtelweib! Völlig überflüssig, dein Geschrei. Und alles nur wegen eines winzigen neuen Steins." Er dreht der Elfe den Rücken zu und beißt krachend in ein Trollbrot.

Die grünen Augen der Elfe sprühen rote Funken vor Zorn. Mit wild flatterndem Blumenkleid rauscht sie zu dem Troll. Eine scharfe Wendung, dann bremst sie so knapp vor seiner dicken, grauen Knollennase, dass er mit aufgerissenen Augen zurückzuckt. Sie stemmt die Arme in die Hüften. „Dieser Mensch hat meinen Garten zertrampelt! Was hast du dich da überhaupt einzumischen?!"

Die Augen des Trolls verengen sich wie die der Elfe, als er sich bedrohlich zu ihr hin beugt. Seine steingraue Nase berührt fast die bebenden Nasenflügel der Elfe, als er sagt: „Ich – hasse – keifende – Elfen."

„So?!", faucht die Elfe. Nicht nur aus ihren Augen, auch aus den Ohren sprühen jetzt Funken. „Dieser Trampel hat mir einen alten Stein an den Kopf geworfen! Er hat mich weggetreten! Gewalttätig ist der! Da wird man wohl mal keifen dürfen!" Die Stimme der Elfe überschlägt sich.

„Das war kein alter Stein, sondern ein neuer", unterbricht der Troll sie.

„Was soll das, kein alter Stein?! Es gibt überhaupt keine neuen Steine! Außerdem interessiert mich das überhaupt nicht!", kreischt die Elfe außer sich. Sie schnappt nach Luft und bebt am ganzen Körper.

Der Troll lehnt sich gemütlich an den kantigen Felsbrocken hinter ihm. „Es war aber ein neuer Stein", sagt er mit ruhiger Stimme. Er beißt geräuschvoll in sein Trollbrot und kaut es genüsslich lächelnd, während er demonstrativ an der Elfe vorbeiguckt.

Mit offenem Mund starrt die Elfe ihn an. Ihre Gesichtsfarbe wechselt von Rot zu Blassgelb.

Mit steinig kühler Stimme spricht der Troll weiter: „Ich bin übrigens Trollo, Steintroll, Familie Kieselbeißer. Angenehm, deine

Bekanntschaft gemacht zu haben. Kannst du mich jetzt bitte in Ruhe essen lassen?“

Plötzlich entspannt sich die Elfe: „Ach, was soll ich mich mit einem Troll streiten?“, fragt sie. „Ein Troll! Pah!“ Abfällig guckt sie auf Trollos krautige Mooshaare, seine Knollennase, die schmalen, grauen Schultern, den runden Bauch unter der wolligen Mooshose und seine unförmigen Mooslatschen. Sie rümpft die Nase.

Trollo hört auf zu kauen. „Du hältst dich wohl für was Besseres, wie?!“

„Nein“, erwidert die Elfe trocken und zupft die rosafarbenen Blumen auf ihrem Kleid zurecht. „Ich BIN was Besseres!“

Sie will sich abwenden, doch Trollo packt sie mit steinharter Hand an ihrem zarten Ärmchen. „Du bist was Besseres, ja?“, zischt er böse.

Die Elfe guckt Trollo erschreckt an. Er ist einen ganzen Kopf größer als sie. Sie versucht, Trollos Hand abzuschütteln. Als er ihren Arm tatsächlich loslässt, atmet sie erleichtert auf. „Für einen Steintroll bist du aber ganz schön klein geraten; und mit Steinen scheinst du dich auch nicht auszukennen. Es gibt nämlich gar keine neuen Steine!“, sagt sie und versucht, das erschreckte Zittern in ihrer Stimme zu unterdrücken.

„Du hast keine Ahnung. Bist halt eine Elfe ...“, erwidert Trollo von oben herab.

„Was soll das heißen?!“, fällt ihm die Elfe ins Wort. Schon blitzen ihre Augen wieder zornig auf.

„Ach, jeder ist, wie er ist“, murmelt Trollo. „Elfen meinen immer, was Besseres zu sein. Aber von Steinen haben sie wirklich keine Ahnung!“ Er beißt noch einmal krachend in sein Trollbrot,

Hier haben wir Trollo zuerst entdeckt. Und neben ihm ganz viele Grasnelken – die Blumen auf Elfies Kleid. Kannst du Trollos Gesicht eventuell erahnen?

Auf den nächsten Seiten siehst du Elfie und Trollo, wie wir sie sehen.

wendet mahlend und schmatzend sein Gesicht der Sonne zu und schließt die Augen.

Die Elfe stutzt: „Wieso bist du an der Sonne und versteinerst nicht?“, fragt sie verdattert. „Trolle versteinern doch im Sonnenlicht. Also bist du gar kein Troll! Du willst mich auf den Arm nehmen!“

„Entendreck!“, sagt Trollo. „Wieso sollte ich ...“

„Weil du nicht versteinerst.“

„Ganz einfach zu erklären“, sagt Trollo mürrisch. „Ich bin ein Kieselbeißer.“

„So“, antwortet die Elfe kühl. „Das erklärt gar nichts. Also bist du doch kein Troll.“

„Bin ich wohl. Wir Kieselbeißer sind Tagtrolle. Noch nie was von uns gehört, wie?“

„Nee, noch nie.“

„Meine Urururururgroßmutter war ein Wurzelgnom. Die Wurzelgnome ertragen die Sonne – und alle ihre Nachfahren auch. Wir Kieselbeißer sind eben Tagtrolle“, wiederholt er.

„Na, meinetwegen. Also kennst du dich mit Wurzeln aus. Aber von Steinen hast du keine Ahnung. Neue Steine! Du willst mich doch verschaukeln.“ Die Elfe fliegt auf und schwirrt herausfordernd um Trollos Kopf herum.

Trollo verdreht die Augen. „He, Elfe, hör auf damit! Du machst mich ganz schwindlig!“

„Ich heiße nicht Elfe, sondern E-L-F-I-E!“, schimpft die Elfe.

„So. Elfie heißt du. Nett, dass du auch einen Namen hast. Bei euch Elfen ist es wohl nicht üblich, sich vorzustellen, wenn jemand anderer seinen Namen nennt?! Ich habe dir meinen schon vor drei Minuten gesagt“, brummt Trollo ungerührt.

Elfie stockt in der Luft. „Entschuldigung“, sagt sie verblüfft. „Ich bin Elfie Grasnelke.“

„Oh, guten Abend, Elfie. Schön, dich kennenzulernen“, erwidert Trollo bissig. „Soll ich dir was Neues zeigen? Neue Steine vielleicht?“ Er beißt wieder in sein Trollbrot und kaut den Bissen mahlend und schmatzend hinunter.

„Fang nicht wieder damit an!“, keift Elfie.

„Doch, tue ich.“ Dann setzt er sich plötzlich ganz gerade hin und hält inne. Er mustert Elfie nachdenklich. Dann hellt sich seine Miene plötzlich auf. „Ich zeige sie dir, wenn du willst. Ich zeige dir, wo neue Steine gemacht werden. Ich wollte da sowieso noch mal hin.“

„Du willst da noch mal hin? Es gibt keine neuen Steine!“, sagt Elfie, aber ihre Augen blitzen neugierig auf.

„Und es gibt sie doch. Mein Onkel Steinkiesel hat sie mir gezeigt. Dampfende Erde gab’s da auch und …“

„Dampfende Erde hab ich auch schon gesehen“, unterbricht Elfie ihn. Sie guckt Trollo erstaunt an. „Das heißt, du führst mich wirklich nicht an der Nase herum?“

„Wenn ich’s dir doch sage!“

„Da war auch dieses springende Wasser“, murmelt Elfie in Gedanken versunken. „Da, wo die Erde gedampft hat. Meine Eltern haben uns das gezeigt, meiner Schwester Ellie und mir.“ Sie wendet sich wieder an Trollo. „Als ich sieben war, kurz bevor ich in die Elfenschule kam. Das ist also schon ein bisschen her.“

„Wasser, das nach oben springt? Das gibt’s nicht. Wasser fällt immer nur runter“, murrt Trollo.

Elfie grinst. „Jetzt fängst du so an!“, kichert sie. „Das ist lustig. Und Tagtrolle gibt es ja auch nicht.“ Sie gluckst und schlägt zwei Purzelbäume in der Luft.

Trollo guckt verdutzt. Dann grinst er. „Hast gewonnen." Er schaut Elfie noch einmal prüfend an, dann schlägt er vor: „Wenn ich dir die neuen Steine zeige, zeigst du mir dann das Wasser, das nach oben springt?"

Zweifelnd guckt Elfie Trollo ins Gesicht. Meint er das ernst? Jedenfalls sieht er ihr direkt in die Augen, die nun vor Neugier und Unternehmungslust zu leuchten beginnen. „Ich kann ja sofort wieder umkehren und nach Hause fliegen, wenn es keinen Spaß mehr macht", denkt sie. Sie ahnt nicht, wie weit es bis zu den neuen Steinen ist! „Ob ich das springende Wasser überhaupt wiederfinde?", überlegt sie dann laut. An die Reise dorthin kann sie sich nur noch undeutlich erinnern. Aber sie weiß noch, dass alles unglaublich spannend war und sie damals vieles nicht verstehen konnte, was ihre Eltern erklärten. Schon lange wünscht sie sich, alles noch einmal mit neuen Augen zu sehen, jetzt, wo sie fast erwachsen ist. Nur hat sie bisher niemanden finden können, der mitreisen wollte.

Noch einmal schaut sie Trollo an. Der guckt erwartungsvoll zurück.

„Abgemacht!", sagt Elfie und lacht. „Komm, wir fliegen gleich los! Wo müssen wir lang?"

„Da." Trollo zeigt nach Nordosten. Bevor er noch den Mund geschlossen hat, saust Elfie über Grashügel und Steine los.

„Moment! Hallo! Halt! Warte!", tönt Trollos Stimme hinter ihr her.

Sie bremst scharf, überschlägt sich einige Male dabei und kommt zurückgeschwirrt. „Wo bleibst du denn?"

„Ich kann nicht fliegen! Ich bin ein Steintroll! Außerdem reise ich nie ohne Vorräte."

„Aber wir finden doch überall Blütenstaub und Quellwasser.“

„Was finden wir?“

„Blütenstaub und Quellwasser. Wozu dann Reiseproviant?!“ Elfie surrt ungeduldig vor Trollo auf und ab.

„Liebe Elfie, ich bin ein Steintroll. Ich esse Trollbrot und Steinmus! Kennst du Trollbrot? Hier, koste mal!“ Trollo hält Elfie sein Brot unter die Nase.

Übermütig beißt sie hinein. „Au, das ist ja Stein!“, schimpft sie los.

„Natürlich, das ist leckerer alter Stein in Scheiben, mit Steinmus. Wunderbar kräftig und nur ganz wenig staubig. Mmmmh.“ Trollo beißt noch einmal herzhaft ab, dann verstaut er den Rest in seiner Moostasche.

„Jetzt komm endlich!“ Purzelbaumschlagend wirbelt Elfie durch die Luft voraus.

Trollo springt klackernd über Moos und Steine hinterher.

Echtes, isländisches Trollbrot

Wolken über dem Gipfel

Schneller! Komm schon!", ruft Elfie ungeduldig. Trollo ist ihr einfach zu langsam. Obwohl es hier sogar etwas bergab geht, er sich an Steinen abstößt und das Moos bei seinen Salti als Trampolin benutzt! „Ist der lahm!", murmelt sie. Da fällt ihr Blick auf den Snæfellsjökull zu ihrer Linken. Gerade schiebt der Wind die Wolken auseinander, und der schneebedeckte Gipfel leuchtet strahlend weiß auf. „Stoooopp!", schreit Elfie unvermittelt und bremst scharf. Trollo schießt wie ein Steinschlag auf sie zu. Gerade noch kann sie mit einem abrupten Flughaken ausweichen.

Trollo stemmt beide Beine in das Moos und poltert kopfüber in eine Mulde, in der zwischen Steinen einige karge Grasbüschel und ein paar violett blühende wilde Stiefmütterchen wachsen. Einen der Blütenstängel knickt er um.

„Pass doch auf!“, zetert Elfie und saust zu der Blume hinunter.

Trollo antwortet nicht. Er reibt sich die Schulter und guckt sie böse an. Elfie öffnet den Mund, um weiterzuschimpfen, doch dann stockt sie und macht den Mund wieder zu. „Mit dem Bremsen hast du’s ja nicht so“, sagt sie spitz und richtet liebevoll den verbogenen Blütenstängel wieder auf. „Erst kommst du nicht in Schwung, und dann kannst du nicht anhalten.“

Trollo reibt sich jetzt die Knie.

„Brauchst gar nicht so zu tun. Ich hab kein Mitleid mit dir!“, stichelt Elfie.

„Beim nächsten Mal sagst du vorher Bescheid, wenn du bremst“, brummt Trollo.

„Vielleicht.“ Elfie zuckt mit den Schultern. Dann zeigt sie auf den Snæfellsjökull, der sich schimmernd in den isländischen Himmel erhebt. „Ich war noch nie ganz oben auf diesem Berg, obwohl ich so nahebei wohne. Meistens hüllt er sich ja in Wolken. Und meine Eltern haben es mir immer verboten. Aber jetzt, jetzt kann ich machen, was ich will. Und jetzt will ich da hoch! Von dort kann man bestimmt toll weit gucken. Los, komm!“

Elfies Blick duldet keinen Widerspruch. Trollo, der sich gerade den linken Ellbogen reibt, guckt zum weiß glänzenden Gipfel hoch und runzelt die Stirn. Er zögert. „Na gut“, sagt er dann.

„So schnell wie eben!“, ruft Elfie. Schon saust sie los.

„Halt!“, ruft Trollo ihr hinterher.

„Was ist denn jetzt wieder?“, fragt Elfie mit säuerlicher Miene. Sie landet auf der rosarot gefleckten Blütentraube eines Knabenkrauts.

„Bergauf komm ich nicht gut in Schwung“, murrt Trollo. „Und ich bin es leid, immer zehn Meter hinter dir her zu keuchen. Blöd, dass du so zarte Füße hast." Er schaut auf Elfies zarte buntgeblümte Schühchen und zieht die Mundwinkel nach unten.

„Was haben meine Füße damit zu tun, dass du nicht in Schwung kommst?", fragt Elfie verwirrt.

„Na jaaa ..." Trollo grinst schief. „Ein kräftiger Tritt in den Hintern hilft bei Startschwierigkeiten ganz ungemein. Aber mit deinen zarten Füßchen ..." Er verzieht den Mund.

Elfie legt den Kopf schief, verschränkt ihre Arme und wirft ihm einen verschmitzten Blick zu. „Ach so? Nichts leichter als das!" Sofort holt sie rückwärts schwirrend Anlauf.

Trollo schaut sie zweifelnd an, stellt sich aber doch auf einem Steinbrocken bereit und beugt den Oberkörper vor. Schon ist Elfie mit hellem Sirren im Anflug. Im letzten Moment streckt sie ihren Fuß aus und tritt Trollo so heftig in den Hintern, dass der davonschießt wie aus einer Kanone gefeuert.

„Suuuper ...!", hört Elfie ihn noch rufen, dann schwirrt sie in kichernden Purzelbäumen hinterher.

Sieben Elfen-Tritte später sind sie auf halber Höhe des Berges und erreichen eine letzte ebene Stelle vor einem steinigen Einschnitt und schroff aufragenden Felswänden. Kalter Wind pfeift um die Steine.

„Pause!", ruft Trollo außer Atem und stemmt die Beine in die Erde. „Zeit zum Essen!"

„Du hast doch schon gegessen", sagt Elfie verdattert.

„Ach, das war doch nur ein Imbiss", antwortet Trollo. „Weil die Nachmittagsmahlzeit schon so lang her war. Jetzt brauch ich mein Abendessen." Er streicht sorgsam einige Erdkrumen von einem grauen Steinbrocken, setzt sich darauf, rutscht ein paar Mal hin und her, legt sich dann seine Moostasche auf die Knie und zieht ein Trollbrot hervor.

„Na, das kann ja lustig werden." Elfie verdreht die Augen. „Beeil dich bloß."

Sie fliegt zu Trollo und bleibt surrend direkt vor seiner Nase in der Luft stehen. Als er krachend in sein Brot beißt und es mahlend und knirschend zerkleinert, kichert sie. „Mach den Mund zu beim Kauen, ich kann ja gar nicht hören, was ich denke!" Dann hält sie sich die Ohren zu und fliegt zu zwei leuchtend gelben Mohnblüten, die unbeeindruckt von der harschen, steinigen Gegend und dem kalten Wind im Geröll vor sich hin nicken. Elfie nascht ein wenig von dem feinkörnigen, duftendsüßen Blütenstaub. „Mmmh", summt sie. Dann fliegt sie wieder zu Trollo.

„Fertig?"

Trollo schüttelt nur kauend den Kopf.

Elfie seufzt demonstrativ, hockt sich neben den Stein, auf dem er sitzt, und betrachtet die schroffen, kahlen Felszinnen über ihr, die im Licht der tiefstehenden Sonne orangefarben aufleuchten. Dann entdeckt sie einen Weg, der von dort, wo sie sitzen, um eine Felsnase und dann hinunter in die Ebene führt. In der Ferne verschwimmt die Küstenlinie, das Meer leuchtet fast violett, über dem Wasser aber wölbt sich der Himmel blau und klar.

Elfie weist den Hang hinunter. „Siehst du den Elfenhügel dort hinten? Der ist vier Mal so groß wie meiner! Aber in meinem wohne ich ja auch nur allein."

Trollo stutzt. „Wieso wohnst du allein? Ich dachte, Elfen wohnen immer mit ihrer großen Familie zusammen." Er beißt krachend in sein Trollbrot.

„Eigentlich schon", sagt Elfie gedehnt. „Letztes Jahr wohnte ich noch bei meinen Eltern und den geschwätzigen Tanten. Aber meine Schwester Ellie war so nervig, dass ich ausgezogen bin. Hast du auch eine ältere Schwester?"

„Nö, keine Geschwischta", nuschelt Trollo mit vollem Mund.

Elfie kichert. „Mit so viel Schotter im Mund könnte ich auch nicht reden." Sie zieht ihre Beine an und lehnt sich an den Stein, auf dem Trollo sitzt. Dann wird sie wieder ernst. „Hast du ein Glück, dass du keine Geschwister hast. Eine große Schwester zu haben ist furchtbar. Als wir diese Reise zu dem Wasser gemacht haben, das nach oben fällt – also springt", verbessert sie sich, „da haben meine Eltern uns alle Merkwürdigkeiten erklärt, die wir gesehen haben. Oft hab ich nicht gleich alles verstanden. Ich war ja noch klein. Aber wenn ich nochmal nachgefragt hab, hat Ellie mich immer ausgelacht oder irgendeinen Blödsinn gemacht. Sie weiß immer alles besser. Geschwister nerven einfach!" Elfie zieht die Nase kraus.

Trollo schluckt seinen Bissen hinunter. „Aber wie kann Wasser denn nach oben springen?"

„Weiß ich ja auch nicht so richtig." Elfie zuckt die Schultern. „Ich glaub, das hing damit zusammen, dass das Wasser so heiß ist. Es dampft und zischt und brodelt richtig! Und manchmal springt es so hoch wie ein Felstroll groß ist!"

„So hoch?!" Trollo bekommt kieselrunde Augen. „Hast du schon mal einen Felstroll gesehen?"

„Nein. Du?" Elfie zieht die Knie bis an die Ohren, zupft ihr Kleid zurecht und schlingt die Arme um ihre Beine.

„Mhm", nickt Trollo, „vor ein paar Jahren. Der hatte riesige Kraft! Wenn mehrere Felstrolle gemeinsam an der Erde rütteln, fängt sie an zu wackeln und zu beben. Mein Onkel Steinkiesel sagt, wenn sie in Streit geraten, dann reißt die Erde auf. Vielleicht finden wir so eine Stelle auf dem Weg zu den neuen Steinen.“ Er beißt wieder krachend in sein Trollbrot.

Elfie zieht ängstlich die Schultern hoch. „Das ist doch aber gefährlich.“

„Ach nö, glaub nicht“, murmelt Trollo undeutlich und schluckt geräuschvoll. „Dann ist da halt eine Spalte. Reinfallen darf man da natürlich nicht ...“, gibt er zu. Dann fällt ihm etwas ein. „Ist doch komisch mit der Hitze an manchen Stellen in Island. Heißes Wasser, das aus der Erde springt ...“ Er schüttelt den Kopf. „Und als wir uns bei den neuen Steinen zum Picknick hingesetzt haben, da haben wir durch unsere dicken Mooshosen hindurch ganz warme Hintern bekommen. So heiß war die Erde!“ Er lacht ein kollerndes Lachen.

„So was gibt’s ja gar nicht!“, sagt Elfie streitlustig.

„Wissen Elfen eigentlich immer alles besser?! Ihr bemerkt so was bloß nicht, weil ihr über die Erde weg fliegt. Ich ...“ Er verstummt plötzlich. Um die Felsnase herum rumpelt etwas den Weg hinauf, direkt auf sie zu. Erschrocken springen Elfie und Trollo zur Seite. Genau neben ihnen bremst knirschend ein Auto.

„Das ist ja wieder dieser, dieser ... Mensch, dieser Breitfuß, dieser Typ, der mir den alten Stein an den Kopf geworfen hat!“, zetert Elfie.

Trollo murmelt noch „... den *neuen* Stein ...“, dann macht er sich ganz steif.

Der Mensch steigt aus dem Wagen und schaut zum Berggipfel. Majestätisch leuchten zwei schneebedeckte Spitzen in den isländischen Sommerabend. Doch in diesem Moment hüllen sich wieder Wolken um den Berg wie ein dick wattierter Mantel. Der Mann seufzt. Langsam dreht er sich um seine eigene Achse. Ringsum ist Stille. Eisiger Nachtwind beginnt zu wehen. Der Mensch zieht seine Jacke zu.

„Man fühlt sich tatsächlich wie am Anfang der Welt", murmelt er. „Wo, wenn nicht in diesem Vulkan hätte die Reise zum Mittelpunkt der Erde beginnen sollen?!"

Elfie stutzt. Sie stößt Trollo an. „Was ist ein Vulkan? Weißt du das?"

Trollo zuckt steif die Schultern.

„Ich will das wissen!", sagt Elfie. Mit zusammengezogenen Brauen guckt sie zu dem Menschen hoch. Dann gibt sie sich einen Ruck. Sie fliegt dicht an sein rechtes Ohr heran und flüstert: „Was ist das – ein Vulkan?"

„Ein Feuer speiender Berg ...", murmelt der Breitfuß jetzt wie zur Antwort. Mit sehnsüchtigem Blick starrt er in die Wolken, hinter denen sich der Gipfel versteckt.

„Was bedeutet denn ‚speiend'?", fragt Elfie zu Trollo gewandt. „Das Wort kenne ich nicht."

„‚Speien' bedeutet ‚spucken'", erwidert Trollo schleppend.

„Der Berg spuckt also Feuer? Wie ein Drache?", fragt Elfie stirnrunzelnd. Sie schaut zweifelnd zum Gipfel hoch. Dann fliegt sie noch einmal zum Ohr des Menschen. „Ich sehe nur Eis und Schnee da oben", flüstert sie hinein.

Der Mann wendet sich zum Auto, holt ein dickes Buch heraus, sieht sich kurz um und setzt sich ein paar Schritte entfernt auf einen Felsbrocken. Er blättert. Dann liest er halblaut vor: „Seit auf Island Menschen wohnen, hat der Snæfellsjökull kein Feuer mehr gespuckt. Der Berg ist stets mit Eis und Schnee bedeckt. Er ist ein schlafender Vulkan. Sein Feuer ist wahrscheinlich noch nicht für immer erloschen, allerdings kann so ein Schlaf sehr lange dauern.

Beim Snæfellsjökull dauert er, nach den Maßstäben eines Vulkan betrachtet, bisher nur einen kurzen Augenblick: etwa 1.800 Jahre." Der Mann sieht wieder zum wolkenverhangenen Gipfel hoch und klappt das Buch zu.

„1.800 Jahre!", ruft Elfie. Dann fällt ihr etwas ein. Sie flüstert dem Menschen noch einmal ins Ohr. „Wie spuckt denn so ein Vulkan Feuer? So ein Berg hat doch keine Zunge, oder?"

Der Mann schmunzelt. „Feuer spucken ... Eigentlich ist das ein lustiger Ausdruck. Eine Zunge hat so ein Berg jedenfalls nicht." Plötzlich stutzt er. „War da eben eine Stimme?" Er sieht sich suchend um. Sein Blick streift Elfie, gleitet aber ohne Zögern über sie hinweg. Dann schüttelt er unwirsch den Kopf und reibt sich die Ohren.

Elfie kichert und saust einmal um seinen Kopf herum. Dann fällt ihr etwas anderes ein. Sie fliegt zum Schuh des Mannes und macht sich am Schnürsenkel zu schaffen.

Der Mensch gähnt plötzlich herzhaft. Er steht von seinem Stein auf und wendet sich seinem Auto zu. Dabei tritt er auf seinen offenen Schnürsenkel und landet auf allen vieren im spitzen Schotter der Piste. Sein Buch segelt davon und schlägt nur ein Steinchen von Trollo entfernt hart auf den Boden. Vor Schreck bekommt Trollo kieselrunde Augen, während Elfie schadenfroh kichernd beobachtet, wie sich der Mensch fluchend und stöhnend aufrappelt. Grummelnd reibt er sich spitze Steinchen von den Händen, die lauter kleine, rote Dellen in seine Handflächen gedrückt haben. Dann bückt er sich und hebt sein Buch auf, das immer noch knapp neben Trollo liegt.

„Augen zu, Trollo!", zischt Elfie erschrocken. Doch zu spät. Der Mann stockt, runzelt die Stirn und reibt sich die Augen. Diesen Moment nutzt Trollo, sich blitzschnell zur Seite zu rollen. Als der Mann wieder hinsieht runzelt sich seine Stirn noch heftiger. Mit den Augen sucht er den Boden ab. „War da nicht eben ...?", murmelt er. „Ich glaub, es wird Zeit fürs Bett." Er bindet sich den Schnürsenkel. Dann geht er zum Auto, legt sein Buch auf den Beifahrersitz, steigt ein und fährt davon.

Beim Eisgnom

Als das Auto davonrollt, findet Trollo seine Sprache wieder. „Was soll das, zum hohlen Schlammkopf noch mal!“, poltert er mit geballten Steinfäusten und funkelnden Augen. „Dieser Mensch erklärt uns, was ein Vulkan ist, und du ziehst ihm den Schnürsenkel auf! Beinahe hätte mich sein Buch erschlagen!“

„Das ist nur die gerechte Strafe dafür, dass er mir vorhin diesen alten Stein an den Kopf geworfen hat“, erwidert Elfie kühl.

„Den NEUEN Stein!“, zischt Trollo. „Und das ist überhaupt kein Grund, MICH mit einem Buch zu erschlagen!“

„Du tust gerade so, als hätte ich das Buch geworfen!“, keift Elfie zurück und dreht sich weg.

„Ohne deinen blöden Einfall hätte der Mensch es jedenfalls nicht fallen lassen!“, donnert Trollo.

„Blöder Einfall?! Blöd?! Ich bin nicht blöd! Du bist ein lahmer, verfressener Troll, der immer alles besser wissen will! Mit so einem will ich überhaupt nichts zu tun haben!“, kreischt Elfie mit rotem Kopf zurück.

„Ach ja? Dann geh doch allein zu diesem verdrehten Wasser, das nach oben springt! Das gibt es ja sowieso nicht!“

„Aber neue Steine gibt es, ja?! Du kannst mich mal mit deinen neuen Steinen! Dieser ganze Ausflug kann mir gestohlen bleiben!“ Wütend dreht sich Elfie auf dem Hacken um und sirrt davon.

„Ach, rutsch mir doch den Buckel runter!“, schreit Trollo ihr hinterher.

Bebend vor Wut sirrt Elfie zum Fuß der steilen Felszinne und den dahinterliegenden steilen Hang hinauf. Ihre grünen Augen sprühen Blitze. Hier und da weicht sie Felsbrocken und senkrechten Steinwänden aus. Sie taucht in die Wolkenwatte ein und fliegt blind vor Wut immer noch weiter.

Außer Atem hält sie irgendwann inne. Schnee liegt zwischen den Steinen. Kalter, feuchter Nebel umhüllt sie so dicht, dass sie kaum noch etwas sieht. Es wird dunkel.

„Bah, ist das kalt!“, schnauft Elfie. Sie zieht ihr Kleid enger um sich und dreht sich einmal um sich selbst. Dann fliegt sie ein Stück zurück. Eiskalte Luft weht ihr aus einer schneebedeckten Senke entgegen. Die tiefe Dämmerung umschließt sie wie die riesige Hand eines grimmigen Bergtrolls. Der eisige Nebel legt sich kalt auf ihre nackten Arme und tastet sich mit frostigen Fingern durch ihr Blumenkleid bis auf die Haut. Elfie beginnt zu zittern.

Sie dreht sich noch einmal um sich selbst und starrt fröstelnd in die Düsternis. War sie von dort gekommen? Oder von da hinten? Hilflos versucht sie, sich zu orientieren, aber in dem dicken Nebel kommt ihr plötzlich rein gar nichts mehr bekannt vor. Sie lauscht. Doch es ist nichts zu hören, überhaupt nichts. Gar nichts. Elfies Flügel werden langsam steif vor Kälte. Sie schüttelt sie und sirrt tiefer in die Senke hinunter. „Geht es da wieder bergab?", denkt sie und fliegt nach links. Doch nach ein paar Flügelschlägen zieht sich der Hang wieder hinauf. Sie dreht um. Nur schemenhaft erinnert sie sich an die letzte Felsecke, um die sie geflogen ist. Sie glaubt, eine dunkle Masse durch den Nebel zu erkennen. „Da geht's lang!", ruft sie und versucht, fröhlich zu klingen. „Das ist doch dieser riesige Felsklotz, dem ich ausgewichen bin." Doch als sie an dem Felsbrocken ankommt, ist er kaum so groß wie das Menschenauto vorhin und kommt ihr völlig unbekannt vor. Sie dreht wieder um und probiert es in einer anderen Richtung. Der Hang führt etwas bergauf und endet in einem schneebedeckten Hügel. Nun geht es in alle Richtungen nur noch bergab. Elfie schlottert am ganzen Leib. Noch einmal ändert sie die Richtung. Ihr Weg endet an einer Felswand, an die der Nebel eine Schicht weißer Eiskristalle gezaubert hat. Zitternd kriecht sie in einen dunklen Felsspalt. Hier ist sie wenigstens ein bisschen vor dem eisigen Nebel geschützt; und hier drinnen liegt kein Schnee.

„Bis zum Morgen hat es keinen Sinn, den Weg nach unten zu suchen. Die Nacht ist nur kurz, und wenn es wieder hell wird, werde ich die Richtung schon wiederfinden", versucht Elfie, sich selbst Mut zu machen. „Und wenn es morgen immer noch so neblig ist?" Die Angst sitzt ihr kalt im Nacken. „Und wenn ich auch übermorgen und überübermorgen aus diesem Felslabyrinth nicht mehr herausfinde?" Sie macht drei Schritte in Richtung des Spaltenausgangs und will nach Trollo rufen. Doch da schäumt ihr Ärger wieder hoch. „Nach diesem Steinklotz rufe ich nicht! Pah! Ich werd den Weg morgen schon finden.“ Die Wut und die Aussicht darauf, dass im isländischen Sommer die Nächte kurz sind und die Sonne sehr bald wieder aufgeht, lässt sie wieder Mut fassen. Sie kriecht tief hinein in die Felsspalte, kauert sich zitternd zusammen und wickelt ihr Kleid fest um sich.

Elfie träumt von einer blühenden Sommerwiese im hellen Sonnenschein. Tanzend fliegt sie von Blüte zu Blüte, nascht süßen Nektar, wirft übermütig Blütenstaub in die Luft und wirbelt in lustigen Purzelbäumen den Bienen hinterher. Sie schwingt sich rund um den schlanken, gegliederten Stängel eines Schachtelhalms, lässt sich in die weit geöffnete gelbe Blüte eine Löwenzahns fallen und dreht ihr Gesicht den warmen Strahlen der Sonne zu.

Ein eisiges Kichern fegt plötzlich wie ein Schneesturm über die Wiese. Die Blumen erstarren im bitteren Nordwind. Elfie schlingt ihre Arme um sich. Das frostige Kichern kommt immer näher. Jetzt ist es fast an ihrem Ohr. Mit einem Ruck erwacht sie. Ihre Arme, ihre Beine und ihre Flügel sind steif vor Kälte. Der kantige Fels, auf den sie im Schlaf gesunken ist, bohrt sich ihr in den Rücken. Draußen ist es wieder hell, aber immer noch wabert dicker Nebel über Steine und Schnee.

Im Eingang des Felsspalts steht ein merkwürdiges Männchen und grinst Elfie belustigt an. Mitten in seinem runden Gesicht mit den eisblauen Augen und den knolligen, roten Wangen sitzt eine große, spitze Nase, an der ein Eiszapfen hängt!

„Hihihihi. Was sucht denn eine Blumenelfe hier? Schön kalt hier oben, wie?“ Seine eisigen Augen strahlen Elfie an wie ein sonnig-kalter Wintermorgen.

Elfie fröstelt. „Ich bin Elfie Grasnelke. Ich habe mich verirrt“, erwidert sie mit blassen, starren Lippen. Kaum schafft sie es, die Worte zu formen.

„Ach soooo ..., verirrt“, sagt das Wesen. Dann schweigt es. Elfie mustert ihren Besucher unsicher. Er sieht ganz und gar eisig aus. Schnee bedeckt die silbernen Haarsträhnen auf seinem Scheitel. Selbst an dem schütteren weißen Bart hängen Eiskristalle.

„Und wer bist du?”, fragt sie bibbernd. Nur langsam weicht die Starre von ihren Lippen.

„Snæ heiße ich, hihihi“, kichert das Wesen.

„Entschuldige, Snæ. Ich habe noch nie jemanden wie dich gesehen. Bist du ein Zwerg?“

Snæ grinst. „Ein Zwerg, hihi?! Ein Eisgnom bin ich. Hihihi. Freut mich, dass ich mal Besuch von einer Blumenelfe bekomme. Hihihihi.“ Er kichert so heftig, dass sein Umhang hell aufglitzert. Verwundert schaut Elfie auf das merkwürdige Gewebe, das nur aus Schneeflocken zu bestehen scheint, als seien sie – Flocke an Flocke – zu Bändern gesponnen und zu einem wundervollen Stoff verwoben. „Schöööön“, seufzt sie.

„Hihihi“, kichert Snæ weiter. „Gefällt dir mein Umhang?“

„Sehr“, haucht Elfie. „Ist der wirklich aus Schnee gesponnen?“

„Na klar! Hihihi!“

„Aber schmilzt der denn nicht?“

„Nein!“, quietscht Snæ. „Natürlich nicht. Wir sind doch hier über der Schneegrenze. Wunderbares Klima hier oben!“ Er strahlt über das ganze Gesicht.

Elfie erinnert sich plötzlich wieder daran, wie kalt ihr ist. Sie reibt sich steif die Hände. „Schneegrenze? Was ist das? Das Wort habe ich noch nie gehört.“

„Du weißt nicht, was die Schneegrenze ist?“, lacht Snæ.

„Nein.“ Elfie stockt. Eigentlich möchte sie es jetzt gar nicht wissen, sondern nur fort von hier, hinunter, dorthin, wo es wärmer ist und die Sonne scheint. „Aber vielleicht wird der Gnom böse oder ist beleidigt und lässt mich hier einfach erfrieren, wenn ich ihn sofort nach dem Weg aus dieser Kälte frage“, denkt sie. „Erklärst du's mir, was das ist, die Schneegrenze?“, fragt sie also. Ihre Hände werden vom Reiben ganz langsam etwas wärmer.

„Klar“, knirscht Snæ fröhlich. „Oben auf einem Berg ist es immer ein bisschen kälter als unten im Tal. Je weiter oben, desto kälter.“

„Wieso ist das eigentlich so?“, unterbricht Elfie den Gnom. „Oben auf dem Berg ist man doch näher an der Sonne. Also müsste es da wärmer sein.“ Sie reibt sich jetzt ihre Arme.

Snæ lächelt ein eisiges Lächeln. „Eine kluge Frage. Also ganz von vorne. Hihihi.“ Er setzt sich auf einen Felsbrocken und schaut Elfie an. „Nachts ist es kalt und tags ist es warm. Woher kommt das?“

Elfie stutzt, doch diese Frage ist leicht zu beantworten: „Von der Sonne, die macht es warm“, antwortet sie, während sie ihre Beine reibt und sich nichts sehnlicher wünscht als wärmende Sonnenstrahlen.

„Richtig. Die Sonne macht die Erde warm. Du kannst es sogar fühlen, wenn du deine Hand auf einen Stein legst, der lange in der Sonne gelegen hat.“

„Oder wenn ich mich draufsetze!“, strahlt Elfie. „Ich sitze richtig gern auf warmen Steinen.“ Der Gedanke an einen warmen Stein im Sonnenschein lässt es Elfie gleich viel wärmer werden.

Snæ grinst. „Hihihi“, kichert er. „Und der warme Stein macht deinen Po warm, wenn du dich draufsetzt?“

„Ja, das ist dann richtig angenehm!“

„Und was ist auf dem Stein, wenn du nicht drauf sitzt?“

Elfie schaut Snæ fragend an.

„Na?“, forscht der nach.

Elfie zuckt die Schultern. „Nichts?“, sagt sie fragend.

„Falsch.“

„Aber da ist doch nichts. Moos vielleicht?“

„Und wenn kein Moos drauf ist?“

„Na, dann nichts.“

„Falsch.“

Elfie schlägt vorsichtig mit ihren steifen Flügeln, während sie überlegt. Dann hat sie eine Idee. „Luft!“

„Genau! Hihi!“, sagt Snæ und grinst breit. „Und was passiert mit der Luft, wenn sie auf dem warmen Stein ist?“, fragt er.

„Wird die vielleicht auch warm?“ Langsam bekommen Elfies Wangen wieder Farbe.

„Genau. Und weil die Sonne nicht nur den einen Stein wärmt, sondern die ganze Erde …“

„… wird auch die Luft über der ganzen Erde warm“, unterbricht Elfie den Eisgnom.

„Hihihi!“ Snæ grinst. „Und je näher die Luft an der Erde ist, desto wärmer wird sie. Je weiter sie von der Erde weg ist, desto kühler bleibt sie.“

„Logisch“, sagt Elfie. Doch dann fällt ihr etwas ein. „Aber Luft ist doch – nur Luft. Ist denn da was, was warm werden kann?“, fragt sie.

„Klar!“, sagt Snæ. „Luft besteht aus ganz vielen winzig kleinen Teilchen“, erklärt er. „Wenn du atmest, merkst du, dass die Luft nicht ‚nichts‘ ist.“

„Stimmt“, sagt Elfie nachdenklich, holt einmal tief Luft und beobachtet, wie sich dabei ihre Brust wölbt. Dann bibbert sie wieder. Die Luft ist so kalt!

„Hihi. Und diese winzigen Teilchen werden von der warmen Erde und den Steinen aufgeheizt. Genau wie dein Po, wenn du dich auf den warmen Stein setzt“, fährt Snæ fort. „Die Sonne macht sie aber auch direkt warm, wenn sie drauf scheint.“

Elfie stutzt. „Dann müsste es oben auf den Bergen aber ja doch wärmer sein als unten. Weil die Sonne da näher dran ist.“

Snæ lächelt vergnügt. „Hihihi! Du bist wirklich eine kluge Elfe“, freut er sich. „Eigentlich müsste es so sein, da hast du recht. Aber die Sonne ist so unvorstellbar weit weg von der Erde, dass diese kleine zusätzliche Entfernung der Luft, die unten ist, dabei keinen Unterschied macht.“

Elfie zieht die Stirn kraus. „Trotzdem verstehe ich das nicht.“ Sie schnieft und reibt sich jetzt wieder die Hände. „Wenn die Erde von der Sonne warm gemacht wird, und die Luft von der Erde, warum wird denn die Erde überhaupt in der Sonne so viel wärmer als die Luft? Die ist doch auch in der Sonne? Außerdem hat die Luft auf dem Berg doch auch Erde und Steine, die sie warm macht: den Berg.“

„Hihihihi!“, kichert Snæ. „Was bist du klug! Auch damit hast du recht! Aber da gibt es noch etwas. Es ist nämlich unten mehr Luft als oben.“

„Was?“

„Ja, tatsächlich, hihi“, kichert Snæ. „Man merkt das, wenn man auf einen ganz, ganz hohen Berg steigt. Dann hat man oben das Gefühl, dass man viel mehr atmen muss, damit man genug Luft bekommt. Und das ist auch so. Weil oben einfach weniger Luft da ist.“

„Das verstehe ich nicht“, sagt Elfie.

„Na, dann stell es dir so vor: Wenn du eine ganz, ganz große Kiste hast und ganz viel hineinsteckst, was ein bisschen weich ist …“

„… wie Moos?“, wirft Elfie ein.

„Ja, zum Beispiel wie Moos, hihi. Wenn du also ganz viel Moos in eine riesengroße Kiste steckst, dann wird das Moos unten von dem Moos, das oben liegt, zusammengedrückt. Und dadurch ist schließlich in der unteren Hälfte deiner Kiste mehr Moos als in der oberen Hälfte.“

„Nur ganz platt gedrückt!“, grinst Elfie.

„Hihihi. Richtig. Und so ist das mit der Luft auch. Hihi. Luft ist ja nicht nichts, wie du jetzt weißt. Sie besteht aus lauter kleinen Teilchen. Und die lassen sich genauso zusammendrücken wie dein Moos in der Kiste. Wenn die oberen auf die unteren drücken, dann werden die unteren zusammengepresst. Also sind unten mehr Teilchen, die die Sonne warm machen kann, als oben. Und außerdem wärmt die warme Erde die unteren Teilchen ja noch zusätzlich auf.“

„Und deswegen ist es unten wärmer als oben …“ Elfie staunt. Darüber hat sie noch nie nachgedacht. „Werden deswegen Steine von der Sonne auch schneller warm gemacht als Luft? Weil sie mehr Teilchen haben als Luft, meine ich. Sie sind ja auch viel fester“, fragt Elfie.

„Genau! Hihihi!“ Snæ kichert wieder sein eisiges Kichern.

Da fällt Elfie wieder ein, wie kalt ihr ist. Sie schüttelt sich. „Puh! Sag mal, Snæ, liegt hier oben eigentlich *immer* Schnee? Es ist doch Sommer!“

„Hihihi!“, kichert Snæ. „Jetzt kommen wir dazu.“ Er guckt Elfie auffordernd an. „Je höher ein Berg ist, desto kälter ist es dort oben also. Und der Snæfellsjökull ist ziemlich hoch! Was passiert also mit dem Schnee, der da drauf fällt?“

Elfie fröstelt jetzt wieder so sehr, dass sie gar nicht nachdenken kann. Sie zuckt frierend mit den Schultern und schlingt ihre Arme um sich.

„Na, ist doch klar“, beantwortet Snæ seine Frage selbst. „Oben auf dem Gipfel taut der Schnee auch im Sommer nicht weg. Es fällt einfach jedes Jahr mehr Schnee als wegtauen kann. Weil es ja immerzu kalt ist. Also bleibt der Schnee liegen und sammelt sich an.“

„Aha“, murmelt Elfie schlotternd und reibt sich jetzt die Beine. Dann beginnt sie wieder nachzudenken. „Aber unten auf den Hängen liegt doch kein Schnee! Als ich gestern losgeflogen bin, war da keiner. Erst hier oben lag welcher.“

„Hihihi“, kichert Snæ. „Das ist doch klar. Weil es unten ja wärmer ist als oben. Wo es im Sommer so kalt bleibt, dass von dem Winterschnee gerade eben noch etwas liegen bleibt, da bist du über die Schneegrenze gekommen. Unten drunter findet man nur im Winter Schnee. Und oben drüber bleibt immer ein bisschen Schnee liegen. So wie hier. Du bist hier knapp über der Schneegrenze.“

„Aha.“ Elfie schüttelt sich vor Kälte. „Und was passiert mit dem ganzen Schnee, der oben auf dem Gipfel liegen bleibt? Da müsste ja eine ziemlich dicke Schicht zusammenkommen!“

„Tut es auch, hihihi“, kichert Snæ und lässt seine langen Finger knacken. „Da oben sammelt sich sogar so viel an, dass der Schnee zuunterst zusammengedrückt und fest wird – auch wie dein Moos in der Kiste. Weil Schnee nämlich ähnlich elastisch und weich ist wie Moos.“

„Und wie die Luftteilchen“, ergänzt Elfie und reibt wieder die Hände aneinander.

„Genau. Hihihi. Wenn ganz viel Schnee übereinander liegt, wird der Schnee so stark zusammengedrückt, dass unten festes Eis entsteht: ein Gletscher. Gletscher bedecken oft ganze Berge. Manchmal sogar Hänge und Täler. Wo genug Schnee fällt, da können sie viele hundert Meter dick werden. Wenn es nur kalt genug ist. Der Gletscher hier ist nicht ganz so dick, aber toll kalt. Wundervolle Gegend. Hihi."

Elfie schlottert am ganzen Körper vor Kälte, aber sie schaut Snæ bewundernd an. „Woher weißt du das alles?"

„Hihihi", kichert der, „ich bin ein Eisgnom! Willst du dir den Gletscher mal ansehen? Es ist wunderbar dort oben!"

„Brrr! Nein!", ruft Elfie schaudernd. „Kannst du mir nicht lieber den Weg nach unten zeigen? Ich habe ihn gestern im Nebel nicht wiederfinden können. Mir ist sooo kalt!" Bittend sieht sie in Snæs eisblaue Augen.

Der guckt sie enttäuscht an. „Schade, ich hätte dir gern meine Eishöhle gezeigt. Und es war so nett, mit dir zu plaudern. Ich bekomme nicht oft Besuch. Aber wenn du wieder nach unten willst ... Also, komm." Er schlüpft zu Elfie in die Felsspalte und reicht ihr seine Hand. Sie ist so kalt, dass Elfie zurückzuckt. Doch dann hält sie sie fest und tritt hinaus in den kalten Nebel und den Schnee. „Danke, Snæ. Wie gut, dass ich dich getroffen habe. Vielleicht kommst du mich mal in meinem Elfenhügel besuchen? Er ist über und über mit Grasnelken bewachsen!" Sie strahlt Snæ an, doch der Gnom stöhnt: „Oh, nein! Viel zu warm dort unten!"

Snæ führt sie durch die schneebedeckte Senke, um einen Felsvorsprung und dann einen Hang hinunter. Der Schnee wird weniger. Auch der Nebel lichtet sich. Als sie auf einen großen Felsbrocken hinuntersteigen, haben sie Schnee und Nebel hinter sich gelassen. Snæ weist geradeaus. „Schau mal, von hier aus kannst du die Küste sehen."

„Juchhuuu!" Elfies Herz macht einen Hüpfer. Sie drückt Snæs Hand zum Abschied. „Danke, Snæ! Auf Wiedersehen!" Und schon saust sie los.

Bald erreicht sie wärmere Bereiche, und schon kann sie die vielen Blumen auf dem grünen Küstenstreifen erkennen.

Als Elfie etwas später dort ankommt, lässt sie sich erleichtert ins Gras fallen, wendet das Gesicht der Sonne zu und atmet tief den herrlichen Duft von Thymian, Leimkraut, Gras und Mauerpfeffer ein.

Der Geist vom Vogelfels

Und wo ist Trollo? Mit bösem Blick hat er Elfie hinterhergeschaut, bis sie hinter einem Felsvorsprung verschwand. Er ist steinsauer. Fast hätte ihn dieser Mensch entdeckt! Wütend poltert er über die Steine zurück nach unten. Als er sich an einem spitz aufragenden Felszacken den Kopf stößt, bleibt er abrupt stehen. „Au!“, knurrt er und tastet zwischen seinen Mooshaaren herum. Dabei fällt sein Blick auf ein dickes grünes Moosfeld am Fuß des Hangs. „Da such ich mir eine kuschelige Kuhle für die Nacht“, grummelt er. Nicht lange, dann findet er eine mit dickem, weichem, hellgrünen Polster. Als erstes rupft er sich ein feuchtes Moosbüschel aus und kühlt damit die dicke Beule, die auf seinem

Scheitel wächst. Vor sich hin grummelnd zieht er sein Trollbrot aus der Tasche und knabbert lustlos daran herum. Nach ein paar Bissen packt er es wieder weg, wirft sich ins Moos und schläft nach einer Weile ein.

In der Nacht wälzt sich Trollo unruhig hin und her. Er träumt von Elfie, die ihm kichernd in den Hintern tritt und die mit ihm die Reise zu den neuen Steinen machen will, die Trollo schon so lange vorhatte und nie begonnen hat. Er lacht sie an. Doch plötzlich kommt ein riesiges Buch geflogen und kracht zwischen Elfie und ihm auf den Boden. Elfie wird von dem Windstoß der klappenden Buchdeckel davongeblasen. Er will sie rufen, aber plötzlich hält ihm eine unsichtbare Hand den Mund zu. Unvermittelt löst sich Elfie in Luft auf. Aus der Ferne segelt eine kleine, rosafarbene Blüte herbei und fällt Trollo vor die Füße: eine Grasnelke. Dann löst sich auch die Blüte in Luft auf. Trollo sieht ihr traurig dabei zu und fühlt sich sehr, sehr einsam.

Als Trollo spät am Morgen die Augen aufschlägt, hat er den Traum vergessen; nur die Traurigkeit ist ihm geblieben. Die Sonne strahlt von einem blitzblauen Himmel auf ihn herab, in dem große, wattige Wolken schweben. Aber er sieht sie gar nicht.

„Was ist denn los mit mir?“, denkt er und schüttelt sich. Dann fällt es ihm wieder ein: „Elfie. Unsere Entdeckungsreise. Dieser Mensch und sein Buch. Wo sie jetzt wohl sein mag?“ Dann steigt der Ärger wieder in ihm hoch. „Lahmer, verfressener Troll – das lass ich mir von ’ner Blumenelfe nicht sagen!“

Er rappelt sich auf und kramt unwirsch in seiner Tasche. Während er sich eine Scheibe Trollbrot zwischen die Zähne schiebt, wandert sein Blick zur Küste. Er hört die Wellen an den Steilwänden rauschen. „Da roll ich hin“, beschließt er kauend. „Felswände muntern mich immer auf." Er schluckt den letzten Bissen hinunter und rollt los.

Elfie hat derweil vier herbsüße Körnchen Nelkenblütenstaub und einen Tautropfen genascht. Während sie fröhlich Sommerlieder vor sich hinsummt, schnuppert sie genießerisch an den süß duftenden Blüten von Grasnelken, Hahnenfuß und Wiesenschaumkraut. „Vielleicht wäre es doch nett gewesen, mit Trollo zu diesen neuen Steinen und zum springenden Wasser zu reisen", überlegt sie. Sie setzt sich auf einen sonnengewärmten Stein, stützt das Kinn in die Hände und schaut über die Blumen und das Gras hinweg in die Ferne. „Womöglich gibt es ja tatsächlich neue Steine, irgendwo da hinten." Dann schüttelt sie den Kopf. „Trollo ist bestimmt schon auf und davon. Oder er schläft noch. Oder er sitzt da und futtert Trollbrot in sich hinein ... Was der für Geräusche dabei macht! Und wie langsam der ist. Und immer will er alles besser wissen."

Eine schlanke, gelb-schwarz gestreifte Schwebfliege sirrt im Sonnenschein an ihr vorbei. Lachend springt Elfie auf, schüttelt alle Gedanken mit zwei übermütigen Purzelbäumen von sich und ruft: „Ich fange dich!"

Elfie saust über das buntgeblümte Gras hinter der Schwebfliege her. Eine Windböe bringt beide ins Taumeln, doch Elfie fängt sich als erste, saust heran und jauchzt: „Ich kriege dich!"

„Niemals!", zwitschert die Schwebfliege, steigt abrupt in die Höhe und fliegt dann in eine andere Richtung. Elfie bremst scharf, wendet und sirrt hinterher, doch als sie ihr ganz nahe ist, lässt sich die Schwebfliege vom Wind erfassen und Richtung Meer wehen. Elfie nimmt alle Kraft zusammen und überholt den

Wind. „Jetzt krieg ich dich aber!“, ruft sie übermütig. Im letzten Moment taucht die Schwebfliege in den Windschatten eines Grasbuckels ab. Elfie dagegen schwirrt über die Felskante hinaus und schwebt plötzlich zwanzig Meter über den rauschenden Wellen. Drei silberweiße Möwen stürzen schrill kreischend so nah an ihr vorbei in die Tiefe, dass Elfie vor Schreck die Augen zukneift und sich die Ohren zuhält. Da erfasst sie der eilende Wind und treibt sie hinaus aufs offene Meer. „Nein!“, schreit Elfie entsetzt, als sie die Augen aufreißt und sieht, wie weit die Küste schon entfernt ist. Und der kalte Wind treibt sie weiter davon. Wild schlägt sie mit den Flügeln, aber der Wind ist einfach stärker als sie. „Hiiilfeeeeeee!“

In genau diesem Moment erreicht Trollo die Steilküste. Elfies Hilferuf klingt gerade noch zu ihm herüber. Wie ein vom Baum gewehtes Blatt wirbelt sie als kleines Pünktchen in der Luft herum. „Hiiilfeee!“, hört Trollo noch einmal ganz leise ihr Stimmchen, dann rauscht das Meer es weg.

So schnell wie ein fallender Kieselstein springt Trollo über den Klippenrand hinunter in ein Möwennest und zerrt an den Federn der dort sitzenden Möwe. „Hilfe! Hilfe!“, schreit er. „Rette sie! Hol sie zurück! Sie ist doch leichter als der Wind! Da ist eine Blumenelfe aufs Meer geweht!“ Die Möwe, die gerade ihr Ei wärmt, kreischt ärgerlich und hackt nach ihm. Hastig weicht er ihrem Schnabel aus und springt zu zwei anderen Möwen, die ein Stück tiefer auf einem schmalen Steinsims hocken. „Bitte, helft ihr! Sie ist doch meine Freundin!“, jammert Trollo. Die Möwen keckern unfreundlich, doch dann spannen sie die Flügel und gleiten hinaus in den Wind.

Eilig klettert Trollo zurück auf die obere Felskante und starrt hinter ihnen her. Weit, weit fliegen die Möwen hinaus, flattern suchend hin und her. Dann stürzt eine von ihnen hinab bis fast auf die Meeresoberfläche und scheint etwas zu greifen, was Trollo nicht sehen kann. Mit vorsichtigen Flügelschlägen fliegt sie zurück zur Küste. Jetzt kann Trollo es erkennen: Sie trägt Elfie in ihren Krallen! Er macht einen Hüpfer und dreht einen Purzelbaum im Gras. Eine Minute später setzt die Möwe Elfie neben ihm ab.

„Danke!", haucht Elfie ihr zu. Sie zittert am ganzen Körper, und ihr Gesicht ist kreidebleich. Mitfühlend schaut Trollo sie an.

„Das kommt davon, wenn man über sein Ziel hinausschießt. Dann verliert man schon mal den Boden unter den Flügeln!", kreischt die Möwe. „Übermut tut selten gut, auch als Blumenelfe!"

„Genau!" – „Eben!" – „So ist es!" kreischen die Möwen in der Steilwand unter ihnen.

Elfie schnieft und bringt stumm die Blumen auf ihrem Kleid in Ordnung. Dann flüstert sie: „Ich hab doch nur mit der Schwebfliege Fangen gespielt."

„Wäre dein Freund nicht gewesen", die Möwe nickt zu Trollo hinüber, „hätte der Wind dich ganz davongeweht."

Elfie guckt mit zusammengekniffenen Augen an Trollo vorbei und holt Luft, um etwas zu sagen. Doch dann beißt sie sich auf die Unterlippe und senkt den Kopf.

„Wie habt ihr euch denn angefreundet – eine Blumenelfe und ein Steintroll? Sehr ungewöhnlich ...", quäkt eine der Möwen in der Steilwand neugierig.

Da Elfie nicht antwortet, ergreift Trollo das Wort: „Wir wollten gemeinsam dorthin, wo die neuen Steine gemacht werden, und ..."

„Hehehe!“, kreischen alle Möwen vor Lachen. „Neue Steine! Habt ihr so was schon mal gehört?! Der Troll ist ja völlig verwirrt! Hehehe!“ Als das Lachen wieder abebbt, sagt eine betagte Möwe väterlich: „Tröllchen, Steine sind immer alt! Als Steintroll solltest du das doch wissen. Schau hier, diese Säulen, auf denen wir brüten. Das sind Basaltsäulen, und die standen hier schon, als meine Ururgroßmutter hier meine Urgroßmutter ausbrütete. Es passt genau ein Möwennest auf jede abgebrochene Säule. Und das schon seit Urzeiten.“ Laut keckernd lässt sie sich in den Wind fallen.

Hilfesuchend sieht Trollo Elfie an, doch diese, blass wie sie ist, wirft ihm nur einen schnippischen Blick zu. Trollo verschränkt seine Arme und sagt mit felsgrauer Stimme: „Es gibt nichts, was immer alt ist. Irgendwo und irgendwann hat alles seinen Anfang. Es kann nur alt werden, was auch mal neu war! Ich hab es selbst gesehen, ich weiß, wo sie gemacht werden!“

„Na, hier jedenfalls nicht! Hahaha!“, lachen die Möwen.

Noch einmal schaut Trollo Elfie an, doch die betrachtet eingehend das Gras vor ihren Füßen. Jetzt sagt auch Trollo nichts mehr.

„Na, ihr seid ja nicht gerade gesprächig“, krakeelt die nächstsitzende Möwe.

Aber Trollo und Elfie schweigen weiter, und so stürzen sich die Vögel wieder Hals über Kopf in den Wind oder wenden sich ihren Eiern zu.

Trollo guckt über das Meer hinweg. „Warum hilft Elfie mir nicht?“, denkt er. „Sie wollte doch mit mir zu den neuen Steinen reisen – und jetzt? Alle machen sich über mich lustig, und sie sagt nichts! Ich hab ihr gerade das Leben gerettet!“ Ärgerlich und traurig guckt er zu Elfie hinüber. Elfie kaut auf ihrer Unterlippe und starrt auf den Boden. Also guckt Trollo wieder über das Meer. Dort hinten, unter der hohen weißen Wolke, das ist die Küste, die sie entlangrollen müssen, um zu den neuen Steinen zu kommen ... „Es wär toll gewesen, diese Reise zu machen“, denkt er. Ich hätt die neuen Steine gern noch mal genau angesehen. Ob es wirklich Wasser gibt, das nach oben springt? Das würd ich gern wissen.“ Sehnsüchtig schaut er in die Ferne. Er seufzt.

Plötzlich stupst ihn Elfie von der Seite an. „Du, Trollo?“, sagt sie.

„Hmm?“

„Danke wegen vorhin. Wenn du die Möwen nicht geschickt hättest, wär ich verloren gewesen ... Sie haben mir auf dem Flug hierher erzählt, dass du einer von ihnen fast die Federn ausgerissen hättest, damit sie mich rettet.“

Trollos steingraue Haut färbt sich rosa. „Ich kann dich doch nicht einfach im Stich lassen“, murmelt er.

„Aber wir haben uns doch so gestritten gestern. Bist du gar nicht mehr sauer auf mich?“, fragt Elfie.

„Nö, bin ich nicht“, murmelt Trollo versöhnlich. „Blumenelfen schießen eben manchmal übers Ziel hinaus. Aber du hättest mir ruhig helfen können, eben gerade.“

Elfie beißt sich wieder auf die Lippe.

„Oder?“, bohrt Trollo nach.

„Kann sein“, murmelt sie.

Trollos Miene hellt sich auf. „Ich bin trotzdem nicht mehr sauer“, sagt er dann.

„Echt nicht?“

„Nööö, du bist doch meine Freundin.“

„Wirklich?“

„Mhm. Ich glaub schon. Oder?"

Elfie grinst. „Ja, bin ich." Sie lacht.

Trollos steinernes Herz wird weich wie Butter, als er Elfies federleichtes Lachen hört. Er lacht mit. Dann wird er wieder ernst. „Weißt du, ich habe gestern einen Riesenschrecken bekommen, und außerdem war ich hungrig. Tut mir leid, dass ich dich beschimpft habe."

„Und mir tut es leid, dass du so einen Schrecken bekommen hast", erwidert Elfie leise. Dann plötzlich hält sie inne und starrt nach links, in die schmale, steilwandige Bucht, die das Wasser dort ausgewaschen hat. „Guck mal da rüber! Siehst du den da?", flüstert sie und zeigt verstohlen auf den Fels an der gegenüberliegenden Seite.

Trollos Augen weiten sich: Ein riesiger Vogel aus dunklem Fels starrt sie grimmig an! Trollo spürt plötzlich Elfies tastende Fingerspitzen an seinem Handrücken. Er nimmt ihre zarte Hand in seine steinerne Faust und – hält sich an ihr fest. Dann atmet er tief durch, räuspert sich und fragt mit der tiefsten Stimme, die er zustande bringt: „He, du, warum starrst du uns so an? Wer bist du überhaupt?"

Aus den Augenwinkeln sieht Trollo, dass Elfie neben ihm wacker nickt.

Rumpelnd öffnet sich ein Spalt in dem gewaltigen Schnabel des Felsenvogels. „Ihr sitzt in meinem Garten! Ich bin der Geist vom Vogelfels und lebe hier schon, seit diese Steine geboren wurden! Ungebetene Gäste sind mir zuwider! Wer seid ihr lästigen Winzlinge, dass ihr es wagt ..."

„Du lebst hier, seit die Steine geboren wurden?", unterbricht Elfie den Geist.

Erstaunt über Elfies Mut starrt Trollo sie von der Seite an. Aber da donnert das steinerne Ungetüm: „Jawohl! Und du scheinst überhaupt kein Benehmen zu haben! Wer zum großen Felsriesen bist du? Ich will wissen, wer ihr seid, und noch einmal werde ich nicht fragen, bevor ich ..."

„Das ist Elfie Grasnelke, und ich bin Trollo Kieselbeißer." So schnell hat Trollo noch nie auf eine Frage geantwortet. Er will gar nicht wissen, was der Geist sonst tut. Trollo springt auf und zerrt auch Elfie auf die Füße. Dann verbeugt er sich und zieht dabei Elfies Arm wieder mit nach unten, so dass auch sie eine Verbeugung macht. „Sehr angenehm, Herr Vogelgeist."

„Geist vom Vogelfels!", donnert der Felsenvogel wie eine Brandung im Sturm.

„Herr G...G...Geist vom Vogelfels", stottert Trollo schnell.

„Na also, es geht doch", sagt der Geist vom Vogelfels mit ruhigerer Stimme. „Und jetzt will ich wissen, was ihr in meinem Garten zu suchen habt!"

Trollo holt Luft, um zu antworten, da tritt ihm Elfie auf den Fuß und hält ihm den Mund zu. Er will protestieren, aber sie ist schneller: „Du bist so ein weiser alter Geist", sagt sie zu dem Ungetüm. „Wir dachten, du könntest uns helfen, eine sehr schwierige Frage zu beantworten." Elfie setzt ihr süßestes Elfenlächeln auf.

Der Geist guckt geschmeichelt. „Und was ist das für eine Frage?"

„Es geht um die Steine. Die Möwen sagen, dass es keine neuen Steine gibt. Aber du hast gesagt, du lebst hier, seit diese Steine geboren wurden."

Der Geist grummelt unwirsch. „Die Möwen sind ein unverschämtes Volk von Schwätzern. Tagein, tagaus kreischen sie Unsinn. Und die schönsten Basaltsäulen nutzen sie als Nistplätze!

Zweibeinige, flaumflügelige Lärmmacher sind das. Sogar auf mir bauen sie ihre Nester, wenn ich zu lange schlafe."

In diesem Moment macht eine Möwe einen großen weißen Klecks auf seine Stirn. „Pfui Drache!", schimpft er. Er schaut der Möwe mit bösen Augen nach und schüttelt sich. Die Nester auf seinem Kopf beben. Zwei der Möwen fliegen kreischend auf.

Trollo versucht, sich das Grinsen zu verkneifen, das partout seine Mundwinkel nach oben ziehen will, doch er schafft es nicht. Um es zu verbergen, wendet er sich ganz zu Elfie um. Auch Elfie kämpft mit einem Lachen, doch sie spitzt einmal kräftig die Lippen, dann schaut sie dem Geist wieder ernst ins Gesicht. Trollo guckt sie bewundernd an.

Der Felsenvogel wendet sich wieder an Elfie. „Wenn die Möwen behaupten, es gäbe keine neuen Steine, dann kreischen sie Unsinn – wie immer", sagt er.

Trollos Herz macht einen Hüpfer. Jetzt wird ihm Elfie endlich glauben! Aber sogleich wird er eines Besseren belehrt.

„Aber wie können denn Steine entstehen? Das geht doch überhaupt nicht!", sagt sie spitz.

Ängstlich schaut Trollo den Felsenvogel an. Ob er gleich wieder wütend wird? Aber der bleibt ganz ruhig. „Schaut euch die schönen Basaltsäulen in dieser Bucht an", fordert er sie auf und weist mit großer Geste auf die dunklen Säulen. Dann zeigt er in Richtung des Snæfellsjökull. „Die kommen aus dem Vulkan dort hinten und ..."

„Schon wieder dieses Wort: Vulkan ...", unterbricht Elfie den Geist noch einmal. Trollo neben ihr tritt von einem Fuß auf den anderen. Wenn doch Elfie nur nicht so vorlaut wäre! Aber Elfie plappert einfach weiter und achtet weder auf Trollo noch auf das

Hier haben wir den
Geist vom Vogelfels
gefunden.
Was entdeckst du?

Auf der übernächsten
Seite siehst du, wie
wir den Geist sehen.

Stirnrunzeln des Riesenvogels: „Wir waren gestern dort – bei dem Berg da hinten. Da kam ein Mensch angefahren, der sagte, dass das ein Vulkan sei und dass Vulkane Feuer spucken. Ich verstehe überhaupt nicht, wie die ohne Zunge spucken können!"

Der Geist bricht in ein so dröhnendes Gelächter aus, dass die Felswand bebt und alle Möwen erschreckt auffliegen. „Eine Zunge!", lacht er brüllend. „Hohohohoho! Eine Zunge! Hör mal, Elfchen, Vulkane spucken nicht nur Feuer, sondern aus ihnen kommen auch flüssige, neue Steine."

„Flüssige Steine!", keift Elfie. „Flüssige Steine?! Steine sind nicht flüssig, niemals! Und außerdem ist dieser Berg dahinten total weit weg! Das geht überhaupt nicht, etwas so weit zu spucken – und das auch noch ohne Zunge!" Ihre Stimme überschlägt sich vor Wut.

Die Augen des Vogelgeists verengen sich drohend.

Mit ängstlichem Blick zieht Trollo Elfie am Arm, um sie zum Schweigen zu bringen, aber Elfie schüttelt ihn ab wie eine lästige Fliege. „Lass mich!", zischt sie.

„Du scheinst zwar gern zu fragen, aber die Antworten willst du nicht hören, wie?!" Der Geist vom Vogelfels grollt wie ein Gewitter in den Bergen. „Ich sag dir noch was: Der Basalt meiner Säulen ist hierher geflossen."

„Was?", denkt Trollo, doch wieder ist Elfie schneller: „Fließende Säulen?! Natürlich!", höhnt sie aufgebracht und stößt Trollos Hand weg, die er ihr vor den Mund halten will. „Wie, bitteschön, soll ein Vulkan denn Säulen machen? Spucken etwa?! Ha! Komm, Trollo, wir spucken mal ein paar Säulen! Und dann lassen wir sie zum Meer fließen!" Elfie will sich ausschütten vor Lachen.

Da passiert, was Trollo schon die ganze Zeit befürchtet hat: Wütend plustert sich der Geist auf. Bedrohlich streckt er seinen

riesigen Schnabel in ihre Richtung. Die Felsen unter Trollos Füßen beben. Die mächtige Stimme des Geistes rauscht auf sie nieder wie eine Sturmflut: „Eine Frage wolltet ihr stellen, und ich habe sie beantwortet! Was fällt euch ein?! Raus aus meinem Garten! Fragt doch die Vulkangeister, wenn ihr mir ..." Urplötzlich verstummt er. Seine Augen starren an Elfie und Trollo vorbei. Mit einem durchdringenden Knirschen wird er unvermittelt wieder ganz und gar eins mit dem Küstenfels.

„Na, das ist ja ..." Trollo starrt verdutzt auf den leblosen Felsen, während Elfie neben ihm empört mit dem Fuß aufstampft.

„Der versteinert einfach, damit er nicht mehr mit uns reden muss!", keift sie. Sie holt tief Luft, doch da schiebt sich plötzlich ein Schatten von hinten über Trollo. Steine knirschen unter zwei großen Wanderschuhen. Elfie kann gerade noch „Vorsicht!" zischen, doch da ist es bereits zu spät.

Die Entführung Trollos

Als Michael an diesem Morgen aus dem Hotel in die kalte, klare Luft des Tages tritt, findet er den Snæfellsjökull immer noch in dichte Wolken gehüllt. Seufzend setzt er das Gepäck in den Kofferraum seines Autos und beschließt, die Steilküste nahe dem Hotel zu erforschen. Er wandert über grüne Wiesen und zwischen niedrigen, buckligen Felsen hindurch. Bald erreicht er das Kliff. Die Luft ist erfüllt von Wellenrauschen, Salzgeschmack und Möwengeschrei. Michael bückt sich zu den Steinen auf seinem Weg, betrachtet forschend die schroff aufragenden Felstürme, die Höhlen, die Bögen und Säulen im Wasser und genießt es, sich hier seiner Wissenschaft unter blauem Himmel statt im engen Büro zu widmen. Plötzlich hört er aus einiger Entfernung Möwen laut kreischen. „Vielleicht ist eine von diesen braunen Raubmöwen im

Anflug, die so gern die Nester ausnehmen", überlegt er. Doch er kann keine entdecken. „Und es klingt auch nicht nach Gefahr", denkt er weiter, „eher nach Lachen. Hm." Dann senkt er seinen Blick wieder auf den Boden und wandert weiter. Aber plötzlich bleibt er wie angewurzelt stehen: Der Boden bebt unter seinen Füßen! Mit weichen Knien starrt er auf die zitternde, von buckligen Grasbüscheln und dazwischengestreuten bunten Blumen bedeckte Erde. Aber so schnell, wie es kam, ist es auch wieder vorbei.

„Ein Erdbeben!" Michael bekommt eine Gänsehaut. „Toll! Ich habe noch nie ein Erdbeben miterlebt! Das ist ein merkwürdiges, gewaltiges Gefühl", staunt er. Dann sieht er sich nach allen Seiten um. „Ich glaube, hier ist alles auf seinem Platz geblieben, alle Steine, und ..." Plötzlich ertönt ein lautes Knirschen an der Felswand in seinem Rücken. Erschreckt dreht er sich um, doch da ist es schon wieder vorbei. „Das kam von dort!" Mit ein paar langen Schritten läuft er zu der Bucht, aus der das Geräusch gekommen zu sein scheint. Es ist dieselbe Stelle, an der vorhin die Möwen so in Aufruhr waren.

In sicherem Abstand zur Felskante bremst Michael seinen Lauf und tritt vorsichtig noch zwei Schritte an den schroff abfallenden Hang heran. Aufmerksam sieht er sich um, aber er kann nichts entdecken außer blumengesprenkeltem, unebenem Gras, grauen Felsen, Wasser, Möwen und ... einem Stein vor seinen Füßen. „Lag nicht gestern am Snæfellsjökull genau solch ein Stein?" Er bückt sich und hebt ihn auf. „Seltsam, man könnte tatsächlich meinen, er hat ein Gesicht." Michael dreht den Brocken nachdenklich in der Hand. „So ein Quatsch!", sagt er dann entschlossen und holt weit aus, um ihn hinaus in die Bucht zu werfen.

„Neiiiiiiin!“, kreischt Elfie panisch. Hektisch flüstert sie drängende Worte in das Ohr des Menschen. Tatsächlich hält er inne, senkt den Arm und verstaut den Stein in seiner Jackentasche.

Das knarzende Geräusch des Reißverschlusses jagt Trollo einen kalten Schauer über den Rücken. Starr vor Schreck hockt er im Dunkeln. Ein leichtes Auf und Ab beginnt. Der Mensch scheint zu gehen. Trollo ist steinkalt vor Angst, sein Kopf aber fühlt sich an wie in heißes Wasser getaucht. Erinnerungen rasen ihm durchs Hirn: seine Eltern, die ihm einen Menschen zeigten und ihn eindrücklich vor ihm warnten, seine erstarrende Mutter, als eine Gruppe Menschen urplötzlich vor ihrer Trollhöhle auftauchte, der grimmige Blick seines Vaters, als er ihn mahnte, sich NIEMALS einem Menschen zu erkennen zu geben.

Ein gellend-hoher Schrei ertönt. „Hiiiiiilfeeeee!“ Elfie kreischt so laut, als sei sie wieder vom Wind aufs Meer geweht worden. Sie saust zu den Möwen: „Helft mir, er hat Trollo entführt“, jammert sie. Doch die Möwen bleiben ungerührt auf ihren Nestern hocken.

„Helft mir doch! Bitte!“, fleht sie.

„Diesmal können wir dir nicht helfen“, sagt eine der Möwen bedauernd.

Da knirscht es leise, aber durchdringend, und die Stimme des Geistes vom Vogelfels ertönt wieder: „Flieg sofort hinter diesem Menschen her! Wenn du Trollo nicht befreist, wird er Island für immer verlassen. Er wird in einem Koffer davonfliegen und krank vor Sehnsucht versteinern, ... und sein grünes Mooshaar wird grau werden ...“

„Hör auf, hör auf!“, schluchzt Elfie. Vergessen sind alle Rätsel um neue Steine und alle seltsamen Worte. Wie eine angreifende Wespe rast sie hinter dem sich entfernenden Mann her.

In dessen Tasche dreht Trollo angsterfüllt den Kopf hin und her und lauscht. „Elfie! Was ist mit ihr?“ Er tastet nach dem Reißverschluss. Er ist bis obenhin zugezogen. Trollo bohrt mit seinem Finger im letzten offenen Lückchen. „Elfiiiie!“ Er zieht und zerrt an dem merkwürdig glatten, kühlen Stoff rundum, aber der Reißverschluss gibt keinen Millimeter nach. Verzweifelt streckt er sich und presst das linke Auge an die Öffnung. Das Loch ist winzig. Das Einzige, was zu sehen ist, sind weiße, zerzauste Wolken vor blauem Himmel. Trollo presst seinen Mund an die Öffnung. „Eeeelfiiiiieeee!“, schreit er.

„Gib ihn wieder her!“, schallt Elfies Stimme plötzlich von draußen. „Er ist mein Freund!“

Trollo hört ein wildes Sirren. „Elfie! Hilfe! Ich bin hier!“, ruft er mit sich überschlagender Stimme. Er verschluckt sich. Ein Hustenanfall schüttelt ihn.

„Ich rette dich!“, ruft Elfie von draußen. Unablässig saust sie mit beschwörendem Gemurmel um den Kopf des Menschen herum und fuchtelt dabei wild mit den Armen.

Die Schritte des Menschen werden unsicher.

Elfie sirrt weiter rundum.

Der Mensch wankt und bleibt stehen.

Elfie murmelt drängender.

Jetzt setzt er sich auf einen der rauen Felsbrocken am Wegesrand und reibt sich benommen Augen und Stirn.

„Lass ihn frei! Lass ihn wieder frei!“, schreit Elfie ihm in die Ohren. „Rück diesen Stein wieder raus!“

Tatsächlich beginnt der Mensch, in seinen Taschen zu wühlen. Aber er zieht nicht Trollo, sondern ein kleines, rundes Papierknäuel heraus, rollt es auseinander und steckt ein grünliches Etwas in den Mund. Ein grauenhaft scharfer Geruch sticht Elfie in die Nase. „Iiiiiihhhhh!“ quietscht sie. Ihr wird schwarz vor Augen. So schnell sie kann, sirrt sie davon. Erst hunderte Flügelschläge später hält sie inne und schnappt nach Luft.

Trollo hört seinen Entführer vor sich hin murren: „Ich hab fast das Gefühl, mir seien minutenlang Möwen direkt um den Kopf gesaust! Richtig schwindlig ist mir. Gut, dass ich immer Mentholbonbons dabei habe. Das hilft.“ Trollo hört den Menschen schnaufen. Nur von Elfie ist nichts mehr zu hören.

„Elfie?“, fragt Trollo.

Keine Antwort. Die Angst ergreift ihn mit eisernen Fäusten. „Elfie“, flüstert er drängend. Aber Elfie antwortet nicht.

Trollo richtet sich auf, um wieder aus dem Loch am Reißverschluss zu spähen, da wird die Tasche von außen geöffnet. Sein Entführer stopft ein Stück Papier zu Trollo hinein und zieht den Reißverschluss wieder zu. Ein scharfer Geruch, den er noch nie zuvor wahrgenommen hat, steigt Trollo in die Nase. „Uääh!“, macht er und kneift sich die Nase zu. „Pfui Schneckenschleim!“ Er schüttelt sich, doch der Geruch bleibt und wird noch intensiver. Er beißt Trollo in die Augen, er sticht ihm in die Nase, sogar in den Ohren kribbelt er. „Das kommt von dem Papier!“, denkt er.

Trollo knüllt das Papier mit spitzen Fingern so eng zusammen wie er kann, stopft es in die letzte Ecke der Tasche und schlingt dann seine Arme um Nase, Augen und Ohren. Ihm wird übel. Noch einmal hört er den Menschen murmeln: „Wenn ich die Fähre erreichen will, ohne mich zu hetzen, sollte ich langsam den Rückweg antreten.“ Trollo spürt, wie sein Entführer sich auf den Weg macht.

Elfie hat ihre Nase tief in eine Blüte versenkt. Endlich verschwindet das Beißen und Kribbeln. Sie lässt sich auf ein geblümtes Hügelchen fallen und atmet tief den kühlen, isländisch klaren Wind ein. „Das muss eine Elfenabwehrkugel gewesen sein", schnauft sie. Plötzlich fällt ihr siedendheiß wieder ein, weshalb sie den Mann umkreist hat. „Trollooooo!"

Wie ein Pfeil saust Elfie über Gras und verstreute Felsen zurück zu dem Stein, auf dem Trollos Entführer eben noch saß. Er ist nicht mehr da! Hektisch guckt sie sich um. Dann surrt sie hoch in die Luft. „Da hinten!", kreischt sie entsetzt und erleichtert zugleich, als sie ihn gerade noch entdecken kann. Sie nimmt sich nicht die Zeit, wieder nach unten zu schwirren und saust los. Plötzlich wird sie von einer heftigen Windbö erfasst – Richtung Meer. „Neiiin!", quietscht sie. Panisch legt sie die Flügel fest an ihren Körper und lässt sich fallen. Nur einen Flügelschlag von der Steilküste entfernt landet sie unsanft auf einem Grasbüschel und krallt sich fest. Das Herz pocht ihr bis zum Hals, aber sie lässt ihm keine Zeit, sich wieder zu beruhigen. „Schnell, schnell, bevor dieser Mensch mit Trollo verschwindet!" Knapp über dem Gras sirrt sie gegen den Wind ein Stück landeinwärts, wendet scharf und rast hinter dem Menschen her.

War da ein Sirren? Trollo hebt den Kopf. „Elfie?" In diesem Moment stolpert sein Entführer. Trollo wird ruckartig nach vorn geschleudert. „Aaah!", schreit er entsetzt und tritt wütend, weil er nicht sehen kann, was mit ihm geschieht, eine Beule in den raschelnden Stoff der Tasche.

Jetzt hört er Elfies Sirren mal vor und mal hinter sich. Und dann landet der Mensch offensichtlich ruckartig auf allen vieren im feuchten Gras!

„Ich bin doch sonst nicht so ungeschickt!“, hört Trollo ihn schimpfen, während er sich wieder erhebt, um seinen Weg fortzusetzen.

„Elfie! Hilfe!“, ruft Trollo.

Er spürt, wie sein Entführer erneut anhält.

„Warum ist denn mein Schnürsenkel offen?!“, hört Trollo ihn murren. Dann beugt sich der Mensch nach vorn und quetscht Trollo dabei in seiner Tasche ein.

„Heee! Hilfe!“, presst Trollo hervor. Die feste Erde unter den Trollfüßen verloren zu haben, ist schon schlimm genug, aber dieses Geruckel und Geschaukel, diese Abstürze, und das alles mit dem fürchterlichen Gestank dieses Papiers in der Nase – Trollo stöhnt. Sein Magen fühlt sich an wie ein zerknautschter Sack, in dem eine Schlange wütend versucht, sich nach oben aus dem Mund heraus zu winden. Und es hört nicht auf, dieses Rütteln und Rucken, und immer noch hört Trollo Elfies Schwirren ganz in der Nähe. Er gräbt die steinernen Finger in den nachgebenden Stoff.

Elfie legt dem Menschen Steine in den Weg. Sie lässt ihn über Grasbüschel stolpern. Seine Schritte werden energischer und sein Grummeln wütender, aber er geht trotzdem immer weiter! Kurz bevor sie ein vor einem Haus parkendes Auto erreichen, greift der Mensch in eine seiner vielen Jackentaschen und zieht einen Schlüsselbund hervor. Verzweifelt rast Elfie darauf zu, erfasst die Schlüssel und reißt sie ihm aus der Hand. Sofort stürzt sie mit ihnen nach unten. Es klirrt.

Der Mensch bückt sich murmelnd, hebt die Schlüssel wieder auf und tritt zum Auto.

„Neeeeiiiiin!“, kreischt Elfie.

Der Mensch öffnet die Tür.

„Neeeeeeiiiiiiiiinn! Nicht!“ Elfie saust in den dunklen Motorraum. Sie presst die Hände an die Schläfen und starrt so konzentriert auf den Motor, als wolle sie ihn allein mit ihren Blicken zum Bersten bringen. Der Motor klickt, dann ist er wieder still. Elfie lässt die Hände sinken und atmet erleichtert auf. Da brummt der Motor los!

„Neeeiiiiiin!“, kreischt Elfie noch einmal. Panisch flüchtet sie aus dem Motorraum. Das Auto beginnt zu rollen.

Elfie zögert – fast zu lange. Dann rast sie wie ein Pfeil hinter dem Auto her.

An einer Weggabelung kommt der Wagen zum Stehen. Nach Luft ringend schlüpft Elfie in das Innere des Ersatzrades, das an der Rückfront prangt. Ihre Lunge schmerzt. Die Flügel tun ihr weh. Jetzt pfeift und dröhnt ihr der sich steigernde Fahrtwind kalt um die Ohren. Ihr Sitzplatz scheint nur aus harten Kanten zu bestehen, und das Rütteln und Vibrieren des Autos drückt sie in Elfies Po, ihre Beine und die Schultern. Das Auto rast in vierfacher Elfengeschwindigkeit über die Straßen. Vom Horizont rollen dunkle Wolken heran. Es beginnt zu regnen. Bald klatscht ihr das Blumenkleid klamm und kalt um die Beine. Der eisige Regen rinnt ihr das Gesicht und die Arme herunter. Sie beginnt zu zittern.

Endlich, als der Regen in Nieseln übergeht und dann ganz aufhört, hält der Wagen. Alles, aber auch alles tut Elfie weh, und dazu ist sie steif vor Kälte. Jetzt würde sie selbst eine gemütliche Hummel ankeifen, wenn ihr eine begegnete. Und das will etwas heißen.

Als Elfie die Autotür klappen hört und den Menschen davongehen sieht, schüttelt sie ihre steifen Flügel und kriecht mit schmerzenden Gliedern aus ihrem Versteck.

Unterdessen öffnet Trollo in Michaels Tasche gerade zaghaft ein Auge. Es kommt ihm vor, als seien Tage vergangen. Wie weit mag dieses Auto gefahren sein? Sind sie überhaupt noch in Island? „Niemals kann Elfie dem Auto gefolgt sein, selbst wenn sie es versucht hat", denkt er verzweifelt. „Bestimmt werde ich im Koffer dieses Menschen landen und Island darin auf Nimmerwiedersehen verlassen." Er fühlt sich so elend, einsam und hoffnungslos wie noch nie.

Plötzlich wird der Reißverschluss seines Gefängnisses aufgezogen. Eine große Hand ergreift Trollo und zieht ihn hinaus. Trollo kneift die Augen zusammen.

„Was ist das denn?", hört er den Menschen brummen. „Ach ja, dieser merkwürdige Gesichtsstein. Warum habe ich den eigentlich eingesteckt?"

„Elfie, Hilfe!", denkt Trollo verzweifelt. Ganz vorsichtig öffnet er die Augen einen Spalt – gerade noch rechtzeitig, um zu sehen, dass sein Entführer mit ihm ein kleines Menschenhaus betritt.

Draußen umrundet Elfie langsam das Auto und hält durch die Fenster nach Trollo Ausschau. Wo ist er, wo ist er nur?! Er kann doch nicht weg sein! Noch einmal und noch einmal fliegt sie um den Wagen herum. „Trooolloooo?", ruft sie, so laut sie kann. Es kommt keine Antwort.

Da taucht plötzlich der Mensch wieder auf, und sie schlüpft, so schnell sie kann, zurück in das Ersatzrad. Der Wagen rollt los, eine kurze Steigung hinauf und dann – tief hinein in eine schreckliche, dunkle Höhle! Elfie erstarrt vor Entsetzen. Das ist zu viel für einen einzigen Tag.

Inseln wie Walrücken

Die Isländerin hinter dem Fahrkartenschalter am Fährhafen lächelt Michael freundlich an, als er in das Schalter-Häuschen eintritt. Dann schaut sie überrascht auf den Stein in seiner Hand. „Oh, Sie haben einen Tagtroll mitgebracht", sagt sie.

„Wie bitte?" Michael starrt die Frau verwirrt an, dann guckt er auf den Stein hinunter.

„Einen Tagtroll", wiederholt sie lächelnd. „Soll er auch eine Fahrkarte haben?"

„Was ist denn ein Tagtroll?", fragt Michael entgeistert.

„Ein Tagtroll ist ein Troll, der im Sonnenlicht nicht versteinert. Der hier scheint aber ganz verschreckt zu sein", sagt sie. Ihre Stimme klingt mitfühlend.

Michael schaut die Frau an, als habe sie ihm gerade erzählt, dass er ein Pferd sei und Heu fressen müsse. Er starrt noch einmal auf den Stein hinunter, dann wieder die Frau an und räuspert sich. Dann räuspert er sich noch einmal. „Ähm“, sagt er.

Die Isländerin nickt und lächelt. „Entschuldigen Sie meinen Scherz“, sagt sie. „Haben Sie vorgebucht?“

„Ja“, findet Michael seine Sprache wieder und nennt seinen Namen. Die Frau findet ihn auch gleich auf ihrer Liste, hakt die Zeile ab und reicht ihm seine Fahrkarte. Dann zwinkert sie dem Stein in seiner Hand zu.

Michael folgt ihrem Blick und steckt den Brocken wortlos zurück in die Seitentasche seiner Jacke. Er zieht sein Portemonnaie aus der Brusttasche und zahlt.

Nachdem Michael sein Auto in den dunklen, kühlen Bauch der Fähre gefahren hat, holt er seine Landkarte aus dem Handschuhfach und fährt mit dem Finger auf der Route der Fähre entlang. „Schön!“, denkt er, „wir fahren ganz dicht an einigen der vielen Inseln vorbei. Und hier machen wir wohl einen Zwischenstopp.“ Sein Finger ruht auf einem langgezogenen, grünen Fleck, der Insel Flatey.

Er legt den Plan auf den Beifahrersitz. Dann greift er in seine Jackentasche und holt den Stein heraus. „Den muss ich ja nicht die ganze Zeit spazierentragen“, murmelt er. „Dass diese Isländer wirklich an die Existenz solcher Wesen glauben ...“ Er schüttelt grinsend den Kopf, legt den Stein in den Fußraum vor dem Beifahrersitz, angelt sich Rucksack und Mütze, schließt die Türen und geht durch den dunklen Laderaum zur metallenen Treppe, die nach oben führt.

Unüberhörbar tutet das Schiffshorn. Als Michael in die Sonne hinaustritt, dreht sich die Fähre langsam zum Wasser und lässt den Hafen hinter sich. Die isländische Fahne am Heck knattert im scharfen Wind.

Michael zieht sich seine Mütze über die Ohren und lehnt sich an die Reling. Der Wind zerrt an seiner Jacke und bläst ihm kalt ins Gesicht, während er die langsam vorbeiziehenden, steinigen Inseln betrachtet. Wolken werfen zerzauste Schatten auf sie, auf den Wogen spiegelt sich gleißend die Sonne, Möwen fliegen schreiend neben dem Schiff einher.

Als Michael sich über seinen Rucksack beugt, stellt sich ein Junge von vielleicht zwölf oder dreizehn Jahren neben ihn.

„Uff, ist das ein Wälzer!", entfährt es ihm, als Michael ein Buch herauszieht. „Schleppst du immer so dicke Bücher mit dir rum?" Er grinst den fremden Mann unter seiner blau und orange geringelten Mütze lustig an. Auf seinen vom Wind geröteten Wangen erscheinen zwei lustige Grübchen.

„Na, da hätte ich bestimmt schon einen krummen Rücken", lächelt Michael, während er das Buch zwischen seine Knie klemmt, seinen Rucksack schließt und ihn mit dem Fuß an die Reling schiebt. Als er sich aufrichtet, überragt er den Jungen um fast zwei Köpfe.

„Und warum hast du dieses dabei?"

„Das ist ein Buch über die Geologie Islands. Ich bin Geologe."

„Geologie ...", wiederholt der Junge gedehnt. Er schiebt sich eine flatternde blonde Strähne unter den Mützenrand und kratzt sich dann nachdenklich an seiner stupsigen Nase. „Das Wort hab ich schon mal gehört ..."

„Geologen erforschen, wie die Erde entstanden ist", erklärt Michael.

„Wow, du bist ein Forscher?! Entdeckst du einsame Inseln im

Meer und findest Schätze?“ Die blauen Augen des Jungen leuchten abenteuerlustig auf.

Michael lacht. „Das wäre was! Aber leider ist es nicht ganz so wie in deinen Abenteuergeschichten. Ich suche keine vergrabenen Goldmünzen auf verlassenen, wilden Palmeninseln, ich erforsche die Erde: wie sie war, wie sie ist und was in Zukunft mit ihr geschehen wird.“

„Was mit der Erde passieren wird?“, fragt der Junge stirnrunzelnd. „Meine Mutter sagt, Leute, die behaupten, in die Zukunft sehen zu können, sind meistens Lügner.“

Michael schmunzelt breit. „Da hat sie sicher recht. Aber ich habe nicht gesagt, dass ich weiß, was mit der Erde geschehen wird, sondern nur, dass ich das erforsche. Ich stelle Vermutungen an. Und dafür gucke ich ganz genau hin, was bisher mit der Erde geschehen ist. Wie sie so geworden ist, wie sie ist. Wenn man das weiß, kann man manchmal auch erahnen, was in Zukunft passieren wird“, erklärt er.

„Wie kann man denn sehen, wie die Erde so geworden ist, wie sie ist?“, fragt der Junge. Neugierig mustert er jetzt Michaels Buch.

„Da musst du sehr genau hinsehen. Und du musst verstehen, was du siehst. – Wie heißt du?“

„Jonas“, sagt der Junge.

„Ich bin Michael. Schau, Jonas, die vielen Inseln, an denen wir gerade vorbeifahren, die haben doch eine merkwürdige Form, oder? Hast du solche Inseln schon mal gesehen?“

Jonas schaut auf die buckligen, steinigen Inseln, die flach aus den Wellen ragen. „Weiß nicht“, sagt er dann. „Die sehen ein bisschen aus wie die Rücken von Walen, wenn sie nach dem Luftholen wieder untertauchen. Ganz flach und lang und grau. Lauter Walbuckel.“

„Genau“, nickt Michael. „Solche Inseln nennt man Schäreninseln. Es gibt sie nur dort, wo mal ein Gletscher war. Wenn hier also solche Inseln sind, weiß ich, dass an dieser Stelle mal ganz viel Eis das Land bedeckt hat.“

„Erklärst du mir das?“, fragt Jonas neugierig.

„Wenn du willst. Aber wenn es dir langweilig oder zu schwierig wird, sagst du Bescheid, ja?“

„Mir wird bestimmt nicht langweilig“, sagt Jonas. „Ich habe noch nie darüber nachgedacht, wie die Erde entstanden ist. Sie war ja schließlich schon da, als ich geboren wurde.“ Er grinst verschmitzt. „Aber es klingt spannend, es zu erfahren“, setzt er hinzu.

Michael lächelt Jonas an. Dann beginnt er: „Der Name dieser Meeresbucht, durch die wir gerade fahren, heißt übersetzt ‚Breiter Fjord‘. Isländisch:“, er hält kurz inne, verzieht das Gesicht und buchstabiert dann stockend „Breiðafjörður. Weißt du, was ein Fjord ist?“

„Wir waren vorletztes Jahr in Norwegen, da gab es ganz viele Fjorde. Mein Vater sagte, dass das Meeresarme sind, die weit ins Land reichen. Manchmal kommen sogar Delfine in die Fjorde“, erzählt Jonas. „Ich hab selbst welche gesehen, ein Mal ...“ Er blickt mit leuchtenden Augen über das Meer. „Ich hoffe, ich sehe auch mal einen Wal, am liebsten einen Orka, so einen schwarz-weißen Killerwal, weißt du. Papa sagt, rund um Island gibt es welche.“ Er guckt erwartungsvoll auf die blauen Wellenkämme, die sich bis zum Horizont erstrecken. „Hast du schon mal Delfine oder Wale gesehen?“, fragt er dann.

„Nein“, antwortet Michael, „leider nicht. Aber dafür viele Schäreninseln.“ Er grinst breit. „Okay, ich erkläre es dir: Echte Fjorde entstehen durch Gletscher. Seit Island entstand, gab es lange Zeiten, in denen auf der Erde viel niedrigere Temperaturen herrschten als heute.“

„Eiszeiten“, unterbricht Jonas ihn vorwitzig. „Ich hab mal einen Film gesehen. Mit ’nem Mammut, einem Faultier und einem Säbelzahntiger! Der war echt witzig!“

Michael lacht. „Den kenne ich auch“, sagt er. „Der ist super! Wir Geologen nennen diese Zeiten aber nicht Eiszeiten, sondern Kaltzeiten. Eis und Schnee haben Island in diesen Zeiten fast vollständig zugedeckt – wie Norwegen auch. Viele Gletscher entstanden. Gletscher aber bleiben nicht immer da, wo sie entstehen.“

Jonas schaut Michael kritisch an und zupft sich unsicher am Ohr. „Die bleiben nicht da?“ Dann gluckst er grinsend. „Laufen die etwa weg?“

Lachfältchen erscheinen um Michaels Augen. „Laufen nicht, Gletscher haben ja schließlich keine Füße.“

„Eben! Also können sie auch nicht weg“, sagt Jonas altklug und schürzt die Lippen.

„Eine Schlange hat auch keine Füße und bewegt sich trotzdem“, gibt Michael zu bedenken.

„Eine Schlange kann sich aber schlängeln. Die lebt und kann sich bewegen.“ Jonas legt einen Arm auf die kühle, weißgestrichene Reling und schlängelt ihn darüber hinweg.

„Da hast du recht“, gibt Michael zu. „Nehmen wir ein anderes Beispiel: Sandkörner“, schlägt er vor und reibt die Fingerkuppen der rechten Hand gegeneinander, als spüre er dort lauter kleine Körnchen.

Jonas öffnet schon den Mund, um etwas zu erwidern, dann stockt er. „Na ja“, sagt er dann, „der wird manchmal vom Wind weggepustet. Wenn er so heftig weht wie hier gerade.“ Jonas breitet grinsend die Arme aus. Seine orangefarbene Jacke bläht sich. „Aber das ist doch was anderes." Er lässt seine Arme wieder sinken.

„So? Und was macht Sand, wenn du ihn auf ein Schiffsdeck schüttest und das Schiff vom Meer so richtig durchgeschaukelt wird?", fragt Michael.

„Er rutscht hin und her", antwortet Jonas. „Oder runter ins Meer. Glücklicherweise haben wir heute nicht so einen hohen Wellengang! Ich werd sonst seekrank."

„Damit habe ich zum Glück keine Probleme", sagt Michael. „Ich war früher ständig auf dem Wasser: segeln und surfen. Aber", unterbricht er sich selbst, „wir waren bei den Gletschern, den Schlangen und dem Sand. Was macht denn ein Eiswürfel, wenn du ihn auf einen Teller legst und den Teller dann schief hältst?", fragt Michael.

„Er rutscht runter", grinst Jonas. Dann geht ihm ein Licht auf. „Macht ein Gletscher das etwa auch so?"

„Genau!" Michael klemmt sich sein Buch unter den Arm. Dann öffnet er die linke Hand, setzt die Fingerspitzen der rechten darauf und kippt anschließend die linke Handfläche nach unten. „Wenn er auf einem Hang liegt", sagt er, während er die rechte Hand hinunterrutschen lässt. „Aber natürlich rutscht ein Gletscher viel langsamer und nicht in einem Stück", ergänzt er. „Schau mal, hier!" Michael legt sein Buch auf die Reling und beginnt zu blättern. Aber der Wind schlägt die Seiten wild hin und her.

„Dieser Wind ...", sagt er. „Hältst du mal fest?" Er hält Jonas das Buch hin.

„Klar!" Jonas klemmt die Seiten, die Michael umblättert, mit kräftigen Fingern fest, während Michael nach einer Seite sucht, die er sich gestern gerade angesehen hat. Jetzt findet er sie rasch.

Michaels dickes Geologiebuch.

Die Fotos darin zeigen die eisigen
Zungen des größten Gletschers
Islands, des Vatnajökull.

„Hier“, sagt er und deutet auf zwei Fotos. „Auf dem oberen kannst du ein langes, abschüssiges Tal sehen, das dieser Gletscher mit seinem Eis ganz und gar ausfüllt.“ Er tippt auf die Abbildung einer rissigen Masse aus weißem, grauem und blauem Eis in einem langen Tal.

„Wie eine lange Zunge“, sagt Jonas, während er auf das Buch in seinen Händen hinunterguckt.

„Genau“, bestätigt Michael. „Deshalb sagt man ja auch Gletscherzunge zu solchen langgestreckten Eismassen. Und du kannst auch sehen, dass das Tal von links nach rechts abfällt, oder?“, fragt Michael.

„Ja“, nickt Jonas. „Das heißt, der Gletscher rutscht von links oben nach rechts unten runter, richtig?“ Er will mit dem Finger auf dem Bild entlangfahren, doch schon flattert die Seite wieder im Seewind. Michael hält sie fest und nimmt das Buch wieder an sich.

„Genau. Dadurch entstehen auch die vielen Risse, die du im unteren Bereich der Gletscherzunge gut erkennen kannst. Wenn nicht die ganze Zunge in einem Stück nach unten rutscht, sondern nur kleine Teile davon. Dabei bricht das Eis immer wieder auseinander, und es bilden sich Spalten: Gletscherspalten“, erklärt Michael und nickt zum Foto hinunter.

„Der Fels, auf dem der Gletscher runterrutscht, ist doch bestimmt rau und uneben – so wie hier weiter oben an den Wänden des Tals.“ Jonas deutet auf das Foto. „Da müsste das Eis doch eigentlich dran hängen bleiben“, überlegt er. Er beugt sich tief über das Bild, um es genauer anzusehen.

„Richtig“, nickt Michael. „Aber Gletschereis ist ganz schön schwer, das rutscht auch über kantigen und widerspenstigen Boden, wenn er nur abschüssig genug ist.“

Jonas blickt forschend auf das Foto. Dann guckt er auf das zweite Bild. „Hier ist der Hang unter dem Eis besonders steil, oder?", fragt er und tippt mit dem Finger auf das zweite Bild.

„Und deswegen rutscht das Eis viel schneller, zerbricht in viel mehr Teile und hat viel tiefere Furchen als auf dem ersten Bild", erklärt Michael. „Man kann richtig sehen, wie es auseinandergerissen wird."

„Das stimmt", sagt Jonas. „Spannend." Dann legt er die Stirn in Falten. „Und wenn der Gletscher ganz runtergerutscht ist?", fragt er.

„Kann er denn überhaupt einfach ganz runter rutschen?", fragt Michael zurück.

„Wieso denn nicht?", fragt Jonas verwirrt.

„Woraus besteht denn ein Gletscher?"

„Na, aus Eis."

„Logisch. Und woher kommt das ganze Eis?"

„Hm. Ach, na klar: es entsteht aus dem Schnee, der drauf fällt, oder? Der ist Nachschub für den Gletscher."

„Genau. Der Berg oben wird also immer wieder von neuem Schnee bedeckt. Und der schiebt die Gletscherzunge mit seinem Gewicht dann auch immer wieder runter."

„Aber ..." Jonas guckt mit zusammengezogenen Brauen auf das Buch. „... wenn das Eis immer und immer den Hang runterrutscht ... Ich meine ... was passiert denn mit dem Hang, wenn da immer der Gletscher drüberschabt?"

„Super Frage, Jonas! Du hast das Zeug zu einem echten Forscher!" Michael klappt das Buch mit dem Finger zwischen den Seiten zu und klopft Jonas anerkennend auf die Schulter. „Also: Wenn ein Gletscher einen Hang hinunterwandert, wird er vom

Untergrund zwar gebremst, aber er reibt ihn auch ab, reißt immer wieder Sand und Steine, sogar große Felsbrocken mit nach unten. Nach und nach entsteht so etwas wie eine Rutschbahn, die sich der Gletscher im Laufe der Zeit immer tiefer selbst ausgräbt. Die Geologen nennen solche Täler Trogtäler, weil sie die Form eines Futtertrogs haben.“ Er klappt das Buch wieder auf und lässt Jonas noch einmal auf die Bilder schauen.

„Trogtäler“, wiederholt Jonas. „Aha.“

Das Schiffshorn tutet und unterbricht die beiden. Vor Jonas und Michael leuchtet die Insel Flatey mit ihrem kleinen Hafen in der Sonne. Die steinige Küste erhebt sich nur ein paar Meter hoch aus dem Meer. Auf grünen Wiesen stehen, wie Miniaturen aus einem fröhlichen Kinderspiel, eine Handvoll bunter Häuser und eine kleine, weiße Kirche mit rotem Dach.

„Breit ist die Insel ja nicht“, meint Jonas, als das Schiffshorn wieder verstummt ist.

„Aber dafür bestimmt vier Mal so lang wie breit“, erwidert Michael. „Eine typische Schäreninsel halt.“

„Du wolltest mir erklären, wie diese Schäreninseln entstehen! Wir haben jetzt die ganze Zeit nur über Gletscher gesprochen“, sagt Jonas, während die Fähre in den Hafen einfährt.

„Ja, das ist jetzt einfach“, sagt Michael. Während Menschen aussteigen, einige andere darauf warten, einsteigen zu können, und ein paar Kisten entladen werden, fährt er fort: „Manche Gletscher rutschen bis ins Meer.“

„Echt?“, staunt Jonas.

„Echt. Und am Ende der Kaltzeit, wenn es wärmer wird und die Gletscher langsam abschmelzen, geben viele ihre Rutschbahnen frei. Und nun sind wir wieder bei den Fjorden: Wenn das

Gletschertal bis ins Meer reicht, dann fließt das Meerwasser hinein, wenn das Eis taut; und es entstehen lange Meeresarme: die Fjorde."

„Ach so?" Fasziniert steht Jonas an der Reling und schaut auf den Fjord und die Insel.

Plötzlich gesellen sich eine Frau und ein Mann zu Jonas und Michael. Der Mann hat die gleichen Grübchen wie Jonas, die Frau hat, so wie Jonas, strahlend blaue Augen. Es sind seine Eltern. „Oh, da bist du! Wir haben schon nach dir gesucht!", sagt der Mann zu Jonas.

„Hallo, Papa, hallo, Mama! Ja, ich stehe hier schon die ganze Zeit mit Michael."

„Ich hoffe, Jonas hat Sie nicht gestört", wendet sich Jonas' Mutter an Michael.

„Nein, überhaupt nicht. Wir haben uns über Gletscher und Fjorde unterhalten." Michael lächelt Jonas freundlich an. „Ich glaube, Jonas wäre ein guter Forscher."

Jonas grinst breit. „Ich werde später mal Geologe", sagt er.

„Geologe?", fragt Jonas' Vater verdutzt.

„Klar!", grinst Jonas verschmitzt. „Michael ist Geologe. Er hat mir erklärt, wie Fjorde entstehen. Und jetzt will er mir gerade erzählen, wie diese Schäreninseln entstanden sind." Er deutet auf die Inseln rundum und schaut Michael auffordernd an.

„Den Begriff Schäreninseln habe ich noch nie gehört", sagt Jonas' Vater. „Dürfen wir auch zuhören?"

„Na klar", erwidern Michael und Jonas gleichzeitig.

Das Schiffshorn ertönt noch einmal, und die Fähre dreht langsam wieder zum Wasser. Weit entfernt kann man die Berge des Festlands blau herüberleuchten sehen.

„Schäreninseln sind Spuren im Meer“, beginnt Michael seine Erklärung, „Spuren von Gletschern. Gletschereis hobelt den Untergrund, über den es schabt, ziemlich glatt ab. Manchmal aber bleiben so längliche Buckel übrig, wie die Schäreninseln welche sind. Hast du eine Idee, warum, Jonas?“

Jonas schaut auf die vorbeiziehenden Insel-Buckel, zieht die Stirn kraus und kratzt sich an der Nase. „Weiß nicht“, sagt er nach einer Weile ratlos und zuckt die Schultern.

Da hat Michael eine Idee. „Isst du gerne Eis?“, fragt er unvermittelt.

„Klar!“ Jonas grinst breit. „Gibt es hier welches?“

„Keine Ahnung“, lacht Michael. „Wenn es welches gibt, können wir damit vielleicht etwas ausprobieren.“

„Was können wir denn ausprobieren? Wie es schmeckt?“, fragt Jonas.

Michael lacht. „Magst du gerne Haselnusseis?“, fragt er.

„Lieber Schokolade ...“

„Das geht auch“, meint Michael. „Entschuldigt mich einen Moment ...“, sagt er und verschwindet unvermittelt im Inneren des Schiffes. Er braucht nicht lange zu suchen, dann findet er einen Kiosk. An dessen Wand hängt ein großes Eisplakat. „Ah, super, das passt genau“, denkt Michael und bestellt eine Eistüte mit cremigem Schokoladeneis und dicken Schokostückchen darin.

Jonas und seine Eltern stehen etwas irritiert an der Reling, als Michael zurückkommt.

„Darf Jonas das Eis essen?“, fragt Michael Jonas’ Eltern höflich. „Es dient der Wissenschaft.“ Er grinst.

„Äh, ja. Natürlich“, sagt Jonas Mutter überrascht.

„Na, dann leg mal los!“, fordert Michael Jonas auf.

Jonas lässt sich nicht lange bitten. „Forscher zu sein ist ganz nach meinem Geschmack“, grinst er. „Wenn die Lehrer in der Schule bloß auch so gute Ideen hätten. Er beißt mit den Zähnen eine große Delle in das Eis.

„HALT!“, ruft Michael mit gespielter Empörung. „Wo hat man denn schon eine Gletscherzunge mit Zähnen gesehen?!“

„Hä?“, fragt Jonas verdutzt.

„Na, du isst das Eis doch hier nicht zum Spaß!“, erwidert Michael mit einem breiten Grinsen. „Wir werden jetzt herausfinden, wie die Buckel entstehen! Stell dir vor, deine Zunge wäre eine Gletscherzunge. Und das Schokoladeneis ist der Hang, über den sie rutscht. Also: flach drüberrutschen! Nicht beißen!“

Kichernd folgt Jonas Michaels Anweisung. Eine dünne Schicht Eis nach der anderen verschwindet.

„Siehst du“, sagt Michael, „deine Zunge schleckt langsam Schicht für Schicht ab. Wie ein Gletscher von einem Hang. Und Achtung! Da ist das erste Schokostückchen. Weiterschlecken wie vorher!“

„Ich beiße die aber immer raus!“, mault Jonas mit lachenden Augen und spitzbübischem Grinsen.

„Jetzt bist du ein Forscher, und zum Forschen gehört auch Disziplin“, ermahnt ihn Michael mit erhobenem Zeigefinger und verschmitztem Lächeln.

„Na gut.“ Jonas schleckt brav eine Schicht nach der anderen ab. „Das Schokostückchen bleibt einfach drin stecken!“ Missmutig guckt er sich sein Eis an.

Michael lacht. „Klar! Und was ist mit dem Eis rundherum?“, fragt er. „Schau mal ganz genau hin.“

„Da ist ja ein kleiner Eisbuckel hinter dem Stückchen!“

„Aha. Und was hat der für eine Form?"

„Hm. Ich würde sagen: ein bisschen langgezogen."

„Vielleicht wie ein Walrücken?"

Jonas stutzt. Dann leuchten seine Augen auf. „Genau! Wie ein Walrücken! Oder wie eine Schäreninsel? Ist das denn bei einem Gletscher, der über den Berg rutscht, genauso?"

„So ist es. Wenn der Fels, über den der Gletscher rutscht, an einigen Stellen sehr hart ist, kann der Gletscher ihn dort nicht so gut abhobeln. Es bleiben Buckel übrig. Langgezogene Buckel. Und wenn der Gletscher irgendwann schmilzt und Meerwasser in das Tal fließt, die Buckel aber nicht vollständig überflutet, bleiben diese wie Walrücken über der Wasseroberfläche sichtbar. Das sind die Schäreninseln."

„Das ist toll!", ruft Jonas.

Seine Eltern klatschen lachend Beifall. „Super, Sie können wunderbar erklären!", ruft Jonas' Mutter.

„Die Landschaft ist ja gleich doppelt spannend, wenn man weiß, wie sie entstanden ist!" Begeistert schleckt Jonas weiter und betrachtet abwechselnd die Inseln vor ihm und das Eis in seiner Hand.

Aus den Lautsprechern ertönt eine freundliche Stimme: „Sehr geehrte Damen und Herren, liebe Fahrgäste! Wir erreichen in Kürze den Hafen Brjánslækur. Bitte kehren Sie in Ihre Autos zurück und halten Sie sich bereit, die Fähre zu verlassen."

„Wie schade", seufzt Jonas. „Ich hätte gern noch mehr erfahren."

„Vielleicht treffen wir uns ja noch einmal irgendwo. So riesig ist Island ja nicht!", muntert Michael ihn auf. „Sind Sie noch eine Weile hier?", fragt er Jonas' Eltern.

„Ja, unser Urlaub beginnt gerade erst. Vielleicht begegnen wir uns tatsächlich noch einmal", nicken diese.

„Na dann auf Wiedersehen“, sagt Jonas. „Und danke für das Eis mit den Schäreninseln!“ Er hält fröhlich den Rest seines Eises hoch, auf dem hinter den Schokostückchen immer noch kleine, längliche Hügel aufragen.

„Gerne“, lächelt Michael. „Nichts zu danken.“

Ein verrückt gewordenes Auto

Trollo ist allein. Er fühlt sich so elend, dass er einfach liegen bleibt, wie der Mensch ihn hingelegt hat, und in einen tiefen, traumlosen Schlaf fällt.

Als er wieder erwacht, ist seine Übelkeit fast verschwunden. Er rappelt sich auf. Durch die Scheiben des Autos sieht er in dämmrigem Licht ein merkwürdiges Dach über dem Auto. Er klettert auf den Beifahrersitz und hinüber auf das Armaturenbrett. Er ist in einer Höhle – in einer Höhle aus Stahl, in der dicht an dicht Autos und sogar zwei Laster stehen! Die funzeligen Lampen verbreiten ein düsteres Licht. Nichts rührt sich. Nur ein dumpf dröhnendes, rollendes Geräusch wie von einem riesenhaften Motor dringt zu ihm hinein. Das Auto vibriert und schaukelt leicht.

„Wo bin ich bloß?", fragt sich Trollo. „Was ist das für eine Höhle? Und wo sind die ganzen Menschen, die zu diesen Autos gehören?" Er kann es sich nicht erklären. „Egal. Ich hau jetzt ab." Er klettert zur Beifahrertür und drückt mit aller Kraft dagegen. Sie rührt sich nicht. „Dann eben auf der anderen Seite", denkt er und kraxelt hinüber. Aber auch die Fahrertür gibt nicht nach. Er versucht es mit der Kofferraumklappe. Auch die rührt sich nicht. Er sieht sich um. „Ob man einen von diesen Hebeln und Knöpfen da vorn ziehen oder drücken muss?", denkt er. An allen Hebeln und Knöpfen an den Türen zieht und drückt er mit ganzer Kraft herum. Vergeblich. Er klettert zum Armaturenbrett zurück. „Dann eben die da."

Trollo drückt den nächstbesten Schalter. „Aaah!" Der Schalter beginnt zu blinken, und merkwürdige Knackgeräusche ertönen. Orangefarbenes Licht beleuchtet – an, aus, an, aus, an, aus – das Auto, das vor Michaels Wagen steht. Nur die Türen, die gehen davon nicht auf.

Trollo drückt wild auf alles, was nach Schalter oder Knopf aussieht. Bald leuchtet, blinkt und knackt es überall um ihn her. Als er auf einen Knopf in der Mitte des Armaturenbretts boxt, ertönt plötzlich laute Menschenmusik. Wütend schlägt Trollo noch einmal darauf. Die Musik erstirbt.

Jetzt hat er alle Schalter und Knöpfe ausprobiert. Er lässt sich auf den Beifahrersitz fallen und stützt den Kopf in die Hände. Schwarze Verzweiflung senkt sich auf ihn.

Als plötzlich eine Lautsprecherstimme durch die dunkle Höhle tönt, hört Trollo gar nicht hin. Schritte hallen, Autotüren werden geöffnet und zugeschlagen, immer mehr Schritte folgen. Ein Gemurmel hebt rund um das Auto an. Trollo achtet nicht darauf.

Plötzlich gibt es ein klackendes Geräusch, dann öffnet sich die Fahrertür, und sein Entführer ist wieder da. Trollo erstarrt, doch er lässt seine Augen einen winzigen Spalt breit geöffnet. Das Gemurmel vieler Menschenstimmen dringt jetzt bis zu ihm ins Auto. Rundum stehen Männer, Frauen und Kinder und deuten auf den blinkenden Wagen. „Alle Lichter an …“, „… die Alarmanlage?“, schnappt Trollo auf, während sich sein Entführer hektisch auf den Fahrersitz fallen lässt und versucht, alle Schalter gleichzeitig auszuschalten. Dann brummt er den anderen Menschen zu: „Alles wieder in Ordnung. Keine Ahnung, wie das passieren konnte. Vielleicht ein Defekt in der Elektroanlage.“ Seine Stimme klingt verwirrt.

Kurze Zeit später startet der Motor. Ein reibendes und knarzendes Geräusch ertönt. Trollo beobachtet aus den Augenwinkeln, wie sein Entführer stirnrunzelnd nach einem Hebel neben dem Lenkrad greift. „Warum zum Teufel ist der Scheibenwischer an?! War während der Überfahrt jemand im Auto?“, hört Trollo ihn murmeln.

Der Mensch schaut sich noch einmal um. Als er wieder nach vorn blickt, zuckt er zusammen. „Uff, ich bin ja schon dran!“, raunt er und lenkt das Auto langsam durch die dunkle Höhle. Es rumpelt, dann ergießt sich Licht ins Wageninnere. Trollo schließt geblendet die Augen. Das Auto nimmt Fahrt auf.

Kurze Zeit später bremst der Mensch plötzlich so scharf, dass Trollo mit Schwung nach vorn über das Polster rollt. „Heeee!“, ruft er und will gerade seine Arme ausstrecken, um nicht in den Fußraum zu poltern, als ihn die große Hand seines Entführers knapp vor der Kante ergreift und ihn zurück in die tiefste Stelle des Sitzes legt.

„Zerbröselt und verstaubt!“, flüstert Trollo erschrocken. „Beinahe hätte ich mich verraten! Wenn der gesehen hätte, dass ich Arme habe!“ Dann wird ihm schon wieder übel, denn sein Entführer hat ihn kopfüber abgelegt. „Ich muss mich sofort richtigrum drehen!“, denkt er. „Wie mache ich das bloß, ohne dass dieser Mensch etwas merkt?“

Zum Glück lenkt sein Entführer das Auto gleich darauf in eine Kurve. Trollo stößt sich vorsichtig ab und rollt zur Seite, bis die Welt wieder richtig herum steht. Aus dem Augenwinkel sieht er, wie der Mensch für einen kurzen Moment irritiert zu ihm herüber schaut, sich dann aber wieder auf die Straße konzentriert. Während auf der Stirn seines Entführers eine tiefe Denkfalte entsteht, hört er andere Autos vorbeisausen. Noch einmal blickt sein Entführer ihn von der Seite her kurz an, bevor er sich wieder dem Straßenverkehr zuwendet.

Während sie weiterfahren, guckt Trollo aus schmalen Augenschlitzen sehnsüchtig aus dem Fenster. Die späte Nachmittagssonne leuchtet durch die Windschutzscheibe ins Auto. „Wir fahren nach Westen“, denkt er. „Wo sind wir bloß? Und wo in aller Welt mag Elfie jetzt sein?“

Die Wege trennen sich

Mit einem dumpfen Schlag schließt das Tor des Laderaums alles Tageslicht aus. „Es hat mich verschlungen! Ein riesiges Untier hat mich verschluckt!“, flüstert Elfie bebend vor Entsetzen. Sie achtet nicht auf die matt leuchtenden Lampen an der Decke, sie sieht nicht, wie alle Menschen nach und nach zu den Aufgängen streben. Starr vor Entsetzen über die plötzliche Düsternis, in die das Auto sie gefahren hat, hockt sie im Ersatzrad. Sie wagt nicht, sich zu rühren. Dann dröhnt das Tuten des Schiffshorns durch das Dämmerlicht. Quietschend vor Angst saust Elfie aus dem Ersatzrad hinaus und im Bauch der Fähre umher. „Da ist Licht!“, durchfährt es sie. Sie rast auf den kaltweißen Schimmer zu und findet tatsächlich einen Ausgang. Doch kaum ist sie hinausgeschlüpft, zerrt ein eisiger Wind an ihren Flügeln und weht sie auf das dunkel rauschende Meer zu. Dahinter, weit entfernt verschwimmt die

Küste in grauem Dunst. Panisch legt Elfie die Flügel eng an den Leib und lässt sich fallen. Knapp vor der Bordkante landet sie hart auf einer kratzigen Rolle aus dicken, grob aufgedrehten Tauen. Sie riechen abscheulich nach Meerwasser, Algen und Fisch. Elfies Magen verdreht sich, doch in ihrer Furcht vor dem eisigen Wind kriecht sie dennoch so tief zwischen die Seile, wie sich eine Ritze finden lässt. Das Dröhnen des Schiffsmotors stülpt sich über ihre Ohren wie eine überdimensionale Kuppel aus Lärm, die nicht nur das Gehör, sondern alle ihre Sinne betäubt. Bebend hockt sie zwischen den kratzenden, harten Fasern, die grässlich an ihrer Haut scheuern.

Nach unendlich langer Zeit hört Elfie dumpf, wie das Schiffshorn noch einmal tutet. Liegt das Schiff ein wenig ruhiger da? Vorsichtig öffnet sie die Augen und hebt mühsam den Kopf über den borstigen Rand ihres Verstecks hinaus – aber nichts außer Wasser ist zu sehen. Dann tutet es noch einmal, und das Schiff beginnt wieder stärker zu schaukeln. Elfie rutscht zurück in die Tiefe ihres rauen Verstecks. „Diese Schiffsfahrt wird niemals enden“, denkt sie. Sie kneift die Augen zu. „Ich muss es einfach aushalten, einfach aushalten ...“

Noch einmal vergeht eine lange Zeit, dann tutet das Schiffshorn erneut, aber Elfie bleibt mit geschlossenen Augen hocken. Erst nach einiger Zeit bemerkt sie, dass das Geräusch des schweren Schiffsmotors verebbt ist und das Schiff ruhig daliegt. Jetzt sind wieder die klagenden Schreie der Möwen und das kalte Rauschen des Windes und der Wellen zu hören. Endlich bildet sich ein verschwommener Gedanke in ihrem Kopf.

„Da rollen Autos“, denkt sie. „Autos? – Autos!“ Sie kreischt auf und schießt aus ihrem Versteck hinaus. Auf der anderen Seite der Fähre sieht sie sie davonfahren. „Halt!“, schreit sie. „Halt! Wo ist der Wagen dieses Steinewerfers?“ Sie rast ans Ufer, fliegt hin und her, auf und nieder, nach vorn und zurück. „Wo ist er?! Wo ist Trollo? Wo sind sie?!!!“

Dann sind alle Autos aus der Fähre heraus. Es kommt keins mehr. Elfie starrt in die dunkle Öffnung des Schiffsbauches. Dann nimmt sie all ihren Mut zusammen und surrt noch einmal hinein. Aber hier ist kein einziges Fahrzeug mehr! Sie düst wieder nach draußen. „Ich hab sie verpasst! Sie sind weg! Trollo!!!“

Panisch schwirrt sie hier- und dorthin, um die nahestehenden Häuser herum, die Straße hinauf und wieder zurück zum Schiff. Aber es bleibt dabei: Das Auto ist weg. Trollo ist verloren.

Die Erkenntnis überrollt Elfie wie eine gigantische Meereswoge. Sie lässt sich auf ein Polster rosa blühenden Leimkrauts fallen und vergräbt das Gesicht in ihren Händen.

Als sie endlich wieder durch ihre Finger blinzelt, kommt es Elfie vor, als seien Stunden vergangen. Die Blüten kühlen und streicheln ihre erschöpften Flügel und nicken ihr aufmunternd zu. Immer wieder, unaufhörlich.

„Na gut“, sagt Elfie nach einer Weile mit fester Stimme. Sie rappelt sich auf und stemmt die Arme in die Hüften. „Jetzt fliege ich los. Und ich suche so lange ganz Island nach diesem brillenäugigen, breitfüßigen, spinnenbeinigen Lulatsch und seinem Auto ab, bis ich ihn wiederfinde. Und Trollo! Ich werde Trollo retten! So!“

Die Blumen wispern. Ihre Blütenköpfe nicken nach Westen, nach Westen, nach Westen. Aber Elfie ist schon losgeschwirrt. Als sich die Straße gabelt, überlegt sie nicht lange und fliegt – nach Norden.

Es beginnt zu nieseln. Elfie zieht die Nase kraus und guckt entschlossen geradeaus. Zu Hause wäre sie jetzt in ihrem Elfenhügel verschwunden, hätte ihre Blütenduftkissen aufgeschüttelt, die geblümten Tücher neu geordnet und zum Rhythmus der Tropfen draußen ein Nelkenlied gesungen. Aber jetzt hat sie eine Aufgabe. Sie fliegt und fliegt.

Der Regen hört wieder auf. Die Wolken verziehen sich, und das warme Licht der späten Sonne streicht sanft über das grüne Land. Alle Farben beginnen zu leuchten. Die Straße ist schon lange zur Piste geworden. Dann plötzlich gabelt sie sich. Erschöpft hockt sich Elfie an den Pistenrand. „Stundenlang bin ich jetzt geflogen. Zum dreifachen Spinnenbiss, warum finde ich dieses Auto nicht wieder?! Dieser Typ kann doch nicht nur fahren und fahren und fahren, ganz ohne Pause!" Plötzlich fällt ihr etwas ein, und in ihrem Magen bildet sich ein siedendheißer Kloß. „War nicht gleich hinter dem Hafen schon eine Abzweigung?" Elfie kneift die Augen zusammen. „Bin ich dort ...?" Aber sie wagt nicht, den Gedanken zu Ende zu denken und richtet alle Überlegungen auf die Weggabelung vor ihr. „Welcher Piste muss ich folgen?" Sie wendet sich an den weiß blühenden Steinbrech und das Gras neben ihr. „Könnt ihr mir helfen?"

Aber die Blüten und die Rispen des Grases wiegen sich nur von einer Seite zur anderen und flüstern: „Wir wissen es nicht."

Elfie zieht resigniert die Schultern hoch und seufzt, doch dann gibt sie sich einen Ruck. „Ich lasse Trollo nicht im Stich! Er hat mir das Leben gerettet. Einmal tief durchatmen – und los!" Schon fliegt sie weiter. Und weiter. Und weiter. Immer nach Norden. Immer weiter weg von Trollo.

Im Rucksack

Uuuuuuuuaaaaaaaaachchchch!" Trollo gähnt und reckt sich, dass Kiefer und Gelenke knacken. Er hat von weichem Moos und uralten Trollburgen in wilder, einsamer isländischer Landschaft geträumt. Jetzt reibt er sich knirschend die Augen und schlägt sie auf.

„Aaaaaah!!!" Entsetzt starrt er auf die Armaturen des Autos, die geschlossenen Türen und den hellbraunen, fleckigen Stoff, der sich statt des Himmels über ihm wölbt. Er betastet das Polster des Autositzes, auf dem er zwar geschlafen hat wie auf weichem Moos, dessen trockene, geriffelte Struktur ihm jetzt aber einen Schauer über den Rücken jagt, als habe ihm jemand Granitmus mit Schneckenschleim angeboten.

„Wenn doch bloß Elfie käme, um mich zu befreien!“ Er stockt. „Vielleicht hat sie schon längst neue Freunde gefunden und mich ... vergessen.“ Trollo sackt in sich zusammen. Zwei Steintränen rollen ihm aus den Augen.

Einen Moment hockt er reglos da. Dann aber richtet er sich auf. „Ich muss selbst einen Ausweg finden. Und dafür muss ich nachdenken. Und wenn ich nachdenken will, muss ich essen. Frühstück!“, ruft er und kramt in seiner Mooshosentasche nach der letzten Scheibe Trollbrot.

Kracks! Trollos harte Zähne zerkauen den Stein, als sei es eine dünne Scheibe Röstbrot. „Mhmm“, seufzt er genießerisch. „Sehr würzig. Und jetzt hab ich Durst!“ Er sieht sich um. „Hat dieser Mensch nicht gestern eine Wasserflasche in seinen Rucksack gesteckt?“

Trollo stößt sich vom Sitzpolster ab und hüpft hinüber zum Rucksack auf die Rückbank. Der flüchtig geschlungene Knoten des Zugbandes widersteht ihm nicht, und er schlüpft hinein. Die Flasche liegt gleich obenauf. Ein Griff, schon rinnt das Wasser in schneller Tropfenfolge heraus. Glucksend und schmatzend trinkt Trollo sich satt, hockt sich dann prustend darunter und lässt die Tropfen über seine Haare, seine Mooshose und seine Latschen rinnen.

Plötzlich hört er, wie die Autotür geöffnet wird, sein Entführer einsteigt und der Wagen startet. Trollo erstarrt. Doch nichts weiter passiert, als dass es wieder anfängt zu schaukeln und zu ruckeln.

„Eigentlich gut hier im Rucksack“, stellt Trollo fest, während das Auto über die Straßen rauscht. „Bestimmt nimmt er den Rucksack irgendwann mit, wenn er aussteigt. Mit Glück kann ich dann heimlich rausrollen.“

Plötzlich fängt es an zu rumpeln. Der Wagen beginnt zu vibrieren und zu dröhnen und schaukelt kräftiger. Irgendetwas in seinem Innern schnarrt durchdringend. „Oh, nein, was ist das denn für eine Piste, auf die wir da geraten sind?“, denkt Trollo noch. Dann kann er keinen klaren Gedanken mehr fassen, so wird er durchgerüttelt.

Nach einer langen Weile hält der Wagen an. Kurz darauf erscheint der große Schatten einer Hand in der Rucksacköffnung. Trollo drückt sich in eine Ecke, während die Hand tastend herumwandert. Sie streift ihn, dann plötzlich verharrt sie. „Jetzt hat er mich!“, denkt Trollo panisch. Unvermittelt hört er seinen Entführer fluchen, und dann vergehen ihm Hören und Sehen: kopfüber und kopfunter wühlt die Hand den Inhalt des Rucksacks durcheinander, mitsamt Trollo, der Wasserflasche, einer schweren Taschenlampe („Eyyyy!“), einem Brillenetui, einem Apfel, zwei leblosen Steinen, einem Taschenmesser („Uff!“), einem dicken Buch, einem Paar dreckiger Socken („Hrmpf! Puh!“), einem Päckchen Taschentücher, einem in Papier eingewickelten Brötchen, dem ein ähnlicher Duft entströmt wie den benutzten Socken („Bäääh!“), einem Löffel, einem Hammer, der sich Trollo in den Magen drückt („Urgh!“), einer Schutzbrille, drei leeren Plastiktüten, einem Joghurtbecher, einem kurzen Meißel („Au!“), einer Lupe, Arbeitshandschuhen, einer alten Zeitung, einem Notizblock, einer Tube Sonnencreme und zwei Stiften („Weia!“). Dann zieht sein Entführer die Wasserflasche aus der Tasche.

„Verdammt noch mal, ich hatte den Verschluss doch zugedreht!“, hört Trollo ihn fluchen. Es folgt ein reibendes Geräusch, als würde sein Entführer am Deckel drehen. Dann erscheint die

Hand wieder im Rucksack. Noch einmal wird Trollo mit allem, was darin ist, rundum gewirbelt. („Aua. Grätenfisch und Schuppenbart! Sowas! Uff!“) Schließlich ergreift die Hand das dicke Buch. Der Mensch murmelt etwas von „Sachen später an der Sonne trocknen“, dann hört Trollo ihn blättern. Nach einer Weile vernimmt er ein Murmeln: „Ach. Die Papageitaucher graben Höhlen in die Steilküste? Hoffentlich sehe ich welche – oder wenigstens einen.“ Trollo hört, wie der Mensch das Buch zuklappt. Es erscheint in der Öffnung des Rucksacks, wird aber gleich wieder weggezogen. Der Rucksack wird zugeschnürt, angehoben und landet mitsamt Trollo auf dem Rücken seines Entführers. Trollos Herz macht einen Hüpfer. Er hört Seevögel kreischen und die Brandung grollen. Dann fühlt es sich an, als ob sein Entführer steil nach oben wandert. Er schnauft immer lauter.

„Am besten, ich mach mich fertig zum Starten“, denkt Trollo und krabbelt mühsam zwischen all den durcheinanderliegenden Sachen in die Höhe, bis er nur noch von einem der Arbeitshandschuhe verdeckt wird. Gerade rechtzeitig. Von draußen ertönt die Stimme seines Entführers: „Zeit für eine Brotzeit!“ Trollo spürt, wie der Rucksack ins Gras gesetzt und geöffnet wird. Und tatsächlich: der Mensch holt den gesamten Inhalt ans Licht, und Trollo mit dem Handschuh als erstes.

„Juppiduuuu!!!“ Freudestrahlend kullert Trollo über den grasigen, erdig vertrauten Boden. Seine Vorsicht allerdings, die hat er im Rucksack gelassen.

Ein Clown auf der Steilküste

Michael richtet den Blick auf die Küste vor ihm. Fast senkrecht fällt sie zweihundert Meter tief zum Meer ab. Überall hocken und kreisen Vögel, ihr Geschrei erfüllt die Luft, ihre waghalsigen Flugmanöver machen den um die Felsen jagenden Wind sichtbar. Er schaut zu den Wellen, die so weit unten sind, dass ihr Rauschen kaum zu hören ist. Ein leichtes Schwindelgefühl zieht seinen Magen zusammen. „Es ist wirklich unglaublich, wie hoch die Steilküste hier ist! Dort oben soll sogar eine Stelle sein, die vierhundert Meter hoch aufragt!“ Er blickt den grasbewachsenen Hang hinauf, der noch vor ihm liegt. Gerade mal die Hälfte der Höhe hat er bisher erklommen.

Michaels Blick streift nach Süden über die weite Mündung des Breiðafjörður, des breiten Fjords, und trifft unvermittelt auf zwei schneebedeckte, sonnenbestrahlte, blendend weiße Spitzen eines wundervoll ebenmäßigen Berges. „Der Snæfellsjökull!“, ruft er überrascht. „Jetzt! Jetzt, wo ich weit weg bin, zeigt er sich in seiner ganzen Schönheit! Kein Wölkchen ist am Himmel! Was für ein majestätischer Anblick!“ Michael sinkt ins Gras und schaut sehnsüchtig auf die leuchtenden Gipfel. Erst nach einer ganzen Weile seufzt er tief auf und wendet den Blick ab. Dann öffnet er den Rucksack und ergreift als erstes einen Arbeitshandschuh und einen Stein.

„Wo will der denn hin?“ Michael schnappt nach dem Stein, der sich gerade auf den Weg macht, den Hang hinabzurollen. Dann stutzt er. „Was macht dieser Stein hier? Ich hatte ihn doch gestern auf dem Beifahrersitz liegenlassen. Oder etwa nicht?“ Grübelnd schaut er den langen, grasbewachsenen Hang zurück. Dann schüttelt er energisch den Kopf. Er wiegt den Stein kurz in der Hand, wirft ihn dann hoch in die Luft, fängt ihn knapp über dem Boden wieder auf und versenkt ihn tief in der Brusttasche seiner Jacke. Mit zwei Knöpfen verschließt er sie sorgfältig. Dann breitet er sein restliches Gepäck zum Trocknen auf dem Gras aus. Plötzlich erfasst eine Windbö seine Arbeitshandschuhe und die alte Zeitung und weht sie davon. Mit einem Hechtsprung kann er sie gerade noch festhalten, als ihm schon seine Socken und die leeren Plastiktüten entgegenfliegen. „Uff, was für ein Wind!“ Er legt den Hammer auf die Zeitung, die Taschenlampe auf die Tüten, den Meißel quer über die Socken und klemmt schließlich noch die Arbeitshandschuhe unter zwei Steinbrocken, die auch noch in seinem Rucksack steckten. „Den ganzen langen Steilhang hab ich das alles raufgeschleppt ...“, seufzt er und schüttelt über sich selbst den Kopf. Dann betrachtet er sein Werk. „Wind und Sonne werden das alles in Nullkommanix trocknen“, denkt er und schaut in den wolkenlosen Himmel. „Jetzt ist aber die Brotzeit dran.“

Er setzt sich in das kühle Gras, guckt in die Ferne, lauscht dem Lärm der Vögel und verspeist genussvoll seinen Proviant: den saftig-sauren Apfel, das Brötchen mit aromatischem Käse und den Becher Skyr. „Hm, wirklich lecker!“, brummt er. „Wie ein Mix aus saurem Quark und Joghurt. Mit Blaubeeren schmeckt er am besten. Ob es das bei uns auch zu kaufen gibt? Das ist mir im Supermarkt noch nie aufgefallen.“ Er leckt sich zufrieden die Lippen. Dann setzt er die Wasserflasche an den Mund, trinkt mit tiefen Zügen und dreht sie anschließend höchst sorgfältig wieder zu.

Einige Zeit später beschließt er nach einem Blick auf seine Armbanduhr, nicht mehr höher hinaufzusteigen, und macht sich stattdessen an den Abstieg.

Auf halber Strecke hinunter sieht er einen Jungen bäuchlings am Rand der Steilküste liegen. Ein Mann hockt im Gras und hält ihn an den Knöcheln fest, eine Frau steht ein Stück hinter den beiden. Als Michael näher kommt, erkennt er die drei. „Hey, diese bunte Mütze kenn ich doch. Das ist doch Jonas! Hallo, Jonas!“, ruft er erfreut.

Jonas dreht sich strahlend zu Michael um, legt aber statt einer Antwort den Finger auf die Lippen.

Michael wendet sich an Jonas’ Eltern. „Guten Tag! Wir haben uns noch gar nicht richtig vorgestellt. Mein Name ist Michael Erz.“ Er reicht Jonas’ Mutter die Hand.

„Lisa Merten“, stellt die sich vor.

„Andreas“, sagt Jonas’ Vater freundlich, lässt seinen Sohn

aber nicht los. „Ich finde, wir sollten uns duzen, so unter Island-Reisenden."

„Gern", erwidert Michael und lächelt breit. Auch Lisa nickt.

„Was gibt's denn da so Spannendes?", wendet er sich nun wieder an Jonas.

Der winkt ihm schweigend, sich hinzulegen und langsam zu ihm nach vorn zu robben.

Michael zögert kurz und wirft einen Blick auf das wirklich sehr weit unten glitzernde Meer, dann legt er sich auf den Bauch und kriecht vorsichtig vor. Der scharfe Geruch der Vogelkolonie steigt ihm in die Nase.

„Leise", flüstert Jonas.

Als Michael neben Jonas ankommt, sieht er ihn: Dort, direkt unterhalb der Graskante, auf der sie liegen, nur zwei Armlängen von Jonas entfernt, sitzt wie eine Mischung aus Papagei und Pinguin – ein Papageitaucher. Der Vogel schaut Michael an und trippelt ein Stück nach links auf einen Felsbrocken. Dort beginnt er, sich mit seinem riesigen, rot, gelb, graublau und weiß gestreiften Schnabel die schwarzen Federn der kurzen Flügel zu putzen.

„Ist dieser Schnabel nicht fünf Nummern zu groß für das kleine Kerlchen?", flüstert Michael augenzwinkernd.

Jonas grinst. „*Ich* frage mich vor allem, wie er es geschafft hat, sich mit seinen breiten Füßen so ein perfektes Clownsgesicht zu schminken." Jonas zeigt kichernd erst auf die orangefarbenen Schwimmfüße des Vogels und dann auf die wie mit einem feinen Pinsel rot und schwarz umrandeten Augen in dem weißen Vogelgesicht.

Der Papageitaucher setzt sich jetzt gemütlich auf dem sonnenbeschienenen Felsbrocken zurecht, raschelt mit den Flügeln und sperrt plötzlich den Schnabel zu einem sehr beeindruckenden Gähnen auf. Seine Beobachter kichern noch einmal.

Jonas' Mutter wird mittlerweile ungeduldig.

„Kommt, Andreas, Jonas, lasst uns weitergehen. Wir wollen uns doch noch den Leuchtturm ansehen", schlägt sie vor.

„Och, nein! Diese blöden Leuchttürme immer. Davon haben wir uns jetzt doch schon zwei angesehen!" Jonas zieht einen Flunsch. „Bitte, lasst mich noch ein bisschen hier schauen. Die Papageitaucher sind tausendmal spannender als der dritte Leuchtturm." Dann überlegt er und sagt mit einem bittenden Seitenblick auf Michael: „Michael wird schon auf mich aufpassen."

Lisa und Andreas tauschen einen Blick.

„Kann ich mich darauf verlassen, dass du nicht weiter nach vorn rutschst?", fragt Andreas seinen Sohn.

„Klar."

„Achtest du mit drauf, dass er vorsichtig bleibt?", wendet sich Andreas nun an Michael.

„Kein Problem. Im Zweifelsfall schleife ich ihn an den Fersen vom Hang weg", erwidert Michael und zwinkert mit dem linken Auge. Dann jedoch nickt er Andreas und Lisa noch einmal ernsthaft zu.

„Okay, wir treffen uns nachher am Parkplatz, Jonas", sagt Andreas.

„Klar! Bis nachher!"

Als Lisa und Andreas davongehen, nimmt Jonas das geflüsterte Gespräch wieder auf. „Vorhin war der Papageitaucher so nah, dass ich ihn fast streicheln konnte." Seine Augen leuchten. „Ist das nicht toll, dass die gar keine Angst haben?!"

Michael nickt. „Ich hatte gehört, dass sie ziemlich zutraulich sind. Aber so was hatte ich nicht erwartet. Er ist wirklich sehr nah. Erstaunlich. Hast du eine Ahnung, wie das kommt, dass sie gar keine Angst haben?"

„Weißt du das wirklich nicht?" Jonas guckt Michael ungläubig an.

„Ehrlich", lächelt Michael. „Mit Steinen kenn ich mich aus, aber mit Lebendigem ..." Er verdreht die Augen. „Man kann ja schließlich nicht alles wissen."

„Ha, dann kann ich dir jetzt auch mal was erklären", flüstert Jonas mit triumphierendem Grinsen. Auf seinen Wangen erscheinen wieder die lustigen Grübchen. „Das ist ganz einfach: Wenn du dich auf dem Bauch langsam heranrobbst, passt du einfach nicht in ihr Feindbild", erklärt er wispernd. „Ihre natürlichen Feinde sind vor allem Raubmöwen und Polarfüchse. Die nähern sich eher selten ganz langsam und auf dem Bauch kriechend und sind zudem viel kleiner. Außerdem sind hier jedes Jahr so viele Touristen, dass sie wahrscheinlich gemerkt haben, dass die total ungefährlich sind."

„Ach daher!", raunt Michael anerkennend. Er dreht den Kopf. „Da sind ja noch viel mehr von diesen kleinen, bunten Clowns", flüstert er fasziniert. „Wenn man oben auf dem Pfad steht, sieht man sie überhaupt nicht."

„Stimmt", nickt Jonas. „Ich war vorhin schon ganz enttäuscht, weil ich keinen einzigen entdecken konnte. Und meine Eltern wollten mich nicht näher an die Kante gehen lassen, um Ausschau zu halten", sagt er mit vorwurfsvollem Unterton in Richtung seiner Eltern.

„Das ist ja auch nicht ganz ungefährlich", erwidert Michael, während auch er zu Jonas' Eltern schaut, die mittlerweile schon ein Stückchen entfernt sind und sich angeregt unterhalten. Michael .wendet sich wieder den Papageitauchern zu. „Schließlich entstehen Steilküsten wie diese hier durch Abbrüche. Niemand weiß, wann und wo als Nächstes Steine und Felsen in die Tiefe poltern."

„Das haben sie auch gesagt. Immerhin: Als Papa gesehen hat, dass hier unter der oberen Kante noch fünf weitere Grasstufen sind, durfte ich vorkriechen", erzählt Jonas leise.

„Na komm, dann lass uns mal wieder auf den Pfad zurück gehen", schlägt Michael vor. „Beim Beobachten dieses merkwürdigen Vogels hab ich es fast vergessen, aber wenn ich dran denke, wie tief es da runter geht, wird mir ganz schwummerig."

„Hast du Angst?", fragt Jonas herausfordernd.

Michael antwortet nicht gleich. Dann sagt er: „Ich kenne die Gefahr. Los, komm."

Jonas grinst. „Aber nur, wenn du mir erklärst, wie Steilküsten entstehen."

Michael lacht leise. „Abgemacht!"

Nach einem letzten Blick auf den Papageitaucher, der gerade noch einmal mit weit aufgerissenem Riesenschnabel gähnt und dann die Augen zu einem Nickerchen schließt, kriechen die beiden langsam von der Kante weg.

„Und jetzt will ich alles über Steilküsten wissen!", sagt Jonas übermütig. Sie machen sich an den Abstieg hinunter zum Parkplatz. „Du erzählst so viel spannender als all unsere Lehrer in der Schule!"

„Die haben es aber auch deutlich schwerer als ich", sagt Michael. „Sie können ja schließlich nicht mit euch in der Welt herumreisen und euch alles direkt vor Ort zeigen."

Als Antwort grummelt Jonas nur und runzelt die Augenbrauen. Michael guckt ihn lächelnd von der Seite an und beginnt dann mit der Erklärung.

„Also: Steilküsten entstehen durch die Brandung des Meeres. Immerwährend rollen Wellen an die Küsten und Strände. Und in Island ist der Ansturm sehr heftig, besonders hier."

„Wieso besonders hier?", fragt Jonas.

„Weil diese Steilküste die westlichste Spitze Islands ist, sogar der allerwestlichste Zipfel von ganz Europa", erklärt Michael. „Rundum ist nichts, was den Ansturm von Wind und Wasser bremsen könnte. In diese Richtung", Michael zeigt zum dunstig-blauen Horizont im Westen, „findest du ungefähr 500 Kilometer weit nur raues, wildes Meer. Und auch im Norden und Süden trifft man erst nach vielen hundert Kilometern wieder auf Land."

„Echt?" Staunend guckt Jonas auf das unter dem wolkenlosen Sommerhimmel leuchtende Meer.

„Echt."

„Das heißt, man guckt von hier aus direkt nach Amerika?", fragt Jonas.

„Nach Grönland, um genau zu sein. Wir sind hier so weit nördlich, dass wir erstmal auf Grönland treffen würden, wenn wir von hier aus nach Westen segeln würden. Allerdings wäre die Wahrscheinlichkeit, da heil rüberzukommen, ziemlich gering. Schließlich sind wir ja keine Wikinger." Michael zuckt die Schultern.

„So?" Jonas baut sich breitbeinig auf, spreizt die Ellbogen ein Stück ab und ballt die Fäuste. Mit grimmigem Gesicht setzt er einen Fuß auf einen der vielen Grasbuckel, schaut sich mit Siegerblick um und lacht rau: „Harrharrharr!" Dann nimmt er wieder die schlaksige Haltung von vorher ein und sagt nachdrücklich: „Aber was ist nun mit den Steilküsten?"

Michael lacht. „Also weiter: Die Wellen haben eine ganze Menge Kraft. Und geben nie auf – so wie die Wikinger. Außerdem tragen Wellen an der Küste oft eine Menge Steinchen und Sandkörner mit sich. Was da nicht so hart ist wie ein Wikinger", Michael schmunzelt, „wird abgerieben und ins Meer gespült. Dann haben die Wellen gleich noch mehr Schmirgelmaterial."

„Und ohne diese Steinchen und Sandkörner? Was würde dann passieren?", fragt Jonas unbeirrt weiter.

„Dasselbe. Wasser kann auch ohne Steinchen drin stark sein. Du hast bestimmt schon mal im Meer gebadet."

„Klar", nickt Jonas. „Einmal in Frankreich hat mich die Brandung sogar von den Füßen gerissen, so heftig waren die Wellen."

„Na, und hier, das Nordmeer mit seinen Stürmen ..."

„... ist bestimmt noch stärker", ergänzt Jonas.

„Genau."

„Dann entstehen doch diese Höhlen", sagt Jonas und zieht nachdenklich die Stirn kraus. „Wie heißen sie noch mal?"

„Die sind ähnlich geformt wie menschliche Kehlen, sagt man." Michael sieht Jonas erwartungsvoll an.

Jonas, fährt prüfend mit den Fingerspitzen von seinem Kinn aus durch die Einbuchtung seiner Kehle bis zum Kehlkopf. „So ähnlich war auch der Name", überlegt er angestrengt und zieht den gleichen Weg mit den Fingern noch einmal nach. Dann hellt sich sein Gesicht plötzlich auf. „Genau! Brandungskehlen! Richtig?"

„Stimmt!", ruft Michael fröhlich. „‚Brandung', weil sie durch die Brandung entstehen, und ‚Kehle', weil sie eben geformt sind wie menschliche Kehlen", erklärt er dann. „Die Steine über solchen Brandungskehlen verlieren schließlich irgendwann den Halt und brechen herunter. Immer wieder. So wird die ganze Küste nach und nach zu einer ziemlich senkrechten Felswand."

Mittlerweile haben sie Jonas' Eltern erreicht, die schon auf sie warten. Hier ist die Steilküste nur noch etwa zwanzig Meter hoch und die nahe Brandung ist wieder klar und kraftvoll zu hören.

„Verstehe. Echt klasse, dass wir uns wiedergetroffen haben!", strahlt Jonas Michael an. „Es ist total spannend, was du alles weißt. Was guckst du dir denn als Nächstes an?"

„Nun mal langsam, Jonas!", bremst ihn sein Vater. „Du kannst doch Michael nicht völlig in Beschlag nehmen. Er ist schließlich kein Reiseleiter!"

Michael aber lacht. „Kein Problem, Andreas. Ich treffe nicht oft Leute, die so wissbegierig zuhören, wenn ich über mein Fachgebiet spreche." Er wendet sich wieder Jonas zu. „Als Nächstes fahre ich zum Rauðisandur. Das ist ein für Island ganz besonderer Strand."

„Wieso das denn? – Wollen wir da auch hinfahren? Bittebitte!", wendet sich Jonas ohne Atem zu holen an seine Eltern.

Die lachen, und auch Michael und Jonas stimmen mit ein.

„Den wollten wir ohnehin besuchen. Ob nun heute oder morgen, das macht wirklich nichts aus", sagt Lisa. „Wenn es dich nicht stört, Michael, fahren wir gern mit dir zusammen."

„Es stört mich überhaupt nicht!"

„TOLL!!!" Jonas macht einen Luftsprung. „Und was ist nun an diesem Strand so besonders?", fragt er neugierig.

„Das verrate ich nicht", lächelt Michael geheimnisvoll. „Du wirst es schon sehen."

Das Fest der Wassergeister

Als Elfie nach kurzem Schlummer wieder aufbricht, steht die Sonne noch tief, und die Luft duftet nach feuchter Erde. „Heut finde ich Trollo wieder. So früh wie wir Elfen stehen Menschen nicht auf. Heute hol ich das Auto ein“, denkt sie, während sie ein paar süßherbe Nektarkrümelchen nascht und die Blumen ihres Kleides richtet. Dann setzt sie frische Grasnelkenblüten auf ihre Schuhspitzen und surrt los.

Sie fliegt und fliegt und fliegt und fliegt, immer die Menschenpiste entlang. Manchmal hilft ihr ein kräftiger Rückenwind, dann wieder weht nur eine laue Brise von der Seite. Die hohen Wolken segeln wie weiße Schafe über sie hinweg und tragen ihre feuchte Fracht nach Osten ins Land hinein. Als die Sonne ihren höchsten Stand erreicht, hört Elfie von weitem einen Wasserfall rauschen. Einen Moment lang bleibt sie in der Luft stehen und lauscht seiner Stimme.

„Vielleicht kann mir dort jemand helfen, Trollo wiederzufinden", denkt sie. Schon fliegt sie weiter.

Strahlend weiß rauschen die Wassermassen des Dynjandi über schwarze Felsstufen hinunter in Richtung Meer. „Ist der riesig!", flüstert Elfie ehrfürchtig, als sie ihn erblickt. „Über wie viele Stufen er springt! Er sieht aus wie die Freitreppe eines riesigen Wasserpalastes." Sie landet im Gras, um zu schauen und ein wenig Nektar aus den gelben Blüten des Fingerkrauts zu naschen. Da weht Musik zu ihr hinüber, leise, leichte Wassermusik. Elfie schließt verträumt die Augen. Dann stutzt sie. Was sind das für mürrische Stimmen? Sie schlägt die Augen wieder auf und schaut sich suchend um. „Die verderben ja das ganze Konzert!", zischt sie empört. Sehen kann sie niemanden, aber es hört sich an, als kämen die Stimmen ganz aus der Nähe. Elfie fliegt auf. Jetzt kann sie verstehen, was gesprochen wird. Die Stimmen knurren Zahlen! Lange Zahlen! Viele Zahlen! „Merkwürdig", denkt Elfie. „Was zählen die denn?"

„Sechshundertvierundachtzigtausenddreihundertzweiundzwanzig ..., sechshundertvierundachtzigtausenddreihundertdreiundzwanzig ...", murrt die erste Stimme.

„Sechshundertvierundachtzigtausenddreihundertvierundzwanzig", brummt die zweite.

„Freundlich klingt das aber nicht", denkt Elfie. Sie fliegt zögernd in Richtung der Stimmen, surrt über einen grasigen Hügel und lässt sich dann hastig ins Gras hinter einen Stein fallen. Ein

Felsriese! Hinter dem Stein verborgen späht sie zwischen langen Grashalmen hindurch hinüber zu ihm. „Was für ein steingraues, hartes Gesicht der hat. Puh! Mit dem ist bestimmt nicht gut Nektarnaschen. Und ihm gegenüber?" Elfie betrachtet das katzenähnliche Gesicht mit den merkwürdig großen Schlappohren. „Mit diesen Ohren kann der bestimmt die leisesten Töne hören." Gerade sagt er wieder eine Zahl: „Sechshundertvierundachtzigtausenddreihundertdreiunddreißig ..."

Die beiden Wesen starren beharrlich auf das sprühende Wasser, das unermüdlich zwischen ihnen hinuntersprudelt.

„Sechshundertvierundachtzigtausenddreihundertvierunddreißig", murmelt der Felsriese.

„Sechshundertvierundachtzigtausenddreihundertfünfunddreißig", sagt das Katzengesicht.

„Was zählen die bloß? Wassertropfen?" Elfie zieht die Stirn kraus. „Mückenmumpitz, die Wassertropfen springen viel schneller herunter als die beiden zählen. Versteh ich nicht."

In diesem Moment teilt sich das Wasser. Der Felsriese und das Katzengesicht zucken erschrocken zusammen. Zwischen ihnen taucht eine grazile Nymphe auf. Auf dem fließenden Stoff ihres grünschimmernden Gewands blinken unzählige smaragdgrüne Tröpfchen. Mit einer verführerischen Bewegung streicht sich die Nymphe ihre goldenen Haare aus dem Gesicht. „Jemand zu sehen, Wache?", fragt sie mit honigsüßer, aber ebenso überheblicher Stimme.

„Nein, niemand. Ihr könnt weiter tanzen", brummt der Felsriese.

„Gleich empfangen wir die Königin. Wir wollen nicht gestört werden!", flötet die Nymphe mit gebieterischem Unterton. Ohne auf eine Antwort zu warten, verschwindet sie mit einem leisen Glucksen wieder im Wasser.

„Das sind Wachen!“ Elfie hockt da und überlegt. „Was nun?“ Nach einem kurzen Moment lächelt sie spitzbübisch. Sie hebt ein kantiges Steinchen auf, zielt sorgfältig, wirft es zwischen den beiden Wesen hindurch und zieht sich blitzschnell in ihr Versteck zurück.

„Was war das denn?“, knurrt der Felsriese verdutzt. „Ist da gerade ein Stein hinaufgefallen?“

„Ein Stein kann nicht rauffallen!“, meckert das Katzengesicht.

„Da kam aber gerade einer angeflogen!“, grummelt der Felsriese. Dann fragt er: „Wo waren wir überhaupt?“

„Bei sechshundertvierundachtzigtausenddreihundertneunundvierzig, glaube ich.“

„Zwergenquatsch! Wir waren erst bei sechshundertvierundachtzigtausenddreihundertsiebenundzwanzig, glaub ich. Eins weniger wegen des raufgefallenen Steins, dann sind es jetzt sechshundertvierundachtzigtausenddreihundertsechsundzwanzig“, erwidert der Riese.

„Trollmist! Da waren wir schon lange durch! Außerdem kannst du doch nicht einfach eins abziehen, nur weil hier ein Stein nach oben fliegt!“, faucht das Katzenwesen. Es haut mit seiner krallenbesetzten Pfote durch die Luft.

Der Felsriese fährt das Katzenwesen griesgrämig an: „Natürlich müssen wir den abziehen, wenn der hochfliegt! Und ich sag dir, wir waren bei sechshundertvierundachtzigtausenddreihundertsiebenundzwanzig!“

„Quatsch nicht! Außerdem sind bestimmt noch einige runtergekommen, während die Nymphe hier war.“

Auf diesem Foto haben wir die Wächter gefunden. Was entdeckst du?

Auf den nächsten Seiten siehst du die Wächter, wie wir sie sehen.

Der Felsriese zögert. Dann nickt er. „Möglich", brummt er langsam, „bestimmt haben wir mindestens fünf verpasst."

„Oder mehr", knurrt die Katze. Sie zögert. „Alles umsonst. Ich glaube, wir müssen wieder von vorn anfangen."

Der Felsriese stöhnt auf.

„Ist doch egal!", faucht die Katzengestalt und legt ihre großen Ohren an.

Der Riese seufzt. „Meinetwegen." Er schaut auf den Wasserfall. „Also: eins ..."

„Zwei ... drei ...", zählt das Katzenwesen weiter.

„Die sind ja total kraus im Kopf!", denkt Elfie und zieht mit ihrer Fingerspitze einen Kreis auf ihrer Stirn. „Und besonders wachsam sind sie auch nicht." Sie duckt sich tief in das hohe Gras und schwirrt unbemerkt tief am Boden hinter der Katzengestalt vorbei. Die beiden Wesen knurren sich weiter missgelaunt ihre Zahlen zu.

Die Musik wird lauter. Elfie sirrt über den letzten Felshügel und bleibt abrupt in der Luft stehen: Der ganze Hofstaat ist auf den Beinen! Musikanten spielen und singen, Tropfenwesen hüpfen, Nymphen lachen, Wassergeister tanzen einen wilden Reigen. Überall rauscht und summt und plätschert es in den fröhlichsten Tönen. Die Sonne spiegelt sich in tausend hüpfenden Tropfen. Dann entdeckt Elfie die Königin. Mit majestätisch erhobenem Haupt tritt sie in einem unvergleichlich prächtigen Gewand aus feinster Wasserseide aus ihrem Gemach. Ihren lieblichen Kopf mit den fließenden Haarsträhnen ziert eine hohe Krone aus silbern glitzernden Tröpfchendiamanten. Ihre anmutigen, weißen Arme ruhen auf der Seide ihres Kleides. Ihr Hofstaat verneigt sich tief vor ihrer Schönheit.

Zaghaft surrt Elfie näher. „Sie sieht weise und freundlich aus. Ob ich sie um Hilfe bitten kann?"

Eine dicke, bleierne Wolke schiebt sich plötzlich vor die Sonne und verdunkelt das Wasser, als habe jemand einen grauen Schleier darübergeworfen. Wind kommt auf. Kalte Gischt umhüllt Elfie, und ein donnerndes Rauschen bringt sie abrupt zum Stehen. Der ganze Hofstaat verschwindet in einem einzigen Augenblick hinter den Wasservorhängen.

„Schneeschmelze und Gewitterguss, was willst du hier?! Du störst den Empfang der Königin!", dröhnt eine markerschütternde Stimme durch die Luft. Elfie kauert sich verschreckt zusammen und hält sich die Ohren zu. Hoch über ihr sitzt, die Arme breit auf zwei Stufen ruhend, ein riesiger, umschäumter Wassermann im Wasserfall und starrt wütend auf sie herab. „Ich erwarte eine Antwort! Brauchst wohl eine Ermunterung, wie?", herrscht er sie an. Er dreht seine Hand wie eine Kelle ins Wasser und gießt es mit einem Ruck über Elfie aus.

„Iiiiiihhhh!", kreischt sie. Das Wasser rinnt ihr eiskalt durch die Haare, über das Gesicht und den Rücken hinunter. Ihr Blumenkleid ist tropfnass, sogar in ihre Schuhe läuft das eisige Wasser hinein. Sie schüttelt sich schaudernd. Dann überschlägt sich ihre Stimme vor Zorn. „Was fällt dir ein!?", keift sie.

„Du kannst ja doch sprechen!", braust der Wassermann ärgerlich. „Dann bekomme ich jetzt gefälligst eine Antwort! Was willst du hier?"

Elfie presst die Lippen aufeinander. „Wie du vielleicht weißt, hassen Blumenelfen es, patschnass zu sein!", zischt sie. Mit blitzenden Augen rüttelt sie das Wasser von ihren nassen Flügeln.

„Eine kleine Dusche ist noch die geringste Strafe dafür, dass

Auf diesem Foto haben wir die Wasserkönigin und ihren Hofstaat gefunden. Was entdeckst du?

Auf den nächsten Seiten siehst du, wie wir sie sehen.

du all meine Gäste vertreibst!“, dröhnt der Wassermann. „Soll ich dich ertränken, oder sagst du mir jetzt, was du hier willst?!“

Aber Elfie dreht sich einfach um, um davonzufliegen.

Blitzschnell streckt der Wassermann seinen langen Arm nach ihr aus und hebt sie am Kleid hoch. Elfie krümmt sich panisch zusammen. „Er wird mich ertränken!“, denkt sie. Plötzlich fällt ihr wieder ein, wie sie beim Geist vom Vogelfels hilflos über dem Meer schwebte. Dann erscheint unvermittelt Trollos Gesicht in ihrem Kopf und verschwindet im nächsten Moment mit aufgerissenen Augen in einem Koffer. Elfie schluchzt auf.

Der Wassermann stutzt und schaut plötzlich freundlicher drein. „Nanana, kleine Elfe. Was ist denn los mit dir? Erst platzt du hier uneingeladen herein, dann bist du trotzig, und nun fängst du auch noch an zu weinen ...“

„Ich hab doch Trollo verloren!“, schluchzt Elfie haltlos. Tränen kullern aus ihren Augen und über ihre nassen Wangen. „Ein Mensch hat ihn entführt, und plötzlich war ich auf einem riesigen Schiff. Der Wind hat mich fast aufs Meer geweht. Und als ich endlich wieder an Land war, waren Trollo und der Mensch weg. Bestimmt seh ich Trollo nie wieder, und er wird von Island fortgebracht und muss für immer versteinern! Ich kann die beiden einfach nicht wiederfinden!“, bricht es aus ihr heraus. „Ich wollte doch nur fragen, ob mir hier jemand helfen kann. Und jetzt willst du mich ertränken!“ Sie schlägt schluchzend die Hände vor das Gesicht. All die Angst der vergangenen Tage stürzt auf einmal wie eine Geröllllawine auf sie ein.

Auf dem Gesicht des Wassermanns erscheint ein mitfühlendes Lächeln. Er setzt Elfie auf einem Hügelchen vor dem Wasserfall ab und streicht ihr ganz vorsichtig mit der vordersten Spitze seines kleinen Fingers über das Haar. Elfie schluchzt noch einmal heftig. „Kannst du Trollo nicht befreien?"

„Selbst, wenn ich wüsste, wo er ist", sagt der Wassermann, „ich muss hierbleiben. Denn ich bin Dynjandi, der Herr dieses Wasserfalls. Und ich kann ihn und die Königin nicht verlassen. Aber vielleicht kann ich dir einen guten Rat geben."

Mit ein wenig neuer Hoffnung schaut Elfie zu Dynjandi hoch.

„Ich kenne einen Steinelfen, der in die Zukunft blicken kann", fährt dieser fort. „Er nennt sich ‚Knubbelnase der Zukünftige'. Er spricht oft in Rätseln, und manchmal versteht man nicht, was er meint. Aber vielleicht kann er dir helfen. Er wohnt nicht weit von hier."

„Und wo kann ich ihn finden?", schnieft Elfie.

„Das werde ich dir gleich erklären", sagt Dynjandi. „Aber zuerst möchte ich wissen, weshalb meine Wachen dich nicht bemerkt haben und du hier so einfach reinspazieren konntest."

„Sie haben gezählt", berichtet Elfie und wischt sich die Tränen von den Wangen. „Keine Ahnung, was. Aber dann haben sie sich gestritten, als ich ein Steinchen warf. Und als sie ganz mürrisch wieder von vorn anfingen, bin ich tief im Gras versteckt vorbeigeflogen."

Dynjandi seufzt. „Ich werde mir wohl neue Wächter suchen müssen. Immer zählen sie und vergessen ihre eigentliche Aufgabe."

„Aber was zählen die denn? Ich konnte mir keinen Reim darauf machen."

Dynjandi lächelt geheimnisvoll. „Sie haben sich gestritten, weil du einen Stein geworfen hast?", fragt er.

„Ja. Ich hab ihn zwischen den beiden nach oben geworfen. Der eine sagte dann irgendwas von ‚Abziehen'."

Hier haben wir Dynjandi, den Herrn des Wasserfalls, gefunden. Er ist gut versteckt. Entdeckst du ihn trotzdem?

Auf den nächsten Seiten siehst du ihn, wie wir ihn sehen.

„Natürlich“, schmunzelt Dynjandi. „Die beiden zählen die Steinchen und Sandkörner, die vom Wasserfall zum Meer gespült werden.“

„Was soll das denn?!“, fragt Elfie und zieht verächtlich die Nase kraus.

„Sie beobachten, wie sich die Welt verändert“, erläutert der Wassermann.

„Was?“, fragt Elfie verständnislos.

„Weißt du nicht, dass sich die Welt täglich ein bisschen verändert?“, erwidert Dynjandi. „Mein Wasserfall trägt jeden Tag Sandkörner und Steinbröckchen aus dem Land oben zum Meer unten. Mein Hofstaat tanzt und springt über die Felsen, und immer wieder bröckeln Körnchen davon ab. Die Füße von uns Wasserwesen sind zwar weich, und der Felsen ist hart, aber wir sind nimmermüde Tänzer. Auch der härteste Fels kann uns auf Dauer nicht widerstehen. So verändert sich das Land hier fortwährend. Natürlich sieht man es nur, wenn man ganz genau hinschaut. Weil es eben jeden Tag nur ein kleines bisschen ist. Aber doch so viel, dass es über die Monate und Jahre hin die Welt verändert“, sagt er.

„Die Welt verändert sich doch nicht wegen ein paar weggespülten Sandkörnern und Steinbröckchen“, sagt Elfie und zieht die Stirn kraus.

„Eben doch.“ Dynjandi lächelt wissend. „Mein Hofstaat muss sich jedes Jahr auf neuen Steinstufen einrichten. Spätestens im nächsten Frühjahr nach den wilden Schmelzwassertänzen“, erklärt er. „Aber jetzt zu dir“, fährt er fort. „Du folgst am besten ein Stück der Autopiste nach Norden. Die führt immer an der Küste entlang. Wo sie nach rechts abbiegt und das Ufer verlässt, zweigt eine kleine Fahrspur von ihr ab, die weiter am Wasser entlangführt. Folge ihr, dann wirst du nach einiger Zeit auf Knubbelnase treffen. Bestelle ihm Grüße von mir."

„Das mach ich! Vielen, vielen Dank. Und bitte, Dynjandi, sag doch der Wasserkönigin, dass sie wunderschön ist. Und dass es mir sehr leid tut: Ich wollte das Fest nicht stören", entschuldigt sich Elfie. Sie schüttelt noch einmal ihr nasses Blumenkleid, so dass ein paar Tröpfchen in der Luft um sie herum silbern aufleuchten. Die Sonne ist wieder herausgekommen.

Dynjandi nickt wohlwollend.

Mit neuem Mut düst Elfie davon. Sie surrt genau zwischen den Wachen hindurch, dreht zwei Loopings um deren Köpfe und wispert flugs „Fünfhundertvierundsechzig!" in die großen Ohren der Katzengestalt. Kichernd hört sie noch, wie sich beide einen Moment später schon wieder wütend beschimpfen ...

Ein ganz besonderer Strand

Trollo liegt in der Jackentasche seines Entführers auf dem Rücksitz. „Zum Spinnweb noch mal, warum sind da auch so dicke Knöpfe dran!?“, flucht er. Er tritt wütend in den Stoff, aber der raschelt nur unbeteiligt. Dann linst er noch einmal durch die Niete, die vorn in die Tasche eingelassen ist. Doch wie er sich auch dreht und wendet, er sieht nur Teile des Autos oder kleine, runde Ausschnitte des blauen Himmels draußen, über den einzelne graue Wolken eilen. Dann spürt er, wie das Auto langsamer wird und hält. Sein Entführer stellt den Motor ab, steigt aus, hebt die Jacke mitsamt Trollo hoch und zieht sie an.

„Startklar?“, fragt die Stimme des Menschen.

„Ja“, hört Trollo Jonas und seine Eltern antworten.

„Nee!“, grummelt Trollo. Er rappelt sich hoch und drückt das rechte Auge an sein Guckloch. Die Menschen folgen einer erdigen Fahrspur. Zu beiden Seiten wächst hohes, saftig-grünes Gras. Es ist gesprenkelt mit unzähligen gelben Blumen, deren Namen Trollo nicht weiß. „Elfie wüsste das“, denkt er. „Sie ist ja schließlich eine Blumenelfe. Blumenelfen kennen bestimmt alle Blumen. Und haben viel mehr Einfälle.“ Er schnaubt. „Wie komme ich hier bloß raus?!“ Er hat einfach keine Idee. Nur seine Verwandten fallen ihm plötzlich ein. „Was würde Onkel Steinkiesel wohl machen? Oder meine Mamma. Sie hat mir so viele schaurige Geschichten von Menschen erzählt, die Trolle fangen und zermalmen, oder Nachttrolle ins Tageslicht zerren. Ohne Grund! Nur wegen ein paar Schafen, die die Nachttrolle sich zum Essen gefangen haben. Oder irgendwelcher anderer Krümeligkeiten. Die Menschen haben doch sowieso viel zu viele Schafe! Überall treten die Viecher das Gras platt und blöken den lieben langen Tag, so dass kein Troll ein Auge zukriegt.

Aber in keiner Geschichte von Mamma kam vor, wie troll sich aus einer Jackentasche befreit, wenn der Mensch in der Jacke drinsteckt. Immer ging das nur heimlich, sich zu befreien, oder mit Hilfe anderer Geister oder ... mit List. Ich muss mir eine List ausdenken!“ Nachdenklich guckt er durch die Niete nach draußen. Die Menschen gehen quer durch die Wiese auf eine helle Linie zu, an der das Gras zu enden scheint und nur noch Himmel zu sehen ist. Bei jedem ihrer Schritte blubbert und schmatzt es leise unter ihren Füßen. Ein Hauch von modrigem Schlammgeruch weht zu Trollo hinein. Dann plötzlich dringen hastige Stimmchen an seine Ohren: „Schert euch weg! Nicht hier treten! Vorsicht, der Boden! Neiiin! Nicht auf diese Wurzeln!!! Verschwindet! Verdrückt euch! Achtung, die Wiese! ...“, zetert es draußen. Trollo drückt sein Auge fester an die Niete. „Wiesenwesen! Hunderte! Au ha, sind die aber wütend, manche sind sogar lila angelaufen.“ Trollo grinst, wird aber sofort wieder ernst. „So winzig und wässrig wie die sind, können sie doch gegen diese Menschen gar nichts ausrichten. Bestimmt drücken sich deren Schuhe durch die Grasdecke und machen sie kaputt. Zumindest die von Michael, der ist am schwersten.“ In diesem Moment hüpft ein Wesen in Trollos Sichtfeld, dessen wässriges Blau ganz besonders heftig ins Lila übergegangen ist. Aufgebracht fuchtelt es mit seinen langen, dünnen Fingern in der Luft herum. Sogar seine Zehen sind lang. Zwischen ihnen spannen sich, genau wie zwischen den Fingern, feine Häutchen wie die Schwimmhäute von Froschfüßen. Das Wesen greift zur Erde hinunter und klatscht dicke, schlammige Tropfen braunen Wassers auf die Schuhe von Jonas, Andreas und Lisa, und, so wie es sich anhört, auch auf Michaels. Jetzt greifen alle Wesen mit vollen Händen in den Schlamm. „Ihr macht unsere Wiese kaputt! Haut ab! Verzieht euch!“, kreischen sie außer sich.

„Uäh, ich hab schon ganz schlammige Füße!“, ist jetzt Jonas’ maulige Stimme zu hören. Trollo sieht, wie er auf seine Schuhe starrt und den rechten Fuß schüttelt wie eine Katze, die ins Wasser getreten ist. Wasser und Schlamm tropfen hinab. Plötzlich trampelt dieser Andreas beinahe eins der Wiesenwesen platt. „Vorsicht!“, schreit Trollo auf und zuckt zusammen. „Uff, er hat es nicht erwischt.“

Das Wiesenwesen platscht wütend mit Händen und Füßen ins Wasser und wirft eine extra volle Faust Schlamm nach Andreas.

„Ob es hier Elfen gibt?“, dringt Lisas Stimme zu Trollo hinein. Trollo sieht, wie sie sich eine lange, braune Haarsträhne aus dem Gesicht streift und sich suchend umguckt. Er spürt, wie Michaels Schritte kurz stocken, dann hört er seinen Entführer unwirsch sagen: „Wie kommst du denn darauf?!“

„Ich habe irgendwie das Gefühl, dass wir hier nicht erwünscht sind.“

“Und da hast du auch vollkommen recht!“, schnauzt Trollo, während er von oben, von Michaels Kopf her, irgendein unverständliches Brummen hört. Dann ist wieder Lisas Stimme zu hören: „Viele Isländer glauben ja, dass es diese Wesen wirklich gibt. Manchmal habe ich auch das Gefühl, dass da noch etwas anderes ist als nur Wasser, Wind, Regen und Steine“, sagt sie. „Manchmal ist es wie eine Stimme ohne Ton. Eben waren es sogar viele Stimmen ...“

Trollo stutzt, aber gleich ist wieder Michaels Stimme zu vernehmen: „Ich glaub nicht an solchen Quatsch“, knurrt er.

„Das solltest du aber!“, zischt Trollo böse. „Ich werd’s dir zeigen!“ Wütend tritt er Michael in die Brust. Dann schlägt er die Hand vor den Mund und bekommt kieselrunde Augen. Schreckensstarr spürt er Michaels Hand, die tastend an die Brusttasche greift. Die Menschenfinger bohren sich Trollo in den Magen und in die rechte Schulter. Dann wandern sie zu einem der zwei Knöpfe und fingern daran herum. Aber bevor sie ihn öffnen, hört Trollo die Stimme von Andreas: „Ah, der Boden wird wieder trockener. Schaut mal, wir kommen zum Strand.“

Michaels Hand verschwindet. „Na dann los!“, hört Trollo seinen Entführer fröhlich sagen.

Trollo schnauft. „Zum Feuerstein, das war knapp! Wenn der mich jetzt aus der Tasche gezogen hätte und mich ... mit seinem

Hammer ... Wie bei der Geschichte vom ungläubigen Tröllchen, das nicht drauf hören wollte, dass es sich vor Menschen in Acht nehmen muss. Und dann ..." Er schüttelt sich. „Ich muss mich zusammenreißen. Aber wenn ich frei bin", denkt er, „dann versetzte ich diesem Typen einen Trolltritt, den er nicht so schnell vergisst!"

Draußen bleibt das letzte Sabbeln und Schimpfen der Wiesenwesen zurück. Das Rauschen von Wellen füllt Trollos Ohren. Er schnuppert. Salzige Meeresluft! Wie Zuhause! Er presst das Auge wieder an die Niete und stockt. Verdutzt reibt er sich die Augen. „Orange?", murmelt er verwirrt. Dann guckt er noch einmal hin, aber es hat sich nichts verändert. „Warum ist dieser Strand orange?", fragt Trollo laut. „Wieso ist er nicht schwarz wie alle anderen?" Eine Antwort bekommt er natürlich nicht.

„Los, kommt!", ruft stattdessen dieser Junge, dieser Jonas. Trollo sieht, wie er losrennt zum Meer, sieht Andreas in langen Schritten folgen, aber diese Lisa scheint es nicht eilig zu haben. Direkt vor Trollos Nase bindet sie sich die Haare zu einem Pferdeschwanz, bückt sich hinunter und hebt im Gehen kleine, helle Dinge vom Boden auf. Während Trollo in Michaels Jackentasche langsam hinter ihr her getragen wird, beobachtet er, wie sie ein paar Krümel von diesen Dingern wegstreicht. Jetzt erkennt er, was es ist. „Muschelschalen", denkt er. „Aber orange und gelb und rötlich?! Merkwürdig. Die hätt ich als Tröllchen nicht für Steine gehalten und in den Mund gesteckt. War das eklig, als ich damals auf diese schwarze Muschel gebissen hab!" Er schüttelt sich und ein heißer Schauer läuft ihm über den Rücken. Dann grinst er. „Wie hat meine Mamma gelacht. Aber es war so eklig!"

Plötzlich spürt er, wie sein Träger anhält und sich hinhockt. Merkwürdige Bewegungen folgen, aber er kann nicht sehen, was der Mensch tut. „Tatsächlich", hört er ihn jetzt murmeln. Dann hört er, wie jemand angerannt kommt.

„Was hast du da?", erklingt Jonas' Stimme. „Kann man hier was Spannendes finden?"

„Man kann überall spannende Dinge finden", antwortet Michael. „Schau doch mal selbst."

Trollo kann den Jungen nicht sehen, die Niete weist nach unten. Aber da ist die Hand seines Entführers und darunter ...

„Warum hast du dieses Loch gebohrt?", stellt Jonas' Stimme genau die Frage, die Trollo jetzt auch gestellt hätte.

„Na, schau doch hin!", antwortet Michael. Trollo schaut hin, aber schlauer wird er dadurch nicht.

„Unter all den hellen Muschelschalen ist ja wieder schwarzer Sand!", ruft Jonas erstaunt.

„Ach, tatsächlich", stutzt Trollo. „Also ist das eigentlich doch ein schwarzer Strand – wie zuhause." Er seufzt sehnsüchtig.

„Kannst du mir das erklären?", fragt Jonas in dem Moment.

„Warum der Sand da unten schwarz ist, ist doch klar", knurrt Trollo. „Der ist hier doch überall schwarz. Basalt in kleinen Krümeln. Mmmh! Lecker!", seufzt Trollo. „Aber ich will trotzdem wissen, warum auf diesem schwarzen Strand noch ein orangener drauf ist."

„Hm", hört Trollo jetzt aus Michaels Richtung. „Du weißt, dass das Meer immerzu an der Küste arbeitet und daran nagt und kleine und größere Steine davonschwemmt."

„Klar, das hast du doch vorhin am Látrabjarg erklärt."

„Genau. Und Sandkörner sind oft nichts anderes als klitzekleine Steinkrümel."

„Muss man das einem Menschenkind wirklich erklären?" Trollo rümpft die Nase und grinst abfällig. „Das weiß doch jedes Tröllchen!"

„Gibt es in Island so viel schwarzen Sand, weil hier fast alle Steine schwarz sind, so wie die am Látrabjarg?", fragt Jonas in dem Moment.

„Richtig! Du wärest wirklich ein guter Forscher!"

Sein Entführer richtet sich ein wenig auf. Trollo sieht, wie seine große Hand Jonas anerkennend auf die Schulter klopft.

„Pah, lächerlich! Das ist doch kristallklar!", denkt Trollo.

„In Island speien die Vulkane seit Jahrtausenden schwarzen Basalt in rauen Mengen aus. Und wenn schwarzer Basalt vom Meer abgetragen wird, entsteht eben schwarzer Sand", erklärt Michael jetzt.

„Vulkane?!" Trollo zuckt zusammen. „Die Vulkane spucken die Basalt-Steine aus?! Warum ist Elfie jetzt bloß nicht hier?! ‚Ha!', würd ich zu ihr sagen. ‚Da hast du's! Glaubst du nun, dass es neue Steine gibt?'" Dann seufzt er tief. „Wo mag Elfie jetzt bloß sein? Denkt sie überhaupt noch an mich?" Geistesabwesend guckt er Jonas zu, wie er schwarzen Sand und einige Muschelschalen durch seine Finger rinnen lässt.

„Und wie kommt der schwarze Sand an die Strände?", hört Trollo Jonas fragen. Er hört nur halb zu, als sein Entführer erklärt: „Das hängt mit der Kraft der Brandung zusammen – und mit den Strömungen im Meer. Manche Küsten sind der Kraft der Wellen schutzlos ausgeliefert – wie der Látrabjarg. Dort nagt sich das Meer immer weiter in das Land hinein."

Trollo sieht Jonas zwar nicken, aber mit seinen Gedanken ist er bei Elfie. Michaels Worte dringen nur halb in sein Bewusstsein:

„Andere Küstenbereiche, wie diese Bucht, liegen geschützter. Die Brandung ist dort nicht so stark. Schau!“ Michaels kräftige Hand erscheint in Trollos Sichtfeld und deutet den Strand entlang auf die Berge am Ende der Bucht. Dann dreht Michael sich um und zeigt in die andere Richtung, wo ebenfalls Berge aufragen.

Trollo schüttelt sich. „Träumen hilft auch nicht“, denkt er. „Vielleicht erfahre ich irgendwas, was mir hilft, hier rauszukommen“, überlegt er. „Jedenfalls ist Zuhören das einzig Sinnvolle, was ich im Moment tun kann.“

„Die hohen Felswände ragen bis ins Meer hinaus und bremsen Strömungen und Brandung. An solchen Stellen trägt das Meer nichts davon, sondern lagert etwas ab: Sandkörner“, hört Trollo Michael erklären.

„Dieser Sand kommt also eigentlich von den Steilküsten?“, fragt Jonas.

„Zum Beispiel.“

„Wie kann denn Wasser den Sand so weit mit sich tragen?“, fragt Jonas.

„Erstaunlich, was?“, erwidert Trollos Entführer. „Das liegt daran, dass das Wasser immer in Bewegung ist. Dann sinkt der Sand nicht einfach nach unten, sondern wird immer wieder aufgewirbelt.“

„Wie vom Wind?“, fragt der Junge. „Der wirbelt Sand doch auch immer wieder hoch und fegt ihn vor sich her.“ Er zeigt auf den Schilfsaum, der den Strand von den Wiesen dahinter trennt. Dort sieht der Sand hell und trocken aus. Eine Windbö treibt gerade ein kleines Sandwölkchen vor sich her.

„Genau“, bestätigt Michael. „Und so macht das Meer das auch.“

„Alles ganz nett“, denkt Trollo. „Das hab ich mir noch nie so klar gemacht. Aber helfen tut mir das nicht. Trotzdem muss ich weiter zuhören, wenn ich vielleicht etwas Hilfreiches erfahren will."

„Irgendwann kommen Wasser und Sand in eine geschützte Bucht. Was passiert dann?", fragt sein Entführer jetzt.

„Hm. Die Wellen wirbeln den Sand nicht mehr so hin und her, oder?", fragt Jonas.

„Richtig", sagt Michael. „Das Wasser lässt den Sand auf den Meeresboden sinken. Aber direkt am Land schlägt es als Brandung immer wieder das Ufer hoch. Und ...?"

„Reißt auch immer wieder Sand hinauf?", fragt Jonas.

„Genau. Und es entsteht ein Strand."

„Wie kann der das so schnell rausfinden?", denkt Trollo verwundert. „Verstehen tu ich das ja auch, aber da müsste ich lange drüber nachdenken, wenn ich selbst drauf kommen wollte. Und zu langem Nachdenken ist ein Trollkopf einfach nicht gemacht." Er murrt unzufrieden. Dann sieht er Jonas verschmitzt grinsen. „Jetzt will ich nur noch eins wissen: Wie kommen hier die ganzen gelben und orangenen Körnchen und Muschelschalen auf den schwarzen Sand?", fragt er.

„Das will ich auch wissen", denkt Trollo.

„Das ist leicht zu verstehen", antwortet Michael. „Muscheln leben im Sand auf dem Meeresgrund. Hier scheint es wirklich viele zu geben. Und also auch viele Muschelschalen, vor allem viele rötliche und gelbe."

In Trollos Sichtfeld erscheint Michaels rechte Hand und reicht eine der hellen Schalen an Jonas. „Fühl mal, sie sind ziemlich leicht."

„Aber hart wie Stein", murmelt Trollo. „Und innen eklig glitschig!" Er schüttelt sich, während er beobachtet, wie Jonas nachdenklich ein paar Sandkörner aus der leicht gebogenen Muschelschale streicht und sie in der Hand wiegt.

„Wirbelt das Wasser also auch die Schalen hoch und trägt sie hier auf den Strand?“

„Super“, hört Trollo Michael sagen.

„Aber warum liegen die oben und der schwarze Sand unten drunter? Und dann sind da auch noch gelbe und orangefarbene Sandkörner. Wo kommen denn diese hellen Steine plötzlich her? Und müsste nicht beides ganz gemischt hier liegen?“

Trollo nickt heftig. „Eben! Wenn beides aus dem Meer kommt, kann nicht eins davon oben und das andere unten liegen!“

Aber sein Entführer hat auch darauf eine Antwort: „Die kleinen gelben und weißen und rötlichen und orangenen Körnchen sind tatsächlich keine Steinkrümel, sondern winzige Stückchen von Muschelschalen. Schau mal genau hin!“ Er hebt ein paar der hellen Krümel auf und reicht sie Jonas. Der nimmt sie ganz genau in Augenschein.

„Tatsächlich“, murmelt er dann. „Hier sieht man noch ein ganz kleines bisschen von dem Muster der Muschelschale.“

„Siehst du. Diese Schalen sind im Vergleich zu den Basaltkörnern relativ leicht. Und meist auch größer.“

„Hä?“, ist das Einzige, was Trollo dazu einfällt, aber diesmal versteht auch Jonas den Zusammenhang nicht gleich. „Beide kommen doch aber trotzdem gemischt am Strand an“, wirft er stirnrunzelnd ein.

„Schon“, stimmt Michaels Stimme zu. „Aber dann rauschen immer wieder die Wellen drüber weg. Das ist, als würdest du den Strand immerzu ein bisschen durchrütteln. Und dadurch sortieren sich die großen Teile nach oben, während die kleinen nach unten durchrieseln. Wie in einer Schale mit Cornflakes, von denen einige zerkrümelt sind. Wenn du die schüttelst und umrührst, sind nach kurzer Zeit die großen, heilen Flakes oben und die Krümel unten."

„Was sind denn Cornflakes?", fragt sich Trollo verständnislos, aber Jonas lacht. „Stimmt ja! Daran habe ich nicht gedacht. Das ging mir heute Morgen beim Frühstück so. Unten war die Milch ganz krümelig. Uäh!" Trollo sieht, wie der Junge sich schüttelt.

„Genau", erwidert Michaels Stimme. „Und dass die leichten sich nach oben sortieren und die schweren nach unten, ist ja auch klar."

„Was zum Krümelstein sind denn Cornflakes?!", schimpft Trollo. Dann fällt ihm wieder ein, dass die Menschen ihn nicht hören können. „Mist! Wenn man einmal die Auskunft eines Menschen brauchen könnte ...", grummelt er. „Elfie könnte Jonas jetzt eine Frage ins Ohr flüstern." Er seufzt wieder. „Ach, Elfie. Hilfe", flüstert er. Verzweifelt starrt er durch sein kleines Guckloch den Strand entlang. Eine dicke, graue Wolkenwand schiebt sich vor die Sonne.

Während sein Entführer und der Junge aufstehen und am Strand entlang gehen, starrt Trollo trübselig in den grauen Himmel. Der böige Wind weht jetzt kräftiger durch das Guckloch herein. Trollo gibt sich einen Ruck und verscheucht die Gedanken an seine Gefangenschaft. Stattdessen lehnt er sich an die seitliche Taschennaht und überlegt: „Nun lebe ich schon mein ganzes Trollleben lang hier in Island, und dann kommen zwei Fremde und erklären mir meine Insel!", schnauft er. „Warum habe ich nicht vorher darüber nachgedacht, warum hier alles so ist, wie es ist?! Ich hätte meinen Onkel Steinkiesel fragen können. Der hat mir die neuen Steine gezeigt, und der hätte mir bestimmt auch sagen können, dass sie aus den Vulkanen kommen. Wenn er bloß nicht immer so maulfaul wäre ..." Plötzlich stockt Trollo. „Ob dieser Michael ... Vulkane, neue Steine ... Wenn er sich so gut mit Steinen auskennt ... Das könnte sein! Vielleicht fährt er da hin, wo die neuen Steine sind!" Trollos Gedanken rasen plötzlich. Aber dann fällt es ihm wieder ein. „Ach, was nützt es. Elfie ist ja weg." Er sackt in sich zusammen. „Ob sie noch an mich denkt?"

Nach einer Weile hört Trollo wieder die Stimme von Jonas' Vater: „Na, ihr habt ja getrödelt!"

„Wenn man den Dingen auf den Grund geht, braucht man halt ein bisschen mehr Zeit als Leute, die einfach nur spazierengehen", hört er Jonas antworten.

„Ach so, ihr habt wieder geforscht", sagt Lisas Stimme. Trollo, der sein Auge wieder ans Guckloch drückt, sieht sie lächeln. „Und, was machen wir jetzt? Viel weiter geradeaus kann man nicht mehr gehen. Die Berge versperren den Weg", sagt sie.

„Ich hatte vor, hier ein Stück nach oben zu gehen. Wenn ihr nichts dagegen habt, zeige ich eurem Sohn noch etwas", antwortet Michaels Stimme.

„Hm", macht Andreas mit ernstem Gesicht. „Ich habe etwas dagegen."

„Warum das denn, Papa?!", fährt Jonas seinen Vater an. „Ich will da mit!" Demonstrativ bockig verschränkt er die Arme vor der Brust und kräuselt wütend die Augenbrauen. Da stellt sich sein Vater ihm gegenüber und ahmt Jonas' Haltung und Gesichtsausdruck nach, als sei er dessen Spiegelbild. Genauso bockig wie Jonas sagt er plötzlich: „Nur, wenn ich auch mit darf und Michael mir das auch zeigt!" Dann grinst er breit – erst zu Jonas, dann zu Michael hinüber.

Jonas Augen strahlen. Er knufft seinem Vater erleichtert an die Schulter und ruft lachend: „Los, Michael! Wo müssen wir lang? Wir sind schneller!“

„Versteh einer diese Menschen!“ Trollo schüttelt verständnislos den Kopf. Er sieht Michaels Hand den Weg weisen, schon sprintet Jonas los – einen Hang aus hellgrauem Sand hinauf.

„Wieso ist dieser Sand so grau?“, staunt Trollo, während er langsam in Michaels Tasche den Hang hinaufgetragen wird.

„Man könnte denken, die Natur habe hier ausprobiert, wie Sand und Strand aussehen, wenn sie mal ganz andere Farben haben“, hört Trollo Andreas in diesem Moment sagen.

„Ja, es ist wirklich erstaunlich“, stimmt Michael zu.

Durch sein Guckloch sieht Trollo, wie Andreas zu Jonas aufschließt, der auf halber Höhe des Hangs außer Atem auf die anderen wartet. Er sitzt auf einem hellgrauen Stein, der aus dem Sand ragt.

„Soll ich dir erklären, woher der ganze graue Sand kommt?“, fragt Michael.

„Nö.“ Jonas grinst breit.

„Nein?“, fragt Michael perplex. Trollo kann fast hören, dass Michael gerade ungläubig den Kopf schüttelt.

„Nein“, sagt Jonas. „Ich glaube, das kann ich selbst. Hier liegen doch überall diese grauen Steine im Sand.“ Er fährt mit der Hand über die hellgraue Fläche seines Sitzes. „Und in der Felswand sieht man auch die graue Farbe. Also ist der Sand dadurch entstanden, dass Wind und Wasser diese Steine und den Felsen zerkleinert haben. So wie der schwarze Sand aus schwarzen Steinen entsteht, entsteht grauer Sand aus grauen Steinen.“ Trollo sieht, wie Jonas spitzbübisch zu Michael hochguckt. „Und bestimmt kann der Wind den Sand hier nicht gut wegpusten, weil doch diese Felswände im Weg sind." Jonas zeigt nach Westen zu der Steilwand, die ihnen den Weg am Strand entlang abgeschnitten hat und dann den grauen Hang hoch nach Norden. „Vielleicht ist das wie unten am Strand mit den Wellen. Der Wind hat hier nicht so viel Kraft und wirbelt den Sand bloß immer wieder hoch statt ihn wegzupusten."

„Na, das ist ja ...", hört Trollo Michael stottern. „Ich glaube, Michael, der Geologe, ist hier überflüssig. Jonas, der Jungforscher, weiß schon alles."

Jonas grinst breit. „Alles? Quatsch! Ich weiß noch viel zu wenig! Du musst mir noch ganz viel erklären! Aber du hast mir das mit dem Sand doch vorhin am Strand schon gesagt. Und dass die Wellen es wie der Wind machen und den Sand immer wieder aufwirbeln. Dann war das jetzt wirklich nicht schwer."

„Stimmt", denkt Trollo. „Eigentlich ist das ganz einfach. Warum bin ich da nicht drauf gekommen?", fragt er sich. Doch dann lenken ihn andere Dinge ab. Er hört Sandwesen raunen. Sie flüstern von Freiheit und langen Reisen mit Wind und Wasser. Er sieht die Körnchen wie im Traum kreuz und quer durch Island reisen und überall spannende Dinge entdecken. Doch unvermittelt beugt sich Michael hinunter und kippt Trollo in der Tasche kopfüber nach unten.

„Heee!", ruft Trollo erbost. Dann besinnt er sich. „Hilfe!", schreit er hinaus zu den Sandwesen. „Helft mir, dieser Mensch hat mich entführt!" Die flüsternden Stimmen der Sandwesen verstummen. Michael richtet sich wieder auf und kippt Trollo wieder zurück.

„Hilfe!", schreit Trollo noch einmal und presst sein Auge wieder an sein Guckloch. Plötzlich hört er, wie vom Strand eine

Windbö heraufbraust. Sie treibt Millionen feiner Sandkörner vor sich her. Trollo sieht, wie Jonas Mund und Augen zukneift und Lisa und Andreas sich die Arme um die Köpfe schlingen und dem Wind den Rücken zudrehen; dann rieseln die ersten Körner in Trollos Guckloch, und er kneift die Augen zu. Noch einmal pfeift der Wind wirbelnden Sand heran. Dann saust er lachend davon und legt hunderte Körner auf dem Hang ab.

„Hilfe!“, denkt Trollo noch einmal. Aber da ist der Wind schon davon.

„Musste der Wind uns das jetzt unbedingt vorführen?! Ich hab lauter Krümel in den Ohren“, hört Trollo draußen Jonas maulen.

„Nicht nur in den Ohren“, lässt sich Lisas Stimme vernehmen. „In den Haaren, im Kragen, überall ist der Sand gelandet. Da hilft nur die Dusche heute Abend.“

„Im Mund ist er auch“, mault Jonas. „Schmeckt ziemlich steinig. Gibst du mir bitte mal einen Schluck Wasser?“

„Schmeckt steinig ...“, ruft Trollo strahlend. „Steinig!“ Er kratzt eine Handvoll Sandkörner zusammen, die in der Tasche gelandet sind und steckt sie in den Mund. Genießerisch zermalmt er sie zu Steinmehl und schluckt sie geräuschvoll hinunter. Dann sammelt er sorgsam alle verbliebenen Körnchen aus den Winkeln der Tasche, vertilgt sie schmatzend und sucht von neuem. Er tastet sogar in allen Nähten herum, aber nicht ein einziges Körnchen ist noch zu finden. „Ich hab Hunger!“, brummt er. Jetzt, wo er ein paar Körner verdrückt hat, wird ihm klar, wie hungrig er ist und wie lange er schon ohne eine richtige Mahlzeit in dieser Tasche steckt. Er drückt sich die Hände auf den leeren Magen, lässt sich auf den Boden der Tasche fallen und versinkt in düstere Hungergedanken.

Das langsame Auf und Ab von Michaels Schritten schaukelt Trollo schon eine ganze Weile wieder dahin, da beginnt Regen auf den Stoff der Tasche zu prasseln und weckt Trollo aus seinen Gedanken. „Durst hab ich auch“, murmelt er. Er rappelt sich hoch und drückt das Auge an die Niete. Die vier Menschen gehen den Weg zurück, den sie gekommen sind. Trollo sieht wieder den langen orangefarbenen Strand, der jetzt von Regen verschleiert ist. Jonas’ Kapuze wippt vor ihm auf und nieder. Auch Lisa und Andreas haben sich ihre Kapuzen übergezogen. Der Wind weht ihnen den Regen in die Gesichter.

Ein dicker Tropfen trifft die Niete vor Trollo und sickert hinein. Gierig leckt er ihn auf. „Mmmh, eiskalt!“ Er wartet sehnsüchtig auf mehr, bis endlich ein richtig dicker Tropfen über die Niete kullert. Blitzschnell drückt Trollo seine steintrockenen Lippen an die Öffnung und schlürft ihn gierig ein. Dann wartet er auf den nächsten Tropfenschluck. „Ich hab noch mehr Durst“, brummt er fordernd. Aber es kommt nichts mehr. Stattdessen hört Trollo Jonas wieder sprechen: „Wo fährst du heute noch hin?“

„Zum Dynjandi“, antwortet Michael. „Und ich übernachte dann in Ísafjörður. Und ihr?“

Jonas murmelt: „Wir bleiben heute noch in unserem Hotel hier. Mama!“, ruft er dann bittend. „Können wir nicht mit Michael mitfahren?“

„Nein, die nächsten zwei Nächte sind fest gebucht, Jonas“, hört Trollo die Frau antworten.

„Dann bin ich mit diesem Michael wieder ganz allein?“, murrt Trollo. „Mit diesem Jonas zusammen erklärt er wenigstens was. Und wenn ich hier schon nicht rauskomme ...“ Sehnsüchtig linst er durch die Niete auf den regenverschleierten Strand und die fernen, grauen Berge.

„Vielleicht treffen wir uns später noch mal. Fahrt ihr noch in den Norden?“, fragt jetzt Michaels Stimme.

„Ja, das tun wir“, antwortet Andreas. „Wir bleiben noch eine ganze Weile im Land. Vielleicht können wir uns wirklich noch einmal wiedersehen. Ich glaube, Jonas wäre begeistert.“ Trollo sieht Andreas aufmunternd zu seinem Sohn hinüberlächeln.

Eine Weile später kommen die parkenden Autos in Sicht. „Da gibt's noch nicht mal mehr Regentropfen, die in die Niete tröpfeln“, stöhnt Trollo und erwischt noch einen letzten kleinen Tropfenschluck vom Nietenrand. Er hört Michael in einer seiner Jackentaschen herumrascheln, dann erscheint Michaels Hand mit einer steingrauen Visitenkarte in Trollos Blickfeld. Andreas nimmt sie an. „Na, dann mach mal wieder ein freundliches Gesicht, Jonas!“, sagt er. „Vielleicht treffen wir Michael bald wieder.“

Trollo seufzt. Kurz darauf landet er mit der Jacke auf dem Beifahrersitz und spürt, wie das Auto Fahrt aufnimmt.

Mückenschwärme

Mit gerunzelten Brauen blickt Dynjandi zu dem blauen Auto, das auf den Parkplatz am Wasserfall rollt und hält. Gerade hat das Fest mit dem Tausend-Lichter-Tanz seinen Höhepunkt erreicht. Dynjandi beobachtet, wie ein großer, schlanker Mann in Pullover, Trekkinghose und schweren Wanderstiefeln aussteigt. Er schaut zuerst zu dem Wasserfall und dann zum Himmel hinauf, nimmt die viereckige Brille von der Nase, putzt sie an seinem Ärmel und setzt sie wieder auf. Danach schließt er die Tür des Wagens und macht sich an den Aufstieg.

„Achtung! Ein Mensch!" Die Rufe der Wachen tönen laut zum Dynjandi empor. In einem einzigen Wimpernschlag verschwindet der gesamte Hofstaat hinter den weiß rauschenden Wasservorhängen. Allein Dynjandi thront noch im Wasserfall und schaut grimmig auf den Eindringling hinab.

„Fort mit dir!“, dröhnt er laut. „Du bist hier nicht erwünscht!“

Doch der Mann steigt unbeirrt weiter empor.

„Wind!“, ruft Dynjandi. „Wie wäre es mit einer kurzen Verschnaufpause?“

„Für dich immer!“, saust es durch die Luft.

Der Wind flaut ab, bis die Luft ganz still steht.

Tausende kleiner Mücken kriechen aus ihren Verstecken und fliegen in großen Schwärmen aus.

Schlechtgelaunt, hungrig und durstig sitzt Trollo in der Jackentasche. Die Jacke liegt immer noch auf dem Rücksitz des Autos. Er lauscht. Rund um das Auto ist alles still.

„Jetzt oder nie“, denkt er. Er schiebt beide Hände über den Taschenrand, erfasst die festgeknöpfte Klappe und drückt sie mit aller Kraft nach außen. Die Knöpfe rühren sich nicht. Er versucht, sich durchzuquetschen. Es geht nicht! Er probiert, an der Klappe vorbei die Knöpfe zu erreichen. Er kommt einfach nicht dran!

Heiße Wut kocht in Trollo hoch. Er tritt und boxt in den Stoff, rollt sich mitsamt der Jacke auf dem Rücksitz herum, strampelt, schlägt wild um sich und zischt Trollflüche in das Dämmerlicht der Tasche. Plötzlich fällt der Jackenärmel über die Niete, und es wird stockdunkel.

Trollo blinzelt. Seine Wut verpufft so plötzlich, wie sie kam. Zweimal boxt er noch lustlos auf die Niete. Dann versinkt er in trübsinnige Gedanken.

Als Michael nach dem Aufstieg über einen schmalen und steilen Trampelpfad das Becken am Fuße des Wasserfalls erreicht, wirbelt eine dichte Wolke von Mücken um ihn herum. Die winzigen Insekten kriechen in seine Nase und Ohren und kitzeln zwischen den Haaren. Sie kribbeln auf seinen Händen, krabbeln über sein Gesicht und versuchen, in seine Augen zu fliegen. Michael schüttelt sich, kratzt sich, fuchtelt in der Luft herum, duckt sich weg. Es hilft alles nichts.

„Das halte ich nicht aus!" Mit beiden Armen um sich schlagend ergreift er die Flucht zurück zum Auto. Die Mücken verfolgen ihn. Erst als er ins Auto steigt, lassen sie von ihm ab und tanzen außen vor den Scheiben auf und nieder.

Eine Weile sitzt Michael da und schaut mit schmalen Lippen zwischen Wasserfall und Mückentanz hin und her. „Zuerst hüllt sich der Snæfellsjökull tagelang in Wolken und leuchtet mir dann strahlend entgegen, wenn ich ihn nicht mehr erreichen kann, und jetzt schläft der Wind genau in dem Moment ein, wo ich zum Wasserfall hochgehe! Hat Island was gegen mich?" Er schnauft erbittert. „Ach was!", sagt er dann und atmet so heftig aus, als hätten sich wieder Mücken in seine Nase verirrt. „Hier ist überhaupt nichts, was etwas gegen mich haben könnte. Wie komm ich denn darauf? Alles Zufall." Er grummelt. „Bescheuerter Zufall!"

Gerade will er den Wagen starten, um davonzufahren, da hält ein braunes Auto mit riesigen Reifen neben seinem. Ein Mann mit rundlichem Gesicht schaut von seinem erhöhten Sitz kurz auf Michael herab und dann auf die Mückenschwärme draußen.

Michael lächelt grimmig. Doch dann weicht sein Lächeln einem neidischen Blick: Der Mann streift sich ein Mückennetz über den Kopf! Er bemerkt die Blicke Michaels, lächelt breit und steigt aus. Jetzt, wo er neben seinem Wagen steht, ist er viel kleiner, als Michael dachte. Der Mann tritt an Michaels Beifahrertür und ruft laut, damit Michael ihn durch die Scheiben hören kann: „Darf ich?" Michael nickt überrascht, rauft schnell alles, was auf dem Beifahrersitz liegt, zusammen und wirft es nach hinten. Der Mann zieht die Tür mit einer schnellen Bewegung auf, lässt sich hastig auf den Beifahrersitz fallen und schlägt die Tür sofort wieder zu. Es sind nur wenige Mücken mit ihm hineingekommen. „Na, neidisch?", fragt er mit einer merkwürdig hohen Stimme, zieht das Mückennetz wieder vom Kopf und tippt darauf. „Haben Sie schon Bekanntschaft mit den lieben Tierchen gemacht?", fragt er und lacht.

„In der Tat." Michael nickt gequält. „Ich hätte nie gedacht, dass so kleine Tiere so unangenehm sein können."

„Ja, die Mücken sind zweifellos die auffälligsten Insekten in Island, gerade in windstillen Momenten. Besonders unangenehm, dass sie liebend gern in Mund, Nase und Ohren fliegen."

Michael seufzt. „Das habe ich gemerkt. Immerhin haben sie mich nicht gestochen."

„Das tun Kriebelmücken auch nicht. Sie beißen."

„Kriebelmücken? Den Namen habe ich noch nie gehört. Und die beißen? Mich haben sie nicht gebissen."

„Dann haben Sie Glück gehabt", antwortet der Mann.

„Aber wieso beißen? Haben die keinen Stechrüssel wie die Stechmücken?"

„Nein, den haben sie nicht. Sie beißen mit ihren Mundwerkzeugen kleinen Wunden in die Haut, um das austretende Blut zu trinken."

„Das hört sich auch nicht besser an." Michael verzieht den Mund und verdreht die Augen. „Vielleicht werde ich dann doch lieber von Stechmücken gepiesackt als von diesen – wie heißen sie nochmal?"

„Kriebelmücken", antwortet der Mann. „Aber diesen Wunsch wird Ihnen Island nicht erfüllen. Hier gibt es nämlich gar keine Stechmücken."

„Nicht?", fragt Michael verdutzt.

„Nein", antwortet der Mann. „Nicht einmal am Mývatn, dem ‚Mückensee'. Dort gibt es dafür Millionen und Milliarden von Zuckmücken."

„Zuckmücken?", fragt Michael. „Wieso heißen die Zuckmücken?"

„Weil sie ständig mit den Vorderbeinen zucken", erklärt der Mann, hebt seine Arme ein Stück und lässt sie in merkwürdig abgehackten Bewegungen auf und ab rucken. „Bis heute weiß man nicht, warum. Die Isländer sagen allerdings nicht Zuckmücke, sondern ‚Rykmý', also ‚Rauchmücke'."

„Ich kann mir schon denken, warum", sagt Michael und schaut mit gequältem Gesichtsausdruck auf die grauen Insekten-Wölkchen, die draußen wie kleine Rauchsäulen um den Wagen tanzen. „Es sind wirklich sehr viele."

„Ach, die paar Kriebelmücken. Das ist gar nichts gegen die Massen von Zuckmücken, die es in diesem Land gibt." Der Mann grinst. „Schwärme von Zuckmücken haben schon so manchen Feuerwehreinsatz ausgelöst, weil es aussah, als zögen dichte Rauchschwaden über das Land! Besonders am Mývatn."

„Ich glaube, den lass ich bei meiner Reise dann lieber aus", grummelt Michael.

„Tun Sie das nicht!", lacht der Mann. „Sie fliegen ja nicht *immer* so zahlreich herum. Außerdem kann man besonders am Mývatn sehen, wozu die Zuckmücken gut sind!"

„Wozu sollen die schon gut sein?!“ Michael verzieht das Gesicht.

„Sie und ihre Larven sind eine sehr wichtige Nahrungsquelle für andere Tiere – ohne sie würde es in Island sehr viel weniger Vögel und Fische geben. Und gerade am Mývatn ist die Vogelvielfalt besonders groß.“

Michael schaut den Mann zerknirscht an. „Ich jedenfalls kann an diesen Krabbelviechern gerade überhaupt nichts Gutes finden. Zuckmücken“, sagt er. „Die haben mich von diesem großartigen Wasserfall vertrieben.“

„Die Kriebelmücken haben Sie vertrieben“, korrigiert der Mann.

„Meinetwegen“, brummt Michael.

Der Mann lächelt ein verschmitztes Lächeln. „Tja, was für den einen Pech ist, ist für den anderen Glück. Ich bin nämlich Biologe und erforsche diese netten Tierchen. Und jetzt muss ich arbeiten. Am besten, Sie kaufen sich auch so ein Netz.“ Er zieht sich das Mückennetz wieder über den Kopf und grinst noch einmal. „Auf Wiedersehen.“

„Auf Wiedersehen“, entgegnet Michael mürrisch, während der Mann mit schnellen Bewegungen aussteigt. Die Tür fällt mit einem Knall ins Schloss.

Draußen stieben die Schwärme unermüdlich auf und nieder. Der Mann wendet sich vom Wasserfall ab und geht mit kurzen Schritten in die entgegengesetzte Richtung davon. Seufzend startet Michael den Motor.

Eine Antwort vor der Frage

Elfie hat indes endlich die Fahrspur erreicht, von der Dynjandi sprach. „Puh, wie weit ist es denn noch bis zu diesem Knubbelnase?!“, ächzt sie. Sie lässt sich ins saftig grüne Gras fallen und senkt die schmerzenden Flügel. Dann schaut sie sich um. Alaska-Lupinen und Silberwurzen blühen rundum in violetten und weißen Teppichen. Elfie atmet tief auf, nascht hier und da vom duftenden Blütenstaub und stillt an einem klaren Rinnsal ihren Durst, das leise murmelnd durchs tiefe Gras zum Meer hinunter fließt. Einen Moment noch sitzt sie gedankenverloren da und lässt den kühlen Wind mit ihren roten Locken und ihrem bunten Blumenkleid spielen, dann macht sie sich wieder auf.

Unvermittelt sieht sie in einer Kurve ein winziges Gesicht. Sie bleibt in der Luft stehen und beugt sich hinab. „Bist du Knub-

Das Kleine Lächeln

belnase der Zukünftige?", fragt sie. Doch dann grinst sie plötzlich und kichert. „Nein, bestimmt nicht. Du hast ja gar keine Nase!"

„Bin das Kleine Lächeln", lächelt das Gesichtchen.

„Oh!" Elfie lächelt zurück. „Das ist aber ein sehr passender Name."

Das Kleine Lächeln sagt nichts und lächelt einfach weiter.

„Ist es noch weit bis zu Knubbelnase dem Zukünftigen?", fragt Elfie. „Er soll hier an der Küste wohnen."

„Nein, nicht mehr weit", lächelt das Kleine Lächeln. „Bist bald da."

„Danke, das ist prima! Auf Wiedersehen!"

„Auf Wiedersehen!"

Während sie weiterfliegt, bemerkt Elfie ein kleines Lächeln auf ihrem eigenen Gesicht. Sie fühlt sich mit einem Mal leicht wie das Fallschirmchen einer Pusteblume. Singend sirrt sie hoch über die Blumen am Wegesrand hinaus, lässt sich leicht wieder hinabfallen und schwirrt dann purzelbaumschlagend weiter.

Ein paar Biegungen später entdeckt sie den Steinelfen im Geröll am Wegesrand. Er hat die Augen geschlossen. Vorsichtig fliegt Elfie heran und landet mit nur einem ganz zarten Sirren der Flügel neben ihm auf dem Blatt eines Alpen-Frauenmantels, das aussieht, wie eine kleine, grüne Sonne mit sieben rundlichen Strahlen. Das Blatt wippt einen Moment nach.

„Nett, dass du mich besuchst", sagt der Steinelf unvermittelt mit dunkel knirschender Stimme und klappt die Augen auf. „Ich habe schon auf dich gewartet." Er reibt sich seine wirklich beeindruckend lange Nase, die in einer dicken Knolle endet.

„Ähm, guten Tag", sagt Elfie verwirrt. Doch Knubbelnase spricht gleich weiter: „Schön, dass ich mal wieder etwas vom Dynjandi höre."

„Aber ich habe doch gar nicht …“, stammelt Elfie. „Wieso weißt du, dass ich von Dynjandi komme?“

„Meine liebe Elfie! Dynjandi hat dich hergeschickt, weil er weiß, dass ich in die Zukunft sehen kann“, knarrt Knubbelnase ungerührt. „Ich habe natürlich gewusst, dass du kommen und mir bestätigen würdest, dass er dich geschickt hat.“

Elfie starrt ihn an. Knubbelnase zupft währenddessen sorgfältig seine wilden, krautigen Haare zu einem noch wilderen Schopf. Dann spricht er weiter: „Aber nun erzähle mir von Dynjandi und von dir. Und von Trollo. Es ist so langweilig, wenn ich mir alles selbst erzähle.“ Er schaut Elfie aufmunternd, aber auch ein wenig herablassend an.

Elfie schluckt. In ihrem Kopf verknoten sich die Gedanken. „Ja, also …“, beginnt sie. „Ähm …“ Dann klappt sie verwirrt den Mund wieder zu.

„Das ist nicht besonders aufschlussreich“, brummt Knubbelnase. Er wuschelt noch ein letztes Mal seinen wirren, dickwurzeligen Haarschopf durcheinander, dann erscheinen rund um seine Augen belustigte Fältchen.

Elfie beginnt, sich über ihn zu ärgern. „Warum soll ich denn erzählen, wenn du sowieso schon alles weißt!? Ist doch Gänsekresse, dir Dinge zu berichten, die du ohnehin schon kennst. Sag mir doch gleich, wie ich Trollo befreien kann!“ Ärgerlich funkelt sie den Steinelfen an und presst die Lippen aufeinander.

„Das ist ganz einfach“, erwidert Knubbelnase betont langsam und knetet seine dicke Nase zu einem noch unförmigeren Knubbel. „Wenn du mir jetzt nichts erzählst, dann kann ich auch im Vorhinein nicht wissen, was du mir eigentlich erzählen wolltest. Weil du es mir ja nicht erzählst. Dann weiß ich nur, dass du nichts

Auf diesem Foto haben wir Knubbelnase den Zukünftigen gefunden. Er ist kaum zu übersehen, oder?

Auf den nächsten Seiten siehst du, wie wir ihn sehen.

gesagt hast über Dynjandi oder Trollo oder eure Reise. Richtig?"

Elfie verdreht die Augen, zupft sich am Ohr und vor lauter Nachdenken kräuselt sich auch noch ihre Nase. „Da hast du recht", sagt sie zögernd. „Aber wenn ich dir alles erzähle, dann weißt du es doch schon vorher. Ist das nicht furchtbar langweilig?" Sie sieht Knubbelnase unsicher an.

„Ja, das ist wohl so. Aber manchmal bekomme ich nicht alles mit, wenn ich vorausschaue." Jetzt grinst er einen breites Grinsen und entblößt dabei beeindruckend große, schiefe und steingraue Zähne. „Weil ich neben der Zukunft ja auch noch die Gegenwart beachten muss, damit ich nicht von einem Felsen falle oder mir die Zehen an Moosbüscheln verstauche. Und manchmal vergesse ich Dinge, wenn es lange her ist, dass ich sie vorausgesehen habe. Oder ich bilde mir ein, ich hätte sie anders gesehen. Mein Gedächtnis ist nicht mehr das Beste, Kleine. Du bist noch jung; aber ich meine manchmal, ich könnte mich ganz genau erinnern, und wenn es dann so weit ist, ist alles ganz anders. Scheint, als ob ich älter werde, so mit der Zeit."

„Verknotetes Quellkraut, wie soll man das alles verstehen?!", denkt Elfie. Und laut sagt sie: „Aber dann kann es sein, dass du Dinge falsch voraussiehst?"

„Nein", knarzt Knubbelnase, „es kann nur sein, dass ich mich nicht mehr richtig an die Dinge erinnere, die ich vorausgesehen habe, wenn die Vorausschau schon ein bisschen her ist."

„Aha."

„Na, nun erzähle mal!", fordert Knubbelnase sie auf. „Dann werden wir ja sehen, ob meine Erinnerung von der Zukunft, die ich mir in der Vergangenheit angesehen habe, mit der Gegenwart übereinstimmt."

Elfie verdreht die Augen und versucht angestrengt, das Gedankenknäuel in ihrem Kopf zu entwirren. Dann gibt sie es auf und entschließt sich seufzend, einfach mit ihrer Geschichte anzufangen. Sie setzt sich in die Mitte ihres Frauenmantelblattes, lässt die Beine hinunterbaumeln und beginnt mit ihrem Bericht. Sie erzählt, wie sie Trollo getroffen hat, wie sie beide halb auf den Snæfellsjökull gestiegen und sich dort getrennt haben, wie er entführt wurde, sie ihn verloren hat und von ihrer ganzen Suche nach ihm. Als sie geendet hat, schaut sie den Steinelfen hoffnungsvoll an. „Hilfst du mir, Trollo wiederzufinden?"

Statt zu antworten, starrt Knubbelnase sie mit seinen hellen, graugrünen Augen so lange an, dass sie sich fragt, ob er mit offenen Augen eingeschlafen ist. Gerade will sie mit den Armen vor seinen Augen herumfuchteln, um ihn zu wecken, da fragt er knirschend: „Bist du sicher, dass es immer derselbe Mensch war?"

Verdutzt sieht Elfie den Steinelfen an. „Das ist doch egal. Ich will Trollo retten!", bricht es verärgert aus ihr heraus.

„Hier wird jetzt nicht blumenelfisch herumgeschimpft, hier werden Fragen beantwortet! War es derselbe Mensch? Das ist wichtig!" Knubbelnase sieht Elfie so durchdringend an, dass sie eingeschüchtert den Kopf einzieht.

„Ich bin mir ganz sicher", antwortet sie leise. „Es war immer derselbe hünenhafte Mann mit verwuselten Haaren, eckiger Brille, einer Hose, die man vor lauter Taschen kaum sehen konnte und ganz furchtbar großen Füßen in schweren Schuhen."

„Dann hat das etwas zu bedeuten", knarrt Knubbelnase. „Ich will nochmal nachsehen." Er schließt die Augen und entspannt sich. Dann beginnen seine Pupillen hinter den schweren Lidern hin und her zu wandern, nach oben und unten, mal verharren sie in absoluter Ruhe, dann zucken sie wieder hin und her. Schließlich rollen sie im Kreis herum. Allein vom Zusehen wird Elfie schon ganz schwindlig.

Als Knubbelnase die Augen wieder öffnet und zu sprechen beginnt, hat sich seine Stimme verändert. Sie klingt jetzt ernst und erfreut zugleich: „Meine liebe Blumenelfe, Elfie Grasnelke, du wirst Trollo wiederfinden."

„Juchhuuuuuhh!", schreit Elfie begeistert.

Doch Knubbelnase ist noch nicht fertig. „Du kannst ihn befreien, und wenn du das zum richtigen Zeitpunkt tust, dann kannst du etwas sehr Wichtiges für alle Elfen und Trolle und das ganze verborgene Volk Islands tun. Ihr werdet noch weit zusammen reisen und große Entdeckungen machen – du, Trollo und der Mensch, der Trollo entführt hat. Unterbrich mich nicht!", mahnt er, als Elfie den Mund öffnet. Elfie klappt ihren Mund wieder zu.

„Dieser Mensch ist euch jetzt drei Mal begegnet: als du Trollo kennengelernt hast, am Snæfellsjökull und noch einmal an der Küste des Geistes vom Vogelfels. Und bei diesem dritten Mal hat er Trollo entführt. Diese Entführung hat einen Sinn", sagt er.

Nach einer kurzen Pause fährt er fort. „Wenn du den Menschen wiederfindest, findest du auch Trollo wieder. Dann seid ihr zu dritt. Trollo und du, ihr dürft den Menschen auf keinen Fall zu früh verlassen!" Knubbelnase blickt Elfie so scharf an, dass sie für einen Moment kleinlaut die Augen niederschlägt. „Ihr werdet wundervolle und seltsame Dinge entdecken, Trollo und du. Du bist zwar eine ungestüme junge Blumenelfe, aber im Grunde doch vernünftig. Und neugierig! Und das darfst du auch sein. Ihr werdet entdecken, wie die Welt entsteht!"

Elfie guckt Knubbelnase mit offenem Mund an.

„Trollo und du, ihr wolltet dorthin, wo die neuen Steine gemacht werden und das Wasser nach oben springt. Seit du Trollo kennenlerntest, hast du immer wieder etwas darüber erfahren, dass sich in der Welt manches regt. Etwas, das du bisher noch gar nicht wahrgenommen hast. Haben nicht der Mensch und der Geist vom Vogelfels von Vulkanen gesprochen? Und Dynjandi, sprach er nicht von Erosion? Das alles hängt zusammen mit der Erde, den Menschen und dem verborgenen Volk. Und ganz besonders mit Island, denn hier kann man jeden Tag die Entstehung der Welt beobachten."

„Was ist denn Erosion?", fragt Elfie leise. „Das Wort habe ich noch nie gehört."

Knubbelnase stockt. „Hat Dynjandi dir nicht gesagt, wie die Menschen es nennen? Felsbröckchen und Sandkörner, die davongespült werden, und springendes Wasser auf Vorsprüngen, erinnerst du dich? Die kleinen Veränderungen an der Welt, die Dynjandi beschrieben hat: das nennen die Menschen Erosion. Am Ende eurer Reise werdet ihr darüber noch viel mehr wissen. Hier in Island ist alles noch in Bewegung. Viel mehr als in anderen Teilen der Welt." Er macht eine kurze Pause. „Aber da ist auch noch der andere Teil, der wichtigere: Ihr habt eine Aufgabe für Menschen, Elfen, Trolle, Zwerge, Riesen und alles andere Volk dieser Welt. Befreie Trollo nicht zu früh!"

Knubbelnase schließt die Augen.

Elfie sitzt vor ihm auf ihrem Blatt und atmet drei Mal tief durch. Dann sagt sie leise: „Aber wie finde ich Trollo denn nun wieder?"

Knubbelnase öffnet die Augen nicht. Er knirscht nur leise: „Warte." Dann entspannt sich sein Gesicht und er scheint einzuschlafen.

Elfie starrt ihn an. „Warten?!", denkt sie. „Einfach nur warten!? Und wenn Trollo dann schon weg ist aus Island?" Unvermittelt überfällt die Angst sie wieder. Dann blitzen ihre Augen plötzlich grün auf, zornige rote Flecken erscheinen auf ihren Wangen, und es platzt aus ihr heraus: „Was helfen mir große Entdeckungen und eine Aufgabe, wenn ich Trollo nicht wiederfinde?! Was nutzt es, zu erfahren, wie die Welt entsteht, wenn er entführt ist und vielleicht schon in einem Koffer aus Island fortgetragen wird?! Wieso überhaupt kann die Welt entstehen, sie ist doch längst da! Wie soll in Island alles in Bewegung sein, wenn ich hier ganz still auf einem Frauenmantelblatt sitze und mit den Beinen baumle?! Und was haben die blöden Menschen überhaupt mit uns Elfen und Trollen und dem anderen verborgenen Volk zu tun?! Die machen doch nur unsere Wohnungen kaputt und werfen Steine in Elfengärten! Die sollen uns in Ruhe lassen!", zetert sie wie eine wütende Amsel. „Warum soll ich mich da mit einem zusammentun, der obendrein noch Trollo entführt hat?!"

Plötzlich knirschen direkt hinter ihr Steine unter schweren Sohlen. Elfie bleibt vor Schreck die Sprache weg. Ist das nicht dieser ... dieser Mensch?!

Durst und Hunger

Dieses felszerkrümelnde Dröhnen! Dieses mooshaarsträubend sirrende Pfeifen des Windes! Dieses Geruckel und Geschuckel! Das macht ja den härtesten Trollkopf mürbe! Und dann noch dieses aufdringliche, kobold-laute Atmen dieses Typen! Ich will jetzt endlich hier raus!“ Blindwütig boxt Trollo mit der Faust in den Stoff der Tasche, in der er immer noch gefangen ist. Er wirft sich hart mit der Schulter dagegen, stemmt die Beine hinein, bohrt mit den Zeigefingern, tritt mit den Füßen – die Tasche gibt nicht nach. Wütend rammt er seinen Kopf in den Stoff und schreit üble Trollverwünschungen. Nach einem letzten Tritt streckt Trollo alle viere von sich und liegt mit geschlossenen Augen unbeweglich da. Er hat riesigen Durst – ganz zu schweigen von seinem gigantischen Appetit auf irgendetwas Steiniges, Felsiges, Gerölliges, irgendwas lecker Schotteriges, Bröckeliges, Kiesiges, Sandiges, irgendwas – zu essen. Eine schwarze Wolke zieht in seinem Kopf auf, doch dann zuckt wie ein roter Blitz ein Entschluss aus der Wolke hervor: „Ich werde ihn treten! Mit aller Kraft – so dass er merkt, dass ich nicht nur ein Stein bin. Ich muss endlich hier raus, ich ertrag das nicht mehr! Ist mir doch egal, ob er merkt, dass ich ein Troll bin! Pah!“ Er rappelt sich auf. „Ich will hier raus!“

Als das Auto langsamer wird und anhält, klopft Trollos steinernes Herz ihm bis zu den Füßen, aber die glühende Entschlossenheit in seinem Kopf schiebt alle Zweifel beiseite. Dann spürt er, wie die Jacke hochgehoben und herumgeschwenkt wird und er in der Tasche auf Michaels Brust landet. Mit aller Kraft stößt er Michael seinen kräftigen Trollfuß in den Brustkorb.

„Au! Was war das denn?“, schimpft Michael. Trollo spürt, wie Michaels Hand die Tasche erreicht und ihn unsanft betastet. „Ach, ich habe ja immer noch diesen Stein in der Brusttasche“, hört er Michael murmeln. Die Tasche wird aufgeknöpft. Licht fällt blendend zu Trollo hinein. Er kneift die Augen zu und macht sich steinstarr.

Michaels Hand ergreift ihn und zieht ihn hinaus. Er dreht ihn hin und her. „Warum habe ich den überhaupt aufgehoben – wo war das doch gleich? Ach ja, an der Küste unterhalb des Snæfellsjökull“, murmelt Michael. Er lässt Trollo auf den Beifahrersitz fallen. Einen Augenblick später fällt die Tür ins Schloss, und Michael ist verschwunden.

Trollo blinzelt. Er lauscht. Vorsichtig dreht er sich vom Kopf auf die Beine und schaut sich um. Michael scheint tatsächlich weg zu sein. Trollo klettert die Verkleidung der Beifahrertür hoch und späht aus dem Fenster. Sein Entführer ist nicht zu sehen. Er wendet sich der Frontscheibe zu. Da ist er! Schon ein ganzes Stück entfernt sieht er ihn gerade noch um die Kurve eines Feldweges verschwinden, der sich an der nahen Küste entlangzieht.

„Ha! Den bin ich erstmal los!", brummt Trollo. „Und aus dieser staubtrockenen Tasche bin ich auch raus!" Er blickt sich um. Mit einem einzigen zielgerichteten Blick hat er gefunden, was er so sehnlich vermisste.

Trollo lässt sich zurück auf den Beifahrersitz fallen, springt in den Fußraum und greift sich den erstbesten der Steine, die dort liegen. „Mmmmh!", summt er, als er ihn betrachtet und die kleinen, hellen, im grauen Gestein eingeschlossenen Kristalle sieht. „Mit Quarz-Crunchies!"

Malmend, kauen, schmatzend und krachend verspeist Trollo einen Stein nach dem anderen. Genießerisch verdreht er die Augen, als er zum Nachtisch ein letztes Stückchen Granit in den Mund schiebt. Dann streicht er über seinen runden Bauch und lockert seinen Hosenbund.

„Jetzt hab ich Durst!", brummt er.

Er springt nach hinten auf den Rücksitz, auf dem vorhin noch der Rucksack lag. Doch den hat Michael mitgenommen.

„Ich hab doch vorhin Wasser glucksen hören." Trollo denkt scharf nach. „Das kam von unten!" Schon hüpft er hinter dem Fahrersitz hinunter. Tatsächlich! Da liegen drei Flaschen Wasser unter dem Sitz! Grinsend greift er nach der ersten und versucht, den Deckel aufzudrehen. Aber der rührt sich nicht. Trollo schnauft. „Grätenfisch und Schuppenbart, die ist ja fest zu!“, murrt er. Er rollt die Flasche hinter sich und greift nach der nächsten, aber die ist genauso fest verschlossen. Auch der dritte Deckel rührt sich nicht. Wütend stampft Trollo mit dem Fuß auf. „Vereister Moosbewuchs, warum gehen die nicht auf?!“, brüllt er und tritt heftig nach der nächstliegenden Flasche. Es knackt so laut, dass Trollo vor Schreck einen Satz rückwärts macht. „Aaah!“ Er stolpert über die zweite Flasche und knallt mit dem Kopf auf die erste. KNACK! Auch diese Flasche gibt ein lautes Knacken von sich.

„Au! Verschneckt aber auch!“, flucht Trollo. Dann fällt sein Blick wieder auf die Flaschen. Zwei von ihnen haben eine Delle. In der dritten ist ein winziger Riss entstanden. Trollo schaut genauer hin. „Vielleicht, wenn ich mal kräftig draufspringe ...“, denkt er. Er rollt die Flasche in Position, hüpft auf den Sitz hinauf, zielt und springt mit Schwung hinunter. Ein lauter Knacks ertönt, und durch den Riss in der Flaschenwand sickert endlich das köstliche Wasser.

Felssäulen und Steinpfannekuchen

Gerade als Trollos Entführer auftaucht, hört Elfie plötzlich eine helle Stimme hinter sich. Sie dreht sich um. Am Rande des steinigen Feldwegs hüpft ein Menschenmädchen mit feuerrot wippendem Pferdeschwanz von einem Felsbrocken zum nächsten. Eine ebenso schlanke und rothaarige Menschenfrau folgt ihr lachend.

Elfie schnaubt. „Noch mehr Menschen! Zum verdrehten Zwerg, das fehlte gerade noch!"

„Hallo!", ruft das Mädchen herüber und winkt fröhlich.

Verwirrt starrt Elfie sie an. „Kann sie mich ..."

Aber da antwortet schon dieser hünenhafte Steinewerfer mit

den verwuselten Haaren und den riesigen Schuhen aus der anderen Richtung: „Hallo, guten Tag!"

Böse starrt Elfie zwischen den dreien hin und her. Dann stockt sie plötzlich. „Die haben beide quietschrote Haare und grasgrüne Augen wie ich! Und lauter Sommersprossen auf der Nase!" Sie runzelt die Stirn.

Das Mädchen bleibt direkt neben ihr stehen und zeigt mit zusammengezogenen Brauen an Elfie vorbei. „Schau mal, Mama, da sind ja Schornsteine!"

Elfie bläht abfällig die Nasenflügel, dreht sich aber trotzdem neugierig um und guckt dem Fingerzeig des Mädchens hinterher. Dort reckt sich eine hohe, dunkle Steilwand dem grauen Himmel entgegen. Inmitten der Abbruchkante zeigt eine schmale Säule aus hellgrauem Fels in die Höhe wie ein dürrer, mahnend erhobener Zeigefinger. Ein paar Meter entfernt steht der Stumpf einer weiteren hellen Felssäule.

„Feenkamine!", ruft Elfie begeistert. „Die hab ich vorhin gar nicht gesehen. Ob die Feen zuhause sind?" Schon macht sie ihre Flügel startklar, um loszufliegen und nachzusehen, da unterbricht Trollos Entführer ihre Gedanken: „Das ist Ganggestein."

„Was bitte?!", sagt Elfie spitz und stoppt ihre Flügel.

„Was ist denn Ganggestein?", fragt das rothaarige Mädchen und zieht kritisch ihre roten Augenbrauen noch weiter zusammen.

„Ich bin Geologe", antwortet der Trollentführer. „Michael ist mein Name. Solche Steinsäulen nennt man Ganggestein. Sie sind auf natürliche Weise gewachsen."

„Gewachsen?" Das Mädchen stößt ihrer Mutter verstohlen ihren spitzen Ellbogen in die Seite und kichert leise.

„Quatsch, gewachsen! Die Feen haben sie gebaut!", schimpft Elfie dazwischen. „Michael – was für ein doofer Name! Pah! Michael-Pichael!“ Sie schnaubt. Eine Windbö bläst an den Menschen vorbei und ihr ins Gesicht. „Iiiih! Wie die riechen!“, quietscht sie erbost und rümpft ihre spitze, sommersprossige Nase. „Geht endlich weiter!“

Doch die drei Menschen reagieren nicht. Das Mädchen legt stattdessen den Kopf schief und blinzelt verschmitzt. „Ich finde, die Felswand sieht aus, als hätten Riesen ganz viele graue Steinpfannekuchen übereinander gelegt.“

Elfie kneift sich ihre Nase zu. „Wenigstens hat sie einen Blick für die Realität“, näselt sie vor sich hin. „Das liegt bestimmt an den roten Haaren, den grünen Augen und den Sommersprossen.“

„Aber wie kommen solche senkrechten Säulen in waagerechte Felsschichten?“ Die Frau schaut diesen Michael auch noch freundlich an! „Oh, entschuldige“, lächelt sie dann. „Ich bin Karen, und das ist meine Tochter Pippa. Kannst du uns erklären, wie diese Felssäulen entstanden sind? Wenn du doch Geologe bist ...“

„Wenn ihr möchtet.“

„Wenn ihr möchtet-schnöchtet“, äfft Elfie den riesenfüßigen Typen naserümpfend nach. Pippa und Karen aber nicken mit rotwippenden Pferdeschwänzen. Ärgerlich stößt sich Elfie flügelsirrend von ihrem Frauenmantelblatt ab und zischt: „Ich hau ab! Ich flieg zu den Feen!“ Doch sofort kommt sie ruckartig mitten in der Luft zum Stehen. Wütend schlägt sie mit den Flügeln. „Dreimaliger Spinnenbiss, was ist denn das?!“, schimpft sie und dreht sich aufgebracht um sich selbst. Die knorrigen, langen Finger Knubbelnases halten sie am Kleid fest!

„Was soll das?! Lass mich los!“, fährt sie ihn wütend an.

Doch Knubbelnase hält sie ungerührt fest und knarzt: „Du

bleibst hier. Du wirst deiner Aufgabe nicht einfach davonfliegen, wie es dir passt. Hör zu, was Michael zu sagen hat."

„Lass mich los!", keift Elfie böse.

„Nein, das tue ich nicht. Ich dachte, du wolltest Trollo befreien."

Erschrocken sackt Elfie auf ihr Blatt zurück. Trollo! Den hatte sie ganz vergessen. Kleinlaut hockt sie sich hin und zieht den Kopf ein. Knubbelnase lässt ihr Kleid los.

„Solche Steinsäulen entstehen also, wenn Magma – flüssiges Gestein – aus den Tiefen der Erde aufsteigt und von unten in eine Felsspalte dringt", erklärt Michael gerade. „Wenn das Magma kalt wird, erstarrt es in der Spalte zu so einer Säule."

„Jetzt redet der auch schon von flüssigen Steinen!", braust Elfie auf. „Wie dieser Geist vom Vogelfels! Magma, das Wort hab ich noch nie gehört!"

„Wenn du immer nur ärgerlich wirst, wenn du etwas nicht verstehst, und darüber das Zuhören vergisst, wirst du nicht wirklich schlauer", sagt Knubbelnase streng und packt sie wieder am Zipfel ihres Kleides.

Elfie funkelt ihn böse an, aber unter dem steinharten Blick Knubbelnases wird ihr mulmig. Sie zieht die Schultern hoch und hört zu, was die Menschen sagen.

„Und wieso erstarrt das heiße Magma, wenn es kalt wird?", fragt Pippa in diesem Moment.

„Denk doch mal an Wasser", sagt Karen. „Wenn Wasser kalt wird, gefriert es zu Eis und wird hart. Das Magma ist kochend heiß, wenn es aus der Tiefe nach oben kommt. Und weil es hier oben viel kälter ist als in den heißen Tiefen der Erde, kühlt es ab und wird zu festem Gestein. Magma wird nämlich bei normalen

Temperaturen schon hart und braucht dafür keine Minusgrade so wie Wasser."

Elfie runzelt heftig die Stirn und zieht sich wütend am Ohrläppchen, aber unter Knubbelnases strengem Blick zwingt sie sich, weiter zuzuhören. Pippa murmelt nachdenklich: „Stimmt, Wasser kann auch fest oder flüssig sein. Hm, okay. Aber wie kommen die Spalten in diese Felsen, in denen das Magma hochfließt?"

Mit breitem Lächeln stellt Michael eine Gegenfrage: „Weißt du, dass Island eine Insel ist, die noch wächst?"

„Sie wächst?!", fragen Elfie und Pippa gleichzeitig, Elfie wütend, Pippa neugierig.

„Genau. Sie dehnt sich nach Osten und Westen hin aus. Und dabei entstehen oft Spalten in der Erde. Du kannst dir Island vorstellen wie eine Sandburg auf einem Brett, das in der Mitte auseinandergesägt worden ist."

„Eine Sandburg?!", fragen Pippa und Elfie schon wieder gleichzeitig, und diesmal sind sie beide ungläubig.

„Anfangs merkst du nicht, dass es zwei Bretter sind, die unter der Sandburg liegen, und nicht nur eines", fährt Michael fort. „Weil sie direkt aneinander liegen. Was aber geschieht mit der Burg, wenn zwei Menschen die Bretter ganz langsam auseinanderziehen?"

„Sie geht kaputt!", sagt Pippa erschrocken. „Geht Island denn auch kaputt?"

„NEIN!" Entsetzt schlägt sich Elfie die Hand vor den Mund. Vor Schreck vergisst sie, dass sie diesem menschlichen Hünen eigentlich kein Wort glaubt. Plötzlich spürt sie, dass Knubbelnase ihr beruhigend einen seiner langen, rauen Finger auf den Arm legt. Er ist kalt, aber Elfie ist dankbar dafür. „Hör weiter zu!“, knarzt er leise in ihr spitzes Ohr.

Michael lächelt Pippa beruhigend an. „Glücklicherweise nicht. Wenn man die Bretter unter einer Sandburg gaaaanz, gaaaanz, aber auch gaaaaaaaaanz langsam auseinanderzieht, geht die auch nicht gleich kaputt. Es entstehen nur kleine Risse im Sand. Risse wie die Spalten dort, in denen jetzt das Ganggestein ist.“

„Island ist doch keine Sandburg auf zwei Brettern!“, lacht Pippa hell und verdreht die Augen zum Himmel. Aber Elfie ist gar nicht zum Lachen zumute. Sie bekommt vor Angst kugelrunde Augen und sitzt bebend auf ihrem Blatt.

„Aber ganz ähnlich“, sagt Michael zu dem Mädchen. „Und Island wächst, indem die ‚Bretter‘, auf denen es ruht, gaaaanz, gaaaanz langsam auseinanderwandern.“

„Du willst mich veräppeln!“, erwidert Pippa ungläubig. Sie zieht ihre Hände in die Ärmel ihrer roten Fleecejacke hinein und guckt den Mann mit gerunzelten Brauen und schmalen Augen an.

„Wirklich nicht!“, erwidert Michael. „Was das für Bretter sind, kann dir bestimmt deine Mutter nachher erklären, oder?“

Pippa guckt ihre Mutter zweifelnd an, aber die nickt schmunzelnd.

„Naaa schööön“, sagt Pippa gedehnt und wendet sich wieder an Michael. „Und wenn das Magma in den Spalten ist, dann wird es also hart?“

„Genau. Und verschließt die Spalten wie Kitt.“

„Dann repariert das Magma also den Felsen, wenn er kaputt gegangen ist“, sagt Pippa.

„So könnte man es sagen“, nickt Michael.

Elfie atmet erleichtert aus. Sie ergreift Knubbelnases kalte, harte Hand und drückt sie.

„So, Pippa, komm, wir müssen weiter. Papa und Finn müssen sonst so lange auf uns warten. Vielen Dank für deine Erläuterungen, Michael! Da haben wir einiges dazugelernt“, sagt Karen.

Während die beiden winkend davongehen, hört Elfie, wie Pippa ihre Mutter schnippisch fragt: „Und was sollen das für Bretter sein, auf denen Island wie eine Sandburg steht?“

Elfie hebt ab, um hinter den beiden herzufliegen und die Antwort zu hören, da fragt Knubbelnase mahnend: „Und was ist mit Trollo?“ Elfie zuckt zusammen. „Oh!“, haucht sie beschämt. „Danke, Knubbelnase.“ Dann saust sie hinter Michael her, der mit ausgreifenden Schritten weiter den Weg die Küste entlang geht.

Nach einer ganzen Weile des Wanderns setzt er sich auf einen Steinblock am Wasser und tut – nichts. Elfie landet ein Stückchen entfernt auf der weißen Blüte einer Silberwurz, so, dass der kühle, flüsternde Wind den strengen Geruch des Menschen von ihr weg pustet. Sie nascht ein paar süße, krümelige Körnchen aus den dicht gedrängten gelben Staubblättern. „Mmmmmh…!“, seufzt sie und betrachtet die Welt ringsum. Vor ihr plätschern die Wellen des Fjordes gegen den rauen, steinigen Felsstrand. Hoch über dem weiten Fjord segeln Möwen vor grau dahinziehenden Wolken, weit entfernt schwingt das gegenüberliegende Ufer des Fjords braun, grün und grau auf und ab. Das leise Jauchzen der Blumen, die sich vom Wind kitzeln und schaukeln lassen, lassen Elfies Wut, ihre Angst und die ganze Aufregung der letzten Tage Bröckchen für Bröckchen von ihr abfallen, bis nur noch ein Gedanke erwartungsfroh vor ihr steht: nachher wird sie Trollo befreien! Elfie atmet tief ein und aus und betrachtet diesen Michael-Pichael, diesen gemeinen Trollentführer, diesen Steinewerfer, diesen langbeinigen Gartentrampler mit seiner eckigen Brille. Seine beeindruckend große Nase und das stoppelige Kinn findet Elfie furchtbar hässlich, und das Grübchen in der rechten Wange macht es auch kaum besser. Er bekrümelt seinen Pullover und die beigefarbene Hose mit Brot, vertilgt mit seinem großen Mund dann noch schmatzend einen Apfel und trinkt glucksend eine halbe Wasserflasche auf einmal aus. Elfie verzieht das Gesicht. „Wie hässlich die Menschen sind." Dann wird sie ungeduldig. „Ich will jetzt zu Trollo! Wieso sitzt der hier so lange herum?!" Sie fliegt auf, sirrt ganz nah an Michaels großes, merkwürdig rundes Menschenohr und säuselt hinein: „Zeit, zum Auto zu gehen."

Der Mensch reagiert nicht.

„Michael-Pichael, heiter weiter! Nicht warten – starten!", raunt sie.

Der Trollentführer verlagert sein Gewicht von einer Seite auf die andere und schaut prüfend hinunter auf den großen Steinbrocken, auf dem er sitzt. Elfie schüttelt ungeduldig den Kopf. „Dieser Steinbrocken ist wirklich hart und unbequem", murmelt sie in Michaels Ohr. Dabei kichert sie leise und malt mit ihren Fingern merkwürdige Zacken in die Luft.

Michael rutscht auf dem Stein hin und her, vor und zurück und beginnt, missmutig vor sich hin zu knurren.

„Faulpelz! Los jetzt!", zischt Elfie energisch.

Da steht Michael auf, fährt sich grummelnd mit der Hand über sein Hinterteil und wendet sich zurück in die Richtung, aus der er kam.

Elfie folgt ihm, aber dieser Mensch geht einfach viel zu langsam! Nicht auszuhalten! Wozu hat er diese langen Beine?! Wenn Zeit genug da ist, hasten die Menschen, aber wenn es mal wirklich eilig ist, trödeln sie herum! Sie zischt ihm ins Ohr, aber es nutzt nichts. Dann huscht ein verschmitztes Lächeln über ihr Gesicht.

Elfie beginnt, flotte Sommer- und Blumenlieder zu singen und im Takt von Blüte zu Blüte zu hüpfen. Und tatsächlich: nach einer Weile beschleunigen sich die Schritte des Mannes und passen sich dem Takt an. Elfie singt noch einen Moment weiter, dann verstummt sie und kichert leise in sich hinein. Michael-Pichael summt jetzt selbst schwungvolle Melodien vor sich her: Elfies Melodien!

Elfies Stimme und kein Trollo

Während das Auto wieder über die Pisten holpert, liegt Trollo ausgestreckt unter dem Beifahrersitz. Er hat seinen harten Kopf auf ein kuscheliges Steinkissen gebettet und hält sich den kugeligen Bauch. Auf dem Fahrersitz summt sein Entführer gutgelaunt vor sich hin. „Was fällt dem ein, so fröhlich zu sein!“, murrt Trollo. Aber so rund und sattgefuttert, wie er ist, schafft er es selbst nicht richtig, schlechte Laune zu haben. Dann fällt ihm plötzlich etwas auf. „Diese Melodien erinnern mich an Elfie! Sie sind so leicht und blumenbunt und fröhlich.“ Vor seinem geistigen Auge saust er wieder von kräftigen Elfentritten beschleunigt mit ihr über die Hänge hoch zum Snæfellsjökull. Er lächelt so breit, dass fast alle seine Zähne zum Vorschein kommen. Aber dann ziehen sich seine

Mundwinkel wieder nach unten. „Ob ich sie jemals wiedersehe?“ Er starrt auf die schwarze Unterseite des Sitzes über ihm und rollt sich dann auf die Seite.

Trollo erwacht, als die Geräusche der Fahrt verstummen. Sein Entführer öffnet die Tür. Langsam formt sich ein Gedanke in Trollos Kopf: „Wenn ich einfach rausspringe …“ Doch schon knallt die Autotür wieder ins Schloss. „Mist.“

Plötzlich knarzt die Kofferraumklappe. „Troolloo?“ RUMMS. Der Kofferraum schlägt wieder zu.

Mit einem Ruck setzt Trollo sich auf und prallt mit dem Kopf gegen den Sitz über ihm. „Au, verschneckt!“ Er reibt sich die graue Stirn. „Das hörte sich an wie … – Könnte das … – Elfie?“, flüstert er. Aber es ist nichts mehr zu hören. „Elfie?“, flüstert er noch einmal. Keine Antwort. Trollo bohrt sich die Finger in die Ohren und kneift sich steinhart in den Arm. „AUTSCH! Das war kein Traum! – ELFIE!“, schreit er. So schnell er kann rollt er sich unter dem Beifahrersitz hervor. Von der Fußmatte aus kann er nichts sehen außer eilenden, weißen Wolken, die vom Abend ein wenig gelb gefärbt sind. „ELFIE!“ Er springt auf den Sitz, klettert an der Tür hoch und starrt durch das Fenster. Keine Elfie. Er poltert zur anderen Seite hinüber. Nichts zu sehen. „Wie kommt sie hierher? Wie hat sie mich gefunden? Wo ist sie?“ Er springt zur Hutablage nach hinten und starrt aus der Heckscheibe. „DA!“, schreit er. Ein Blumenkleidzipfelchen wischt um eine blaue Hausecke davon. Dann ist, wo eben noch das Kleid wehte, nur noch leere Luft zu sehen. „ELFIE!“, schreit er. „Wo willst du hin?! Komm zurück! ELFIE!!!“ Er starrt auf das Menschenhaus und haut krachend mit seiner steinernen Faust auf die Hutablage unter ihm. Dann sackt er zusammen und lässt sich hinunter auf die Rückbank plumpsen. „Sie ist weg." Sehnsüchtig schaut er zu den leeren Fenstern hoch. „Sie war es nicht. Es kann nicht Elfie gewesen sein. Wenn sie es gewesen wäre, wäre sie nicht gleich wieder weggeflogen." Trollo poltert in den Fußraum hinunter, rollt sich in die dunkelste Ecke unter den Sitzen, steckt sich die Finger in die Ohren und schließt die Augen. „Nie mehr komm ich hier raus." Er versinkt in einen Traum von düsterem Nebel, grellen Geräuschen und riesigen, bösartigen Menschen. Dann wandelt sich der Traum. Fröhliche Musik von winzigen Glöckchen und hellen Weidenflöten erklingt. Aus dem Nichts entfaltet sich vor ihm eine wunderschöne, zartrosafarbene Blüte. In ihrer Mitte sitzt strahlend Elfie und lacht so hell wie ein Kristall in der Sonne. Ein Licht geht von ihr aus. Sie ruft Trollo etwas zu, aber er kann sie nicht verstehen. Ihre Stimme ist so leise. Plötzlich stürmt ein eiskalter Wind heran und pustet die Blüte mitsamt Elfie davon.

„Wo ist Trollo bloß?", denkt Elfie. Zwei Mal hat sie ins Auto hineingerufen, aber nichts hat sich gerührt. Steckt er etwa in dem Koffer, den dieser Michael-Pichael gerade zu dem Menschenhaus trägt? Elfie wirbelt herum und rast hinter dem Menschen her. Sie wirbelt um eine Ecke und sieht gerade noch, wie sich die Tür hinter ihm schließt. „Möwenmist! Und jetzt?", denkt Elfie. Sie sinkt auf ein Grasbüschelchen und starrt ratlos auf das Haus. Da erscheint hinter einem Fenster Michael-Pichael, schaut einen Augenblick nach draußen und wendet sich wieder nach innen.

„Trollo! Troolloo??" Elfie schwebt vor der Fensterscheibe auf und ab und beobachtet, wie Trollos Entführer lauter Dinge aus seinem

Koffer auspackt und im Zimmer verteilt. Aber Trollo ist nicht dabei. „TROLLO!“, schreit Elfie noch einmal. Dann gibt sie es auf. „Ist er doch noch im Auto?“, denkt sie und schwirrt zurück zum parkenden Wagen.

„Trollo? Trolloooo! Wenn er da drin ist, warum antwortet er mir nicht? TROLLO!“, schreit Elfie gegen die Scheiben. Verwirrt und ängstlich sirrt sie um das Auto. „TROLLOOO, WO BIIIST DUUU?!“ Im Auto rührt sich nichts.

Ratlos setzt sich Elfie auf eine dicke, gelbe Löwenzahnblüte, die ihr goldenes Licht und ihren süßen Duft direkt neben der Beifahrertür in den Abend schickt. „Mmmmmh!“, summt Elfie und nascht ein paar Pollen. Dann zieht sie einen Schmollmund und sieht sich suchend um. „Keine Grasnelken? Nur Löwenzahn? Grasnelkenstaub will ich! Und am besten – au ja! – Thymianpollen zum Nachtisch!“ Noch einmal sieht sie sich um. Es sind weder Grasnelken noch Thymian zu sehen.

Nachdenklich zieht Elfie die Knie an, wickelt sich ihr Kleid fest um die Beine und stützt ihren Kopf auf. „Dieser Grobian hat vorhin den halben Inhalt seines Koffers in seinem Zimmer verteilt. Keine Ahnung, warum Menschen immer so viel Zeugs brauchen. Aber heute Abend fährt der bestimmt nicht weiter.“ Sie schaut zum Himmel, der im Licht der tiefstehenden Sonne golden leuchtet. Dann streicht sie die Blumen ihres Kleides glatt und fliegt davon.

Als sie nach einem leckeren Abendnaschen zurückkommt, schwirrt sie noch einmal zu dem Fenster, hinter dem dieser Michael-Pichael seinen Koffer ausgepackt hat. Sie starrt hindurch. Niemand ist im Raum. Der Koffer liegt geöffnet auf dem Bett. Überall verstreut liegen Kleidungsstücke, Steinbrocken, Tüten mit Sand und merkwürdige Dinge, die Elfie nicht kennt. Trollo ist nicht zu sehen. Elfie schwirrt vor der Scheibe hin und her. „Wo ist dieser vermooste Troll bloß?!“ Sie stampft mit dem Fuß in die Luft, zupft sich ärgerlich am linken Ohr, fliegt ein Stück höher hinauf und stößt mitten in der Luft gegen etwas Hartes. „Au! Zum verknoteten Knöterich, was ...“ Elfie stockt. „Das Fenster ist ja offen!“ Tatsächlich: eine der oberen Klappen des Fensters ist nach außen aufgesperrt. Elfie betastet die schmerzende Stelle an ihrem Kopf, während sie stumm auf die Öffnung starrt. Noch einmal schaut sie durch die Fensterscheibe, dann schlüpft sie hinein.

„Trollo?“, flüstert sie eindringlich. „Trollo! Bist du hier? Sag doch was! Troollooo! Wo bist du?!“ Nichts rührt sich. Sie guckt unters Bett, hebt leise raschelnd die weiße Bettdecke an, linst hinter den braunen Schrank und in den staubigen Spalt zwischen dem dicken, gelben Polstersessel und der geblümten Tapete. Dann steht sie schwirrend ratlos in der Luft. „TROLLO!“, ruft sie laut und niest gleich danach herzhaft. Plötzlich ertönen schwere Schritte. Ein Knarzen. Die Tür wird geöffnet! Elfie saust hinter eine Stuhllehne und linst vorsichtig ins Zimmer. Da ist dieser Michael-Pichael wieder! Er geht zum Schrank und stöbert darin herum. „Trollo?“, flüstert Elfie noch einmal eindringlich. Sie erhält keine Antwort. Mit einem ängstlichen Blick auf den breiten Rücken des Menschen fliegt sie in Richtung des Fensters. In diesem Augenblick dreht sich Michael um, tritt heran und ergreift den Riegel. Elfie spurtet los. RUMMS!

„Iiiihhh!“ Elfie sirrt wild mit den Flügeln. Die Klappe ist zu, sie ist draußen, aber eine Blüte ihres Blumenkleides steckt fest! „Nein, oh nein!“ Vorsichtig versucht Elfie, sie herauszuziehen. Es geht nicht. Eine Träne kullert ihr über die Wange. Sie schnieft. Noch einmal versucht sie es, aber die Blüte sitzt fest. Still steht

Elfie in der Luft. Dann fasst sie zu, knickt die Blüte ab und lässt sich vor dem Fenster ins Gras fallen. „Dieser Blödian, dieser Idiot, dieser Grobschlacht, dieser ..." Sie verstummt und bedeckt ihr Gesicht mit den Händen.

Als sie endlich wieder durch ihre Finger lugt, berührt die Sonne schon fast den Horizont. „Und alles nur für diesen lahmen Tagtroll!", meckert sie die Grashalme an, die um sie herum stehen und im Wind leicht hin und her schaukeln. „Was fällt mir eigentlich ein, in ein Menschenhaus zu fliegen! Für einen TROLL! Als hätten wir Blumenelfen nichts Besseres zu tun!" Eine scharfe Falte erscheint auf ihrer Stirn. Wütend starrt sie auf die blaue Hauswand. Aber dann glättet sich ihr Gesicht wieder. Elfie seufzt. „Er hat mir das Leben gerettet. Ich kann ihn nicht im Stich lassen." Sanft streicht sie die verbliebenen Blumen ihres Kleides glatt und schaut noch einmal zum Fenster hoch. Dann fliegt sie auf, um ein weiteres Mal im Auto nachzusehen.

„Wo ist dieser Troll bloß!?", zetert sie, nachdem sie wieder erfolglos durch alle Fenster gestarrt hat. „Knubbelnase hat doch gesagt, wenn ich diesen Menschen wiederfinde, finde ich auch Trollo wieder! Und? Nichts da!" Sie stockt und bekommt große, ängstliche Augen. „Ob der mich nur vergnomen wollte?" Ratlos schwirrt sie noch einmal vor allen Scheiben herum. Nichts. Dann hat sie endlich eine Idee. „Ob dieser lahme Troll – der schnarcht bestimmt irgendwo mit vollem Bauch unter dem Sitz! Das sähe ihm ähnlich!" Sie grinst. „Am besten polstere ich mir mal das Ersatzrad gemütlich aus, und dann reise ich einfach weiter mit. Irgendwann muss ja selbst Trollo wieder wach werden." Schon schwirrt sie los und holt Gras und Moos.

Schatten über bunten Häusern

Ich hab keine Lust, diese blöde Stadt zu besichtigen!“ Finn zieht die Stirn in Falten und schiebt maulend seinen Müsli-Joghurt von sich. „Ich will keine öden Häuser angucken! Ich will endlich Wale sehen! Ich will über die Felsen und zu den Wasserfällen klettern! Ich will ...“

„Immer sollen wir machen, was DU willst!“, unterbricht ihn Pippa genervt. „ICH will mir die bunten Häuser ansehen! Und ausnahmsweise wollen Mama und Papa das auch. Es geht nicht immer nur nach deinem Dickkopf!“ Pippa wirft mit trotzigen Augen den Kopf in den Nacken und streicht sich unwirsch eine feuerrote Haarsträhne aus der Stirn.

„Hört ihr jetzt bitte auf, euch zu streiten?!"

„Ist doch wahr!"

Karen legt ihrer Tochter die rechte und ihrem Sohn die linke Hand auf den Arm. „Wir sehen bestimmt bald Wale", sagt sie zu Finn gewandt. „Morgen sind wir in Húsavík – die Hauptstadt der Walbeobachter! Und heute Nachmittag machen wir eine spannende Wanderung. Aber wir waren uns doch einig, zuerst die Stadt anzusehen."

Finn schiebt die Unterlippe vor und dreht sich weg.

„Tut das gut, wenn er einfach mal still ist", murmelt Pippa.

Eine halbe Stunde später treten Pippa, Finn, Karen und Till aus der Tür des Hotels in den blauen, isländischen Morgen. Pippa zieht sich ihre Mütze über die Ohren und hält mit geschlossenen Augen das Gesicht in den kalten Wind. Die blau-rot-weißen Fahnen vor dem Hotel knattern im hellen Sonnenlicht.

Während sie eine schmale Straße entlanggehen, erläutert Till: „In Ísafjörður leben gerade mal zweieinhalbtausend Menschen. Aber dieses Städtchen ist das Zentrum der Westfjorde."

„Ist doch auch klar", grinst Pippa. „Habt ihr zwischen diesen ganzen Fjorden schon mal irgendwo einen richtigen Ort gesehen? Ich meine so einen mit Supermarkt und Kino und Schule und vielleicht einem Theater? Wo nicht nur einfach ein paar Häuser zusammenstehen?"

„Du vergisst die Tankstelle." Finn grinst. „Wo die Tankstelle ist, da tobt das Leben."

„Naja, ganz so ist es auch nicht", hakt Karen ein. „Ich glaube, die Isländer sind einfach auch ohne Kino und Theater sehr gesellig."

„Bleibt ihnen ja auch nichts anderes übrig, wo immer nur zwei oder drei Häuser zusammen stehen und die nächsten Leute kilometerweit entfernt wohnen“, feixt Finn.

Während sie so reden bestaunt Pippa die bunt gestrichenen Häuser rundum. Die wasserblauen, tiefroten, sonnengelben oder strahlend weißen Wände leuchten in der klaren Morgenluft mit ihren grasgrünen, himmelblauen und kirschroten Dächern um die Wette. „Schaut mal, hier gibt es sogar richtige Bäume!“, quietscht sie jetzt begeistert. „Geschützt von den Häusern. Die sind ja richtig groß! Und wie viele Blumen hier blühen!“ Sie beugt sich hinunter und schnuppert an einer weißen Blüte. „Mmmh, wie die duftet!“

„Eigentlich wollte ich euch etwas über Ísafjörður erzählen“, wirft Pippas Vater jetzt mit säuerlicher Miene ein. „Warum hört mir eigentlich nie jemand zu?“

„Aber wir reden doch die ganze Zeit über die Stadt!“ Pippa verzieht kopfschüttelnd den Mund und guckt ihren Vater an wie ihre Mathelehrerin zuhause einen begriffsstutzigen Schüler. „Du willst doch nur wieder was über Geschichte oder so erzählen. Öööööööde.“

„Hey, hier ist die Stadt ja schon wieder zu Ende!“, ruft Finn dazwischen. „Wir haben doch gerade erst das Ufer des Sees hinter uns verlassen und sind in diese Straße gegangen; und hier sind wir schon wieder am Wasser!“ Fassungslos zeigt er geradeaus über die niedrige Feldsteinmauer, die ihnen den Weg versperrt.

„Tatsächlich!“, ruft Pippa. Verwirrt guckt sie nach rechts und links. „Und seht mal! Da links ist der Ort an dem Berghang auch gleich wieder zu Ende. Und rechts ist auch gleich wieder Wasser.“

„Das ist es ja, was ich euch erzählen wollte!“, brummt Pippas

Vater. „Die Stadt liegt zum großen Teil auf einer schmalen Sandbank mitten im Fjord! Von fast jedem Ort der Stadt aus kann man direkt bis zum Wasser gucken."

„Sag das doch gleich!", grinst Pippa. Dann ruft sie: „Kommt, wir setzen uns auf die Mauer!" Sie schwingt sich mit einem Sprung auf die dicken Steine und lässt ihre Beine in Richtung Meer baumeln. „Die Sonne hat sie aufgewärmt", ruft sie und legt die Hand auf die rohen, grauen Blöcke.

Kaum sitzen alle vier auf der Mauer und schauen aufs Meer hinaus, als ein weißhaariger Mann mit einer beeindruckend großen Nase in einem runzligen, sonnengebräunten Gesicht neben ihnen erscheint. Ohne zu lächeln, aber mit einem freundlichen Zwinkern nickt er ihnen zu und setzt sich neben Pippa. Interessiert betrachtet Pippa seine wettergegerbten Wangen, die schmalen Lippen und die Ohren, die genauso beeindruckend sind wie die Nase. Der Alte mustert die vier ebenso unverblümt von oben bis unten. Viele tiefe Lachfältchen erscheinen rund um seine stahlblauen Augen. „Ihr seid Touristen?", fragt er dann mit tiefem Bass.

„Ja." Pippas Vater guckt den Fremden verdutzt an. „Woher weißt du das?"

Der Mann lächelt. „Nur Touristen haben feste Jacken, lange Hosen und dicke Wanderschuhe an, obwohl das Wetter wunderbar ist." Er lacht ein sympathisch rollendes Lachen. „Wir Isländer kosten jeden Sonnenstrahl aus! Gerade hier in Ísafjörður." Er hält sein verwittertes Gesicht in die Sonne.

Jetzt fällt Pippa auf, dass er nur eine leichte Weste über einem kurzärmeligen Hemd trägt! Seine halblangen Hosen und die ausgetretenen Sandalen offenbaren nackte, runzlig-braune Füße mit riesigen Zehen! Beim Betrachten der sommerlichen Kleidung fröstelt es Pippa. Jetzt spürt sie umso mehr den ungemütlich frischen Wind.

„Das wäre mir viel zu kalt", sagt sie mit hochgezogenen Schultern.

Der Mann lächelt sie an. „Wir Isländer sind ganz anderes Wetter gewohnt: lange, frostige Winter, Schneestürme, eisigen Regen, monatelange Düsternis. Besonders hier in Ísafjörður."

„Besonders in Ísafjörður?", fragt Karen neugierig. „Ist das Wetter hier denn anders als im übrigen Island?"

„Das Wetter? Nein", lächelt der alte Mann. „Nicht wirklich. Aber schaut euch doch mal um!" Er deutet auf die Berge rings um den Fjord. „Ísafjörður ist von hohen Bergwänden umgeben. Die Sommernächte sind hell, weil die Sonne im Sommer kaum noch untergeht. Aber die Winternächte ..." Er macht eine Pause und guckt aufs Meer hinaus und dann auf den kahlen Berghang zur Rechten. „... die sind wahrlich lang und dunkel. Vor und nach Weihnachten steht die Sonne so niedrig, dass sie acht Wochen lang hinter den hohen Bergen versteckt bleibt und kein einziger Sonnenstrahl unser Städtchen erreicht!"

„Acht Wochen ohne Sonne?!", ruft Pippa entsetzt. „Nicht ein einziger Sonnenstrahl?!"

Der alte Mann lächelt nur.

„Da würd ich nur schlechte Laune haben." Finn zieht einen Schmollmund.

„Also wär alles wie immer", lästert Pippa.

„Aber bloß, weil du ständig nervst!" Finn wirft Pippa einen bösen Blick zu.

„Ja, manchmal schlägt die Düsternis ganz schön aufs Gemüt", fährt der alte Mann ungerührt fort, ohne auf das Gezänk der beiden zu achten. „Den ersten Sonnenstrahl am 25. Januar feiern wir deshalb jedes Jahr mit dem traditionellen ‚Sonnenkaffee', und mit Pfannkuchen mit Sahne." Seine Augen blitzen und er zwinkert Pippa und Finn freundlich zu.

„Mmmmh! Pfannkuchen mit Sahne!", seufzt Pippa genießerisch.

„Aber dafür acht Wochen auf die Sonne verzichten?", mault Finn.

Pippa verdreht die Augen. Aber plötzlich zuckt sie zusammen. Auf dem Meer rast ein riesiger, dunkler Schatten auf sie zu. Sie reißt den Kopf herum und sucht den Himmel ab, dort, wo die Sonne steht. Doch am Himmel ist – nichts. Sie guckt zurück auf das Wasser und erschaudert. Der Schatten ist nur noch Sekunden entfernt. Und immer noch nichts am Himmel. „Mama!", flüstert sie mit zitternder Stimme. Da dreht der Schatten knapp vor ihnen ab, streicht nach links, saust den steilen Hang des hohen Berges hinauf und verschwindet.

„Was ist denn, Pippa?" Ihre Mutter nimmt sie bei der Hand. „Entschuldige, ich war gerade ganz in Gedanken."

„Hast du diesen Schatten gesehen?", flüstert Pippa ängstlich.

„Was denn für ein Schatten?"

„Da war ein riesiger Schatten auf dem Meer."

„Das wird eine Wolke gewesen sein." Pippas Vater hat nichts bemerkt.

„Es sind keine Wolken am Himmel", flüstert Pippa.

Da lacht Finn laut auf. „Pippa sieht schon wieder Gespenster! Hahaha!" Er schlägt sich theatralisch die Hand vor den Mund und krümmt sich vor Lachen. Wütend boxt Pippa ihm auf den Arm.

„Au!", protestiert Finn. Er greift nach Pippas Pferdeschwanz, doch ihr Vater hält ihn am Handgelenk fest. „Hört auf, ihr beiden!“, sagt er nachdrücklich. „Was sollen die Leute denken, wenn ihr euch immerzu nur streitet?!“

Pippa schaut zu dem alten Isländer. Der blickt ihr direkt in die Augen. Mit tausend Lachfältchen lächelnd nickt er ihr anerkennend zu und zwinkert verschwörerisch. Doch bevor Pippa den Mund aufmachen kann, sagt er: „Nun muss ich wieder nach Haus. Ich werde erwartet.“ Noch einmal nickt er Pippa zu und zwinkert. Schon ist er weg. Irritiert starrt Pippa ihm hinterher.

Zusammenkunft auf dem Berg

Mit weit ausgebreiteten Schwingen streicht der Greif über den Bergkamm westlich von Ísafjörður und landet krallenknirschend auf dem Fels, direkt neben dem Riesen und dem Stier. Einen Augenblick später zerteilen die ledrigen Flügel des Drachen den kalten Wind.

„Und? Wie steht es mit der Aufgabe?“, raunzt er, während er seine Flügel zusammenfaltet. „Ich hab von Anfang an nicht viel von dem Plan gehalten.“

„Das wissen wir“, erwidert der Riese mit dumpfer Stimme. „Aber wenn man keinen anderen Weg weiß, ist es besser, den zu gehen, den die Not wählt. Besser, als den Dingen, die dann kommen, tatenlos zuzusehen.“

„Ich würde nicht darauf warten, dass die Menschen zur Vernunft kommen“, faucht der Drache und speit eine Stichflamme aus. „Weg mit ihnen!“

„Wir haben uns über den Weg geeinigt“, schnaubt der Stier. „Wir sollten nicht immer wieder neu darüber streiten.“

„Das stimmt.“ Der Greif klappt unwirsch mit dem Schnabel. „Ich werde nichts mehr einwenden, solange der Weg sich nicht als falsch erwiesen hat.“ Er dreht den Kopf hinunter zum rechten Flügel und zieht mit seinem mächtigen Schnabel eine seiner langen, braunen Federn glatt. Dann fixiert er den Riesen mit hartem Blick. „Ich hoffe, dass es dann nicht zu spät ist, noch einen anderen Weg einzuschlagen. Aber wie ist es nun mit dem Ziel? Sind wir dem nähergekommen? Ich sehe davon nichts.“

„Ungeduld und Zweifel sind schlechte Führer“, erwidert der Stier. „Die drei haben ihre Reise begonnen. Sie hatten einander verloren, aber sie sind wieder beisammen, aus eigenem Entschluss. Das ist mehr, als wir erwartet haben.“

„Aber sie tun alles dafür, sich wieder zu trennen. Und dieser Mensch ...“, schnappt der Drache wütend, „... er tut alles dafür, *nicht* zu sehen. Seine Augen sind so fest geschlossen wie die Tore der Wassernymphen für uns Drachen. Er ist der Falsche!“

Grollend stampft der Stier auf den grauen Fels. Steine bröckeln unter seinem Huf. „Unsere Gesandten sind vom Schicksal gewählt. Ohne unser Zutun. Wir würden nichts besser machen, wenn wir anzweifeln, dass sie die richtigen sind.“

„Und“, fügt der Riese hinzu, „je schwieriger es erscheint, die Augen *dieses* Menschen zu öffnen, desto größer mag die Hoffnung sein, dass wir mit seinen Augen auch die Augen der anderen auftun.“

Der Drache schweigt, aber er peitscht mit seinem Schwanz über den Boden, dass Steine in alle Richtungen spritzen. Aus seinen Nüstern quellen beißende Rauchwölkchen. Ein Windstoß treibt sie davon.

„Wie mich dieses Abwarten erbost!“, zischt der Greif. In drei langen Schritten schreitet er auf den Bergkamm zu und schaut mit scharfen Augen zur Stadt hinunter. „Können wir nicht irgendetwas tun?“

Mit gerunzelten Brauen stützt sich der Riese auf seinen schweren Eisenstab und schaut auf die bunten Häuser, die unter ihm in der Sonne leuchten. Dann sagt er nachdenklich: „Und wenn wir ihn spiegeln würden?“

„Ihn spiegeln?“, faucht der Drache. „Was soll das heißen?“

„Er ist blind für uns Naturwesen. Und deswegen weigert er sich, auch nur darüber *nachzudenken*, ob es uns geben könnte“, sagt der Riese. „Vielleicht können wir ihm das bewusst machen. Wir könnten ihn mit einem anderen Menschen zusammenführen, der sich ebenfalls weigert, eine Wahrheit zu sehen. Seine Wissens-Wahrheit vielleicht.“

„Das wird er nicht als Hinweis auf seine eigene Blindheit verstehen“, zischt der Drache. „Weil er auch seine Blindheit nicht erkennen will.“ Er faucht eine Flamme in Richtung der Stadt unter ihm.

„Mag sein“, sagt der Stier nachdenklich. „Aber dieser andere Mensch, mit dem wir ihn spiegeln, ein Kind vielleicht – wenn sich dieses Menschenkind aus guten Gründen weigert, Michaels Wahrheit zu glauben? Michael mag es, wenn Kinder kluge Fragen stellen.“ Der Stier wendet sich dem Riesen zu.

„Du meinst, dass auch dieses Menschenkind nur glaubt, was es selbst sehen kann?“, fragt der Riese.

„Zum Beispiel“, antwortet der Stier langsam. „Vielleicht würde Michael ihm dann erklären, dass man eine Idee nicht rundweg ausschließen darf, nur, weil man nicht sehen oder hören oder spüren kann, dass sie richtig ist.“ Er schüttelt ärgerlich seinen gehörnten Kopf.

„Das könnte gehen“, knurrt der Greif nachdenklich. Ein Windstoß fährt in die Federn auf seinem Rücken und hebt sie an. Er wendet sich um und streicht sie wieder glatt.

Der Riese ergreift das Wort. „Ich habe eine Idee. Wir sollten dafür sorgen, dass ein weiterer Mensch bei dieser Begegnung dabei ist. Einer, der uns wahrnehmen kann“, sagt er. „Dieser Dritte kann Michael von uns berichten. Und wenn dann Michael diese Wahrnehmung rundweg ablehnt, kann er ihm klar machen, dass Michael selbst gerade genauso handelt wie das ungläubige Kind es getan hat. Er kann Michael deutlich machen, dass er die Existenz von Naturwesen nicht nur deswegen ablehnen darf, weil er uns bisher noch nicht gesehen, gespürt oder gehört hat.“ Der Riese guckt in die Runde.

„Na gut“, zischt der Drache. „Das könnte tatsächlich helfen.“

„Und danach führen wir ihn mit weiteren Menschen zusammen, die uns wahrnehmen können. Damit seine Gewissheit, dass es uns nicht gibt, zu wanken beginnt. Er muss anfangen, daran zu zweifeln“, ergänzt der Greif. Er schaut noch einmal auf die sonnig-bunte Stadt im Tal und nickt nachdenklich.

Nacheinander beginnen auch der Riese, der Stier und der Drache zu nicken.

Zu dritt, aber nicht gemeinsam

Elfie hat tief und fest geschlafen. Nach dem Aufwachen umrundet sie gerade zum dritten Mal das Auto, als Michael mit seinem schweren, grauen Koffer in der Hand aus dem Haus kommt. „Gucken Menschen morgens immer aus so verquollenen Augen?", fragt sich Elfie. Die braunen Haare des Mannes sind noch zerzauster als sonst, und seine eckige Brille sitzt schief auf der großen Nase. Er öffnet den Kofferraum, hebt seinen Koffer hinein und kratzt sich dann gähnend am stoppeligen Kinn. Elfies Gedanken schwirren. „Soll ich hineinschlüpfen? Wäre ich dann auch gefangen? Ist Trollo überhaupt da? – Trollo?", fragt sie leise. „Trollo!" Keine Antwort. „TROOLLOOO!!!", schreit sie, so laut sie kann. Da klappt der Kofferraum mit lautem Knall wieder zu.

Trollo richtet sich abrupt auf. RUMMS! „Au, vermurkst und verkegelt, schon wieder! Pass doch besser auf!“, schimpft er sich selbst aus. Er steckt immer noch unter dem Beifahrersitz, und schon wieder reibt er sich den steinigen Schädel. Dann schüttelt er sich. War da eben Elfies Stimme?

„Elfie?“, fragt er hoffnungsvoll. Keine Antwort. „Elfie?“ Nichts rührt sich. „Wenn das wirklich Elfie war ...“ Er rollt nach hinten unter dem Sitz heraus. Da sirrt draußen vor der Scheibe ... „ELFIIIIE!!!!“ Über das ganze graue Gesicht strahlend springt Trollo hoch auf das Polster des Rücksitzes. Jetzt hat sie ihn auch entdeckt! Trollo grinst von einem Ohr zum anderen. Nur sein flauschiger Moosbart scheint zu verhindern, dass die Mundwinkel die Ohren antippen. „Du hast mich gefunden!“, ruft er. Ihm ist so leicht ums Herz, als würde er schon wieder frei über das Moos kugeln. Er macht einen Purzelbaum auf dem Sitz, als plötzlich die Fahrertür geöffnet wird. Sofort erstarrt er.

„Trollo!“, hört er Elfies Stimme von draußen. „Ich rette dich!“ Dann schlägt die Tür mit einem Rumms zu und sein Entführer startet den Motor.

„Elfie!“, ruft Trollo sehnlich, als das Auto anfährt. Aber schon verschwindet sie vom Fenster. Verzweifelt starrt Trollo auf die Scheibe. „Ich wage es“, denkt er dann und springt entschlossen, wenn auch mit einem ängstlichen Seitenblick auf seinen Entführer, hoch auf die Hutablage. Elfie ist nicht zu sehen. Stattdessen ziehen draußen Menschenhäuser vorbei, so viele, wie Trollo noch nie auf einem Haufen gesehen hat. Ihre bunten Dächer und Wände leuchten in der Sonne. Trollo aber starrt sie wütend an. „Jetzt ist sie wieder weg!“, beschimpft er die Häuser, als könnten die etwas dafür. „Weg! Nie wieder wird sie mich finden!“ Mit verzweifelten Augen guckt er suchend aus dem Rückfenster des Wagens. Keine Elfie. Trollo sackt in sich zusammen. Eine Steinträne rollt über seine Wange. Blinzelnd schaut er durch die Scheiben.

Während der Fahrt fliegt die isländische Landschaft an ihm vorbei. Er sieht steile Küsten und dunkle Fjorde, weite Heidelandschaften, sanfte Hügel und schroffe Felsen, Inseln im Meer, grüne Wiesen, breite Flüsse und Rinnsale im Moos. Das erste Mal in seinem Leben betrachtet er die Schönheit der Landschaften Islands in so schneller Folge und so intensiv. Als das Auto nach einer Weile langsamer wird, hockt er immer noch auf der Hutablage. Vor lauter Staunen sind seine Augen steinmurmelrund geworden. Ihm ist ganz feierlich zumute.

Dann hält das Auto. Michael lässt den Motor laufen, öffnet eine Klappe vor dem Beifahrersitz und knistert in der dahinterliegenden Dunkelheit herum. Trollo schaut immer noch staunend nach draußen, und doch bemerkt er im Augenwinkel, dass der Mensch die Hand zum Mund führt. Als kurz darauf die isländische Landschaft unter dem wolkenbetupften Himmel wieder an Trollo vorbeizieht, verbreitet sich plötzlich ein scharfer Geruch im ganzen Auto. „UUÄÄHH!" Trollo wird unsanft aus seinem Staunen geschubst. Voller Schrecken stellt er fest, dass er immer noch oben auf Hutablage hockt – wo ein Stein ganz gewiss nicht hingehört. Hals über Kopf lässt er sich in den Fußraum poltern. Es knackst! Direkt auf der immer noch tröpfelnden Wasserflasche ist er gelandet! Michael tritt hart auf die Bremse. Trollo wird nach vorn geschleudert.

„Au, verschneckt aber auch!", flucht er und reibt sich das Schienbein. Dann hört er Michael murmeln: „Was war das denn?"

Das Auto hält, der Motor verstummt. Sein Entführer steigt aus, knallt die Tür zu und öffnet kurz darauf die Tür an der Rückbank hinter dem Beifahrersitz. Trollo erstarrt. Als Michael laut zu fluchen beginnt, hallt seine Stimme in Trollos Ohren wider. „Nein! Warum ist diese Flasche kaputt?!" Die riesigen Hände Michaels ergreifen alle drei Wasserflaschen auf einmal und heben sie aus Trollos Blickfeld. „Verdammt, was muss ich die Steine auch direkt neben die Flaschen legen! So ein Mist aber auch!" Trollo hört ein Reiben und dann ein Glucksen, ein Gluckern und ein Spritzen. „Ob ich einfach hinausspringe?", überlegt er. „Aber was, wenn dieser Mensch mich sieht und bemerkt, dass ich lebendig bin?" Es graust ihn bei der Erinnerung an die Gruselgeschichten seiner Mutter über Trolle, die von Menschen entdeckt wurden.

Da taucht Michael wieder in der Tür auf. Er legt die Flaschen auf der anderen Seite des Autos in den Fußraum – die kaputte ist jetzt geleert. Dann greift Michaels Hand unter den Beifahrersitz. Gerade noch rollt Trollo sich rückwärts weg. Sein Entführer ergreift einige der dort liegenden Steine und trägt sie mit schweren Schritten zum Kofferraum. Die Klappe geht auf, und Michael kramt darin herum.

„Kann ich es wagen, rauszuspringen?"

Schon kommt Michael wieder und ergreift die nächsten Steine.

„Trollo?", hört Trollo draußen Elfies Stimme rufen. Aber dafür hat er jetzt keine Zeit.

„Was mach ich bloß?", überlegt er fieberhaft. „Wenn ich rausspringe, entdeckt er mich bestimmt. Ich muss mich hier drinnen verstecken." Er kollert zwischen den Steinen, die um ihn her liegen, tiefer unter den Sitz und drückt sich in eine Ecke. Schon tauchen die tastenden Hände Michaels wieder auf und ergreifen weitere Steine. Mit jedem Griff kommen sie näher.

„TROLLO!!", schreit Elfie draußen. „Der sperrt alle in eine Holzkiste!"

Jetzt nimmt Michael die letzten drei Steine weg und trägt sie nach hinten. Nur Trollo hockt noch in der Düsternis unter dem Sitz. „Elfie, ich ...", ruft er. Schon knirschen die Schritte Michaels wieder zur Tür. Als Michael sich hinunterbeugt, rollt sich Trollo hastig unter dem Sitz weg nach vorn und springt so leise er kann hoch. Er klammert sich mit den Fingerspitzen an die Sitzkante und zieht die Beine an. Jetzt hängt er vor dem Sitz in der Luft. Einer seiner Moospantoffeln rutscht von seinem Fuß. „Oooh!" Trollo guckt hektisch hinunter zu ihm, aber Michaels tastende Hände erreichen ihn nicht. „Wenn er meine Fingerspitzen entdeckt ...", denkt Trollo panisch. Vor dem Fenster sieht er Elfie zappelnd auf und ab schwirren. „Trollo, was machst du da?!", kreischt sie bebend. „Versteck dich doch!" Trollo hört, wie Michael noch einmal unter dem Sitz herumtastet. Ein Ächzen ertönt, dann murmelt er „Das hätten wir ..." und richtet sich wieder auf.

Sofort lässt Trollo sich fallen, schnappt seinen Pantoffel und rollt, so leise er kann, zurück unter den Sitz. Als die hintere Tür und dann die Kofferraumklappe zuschlagen, schnauft Trollo tief durch und verdreht die Augen. „Puh Felskoller, war das knapp!"

Während das Auto wieder weiterfährt, hockt Elfie auf weichem Moos und raschelnden Grashalmen im Ersatzrad. Der kalte Wind saust und braust um ihre Ohren, aber sie hält die Augen weit geöffnet. Zwischen weitem Wasser auf der einen und hohen Bergen auf der anderen Seite umrundet der Wagen einen Fjord nach dem anderen. Elfie wickelt ihr geblümtes Kleid fester um sich und legt die Nelkenblüten vorsichtig in die Falten des leichten Stoffes, damit der Wind sie nicht vollkommen zerzaust. Elfie bibbert und versucht, sich mit Moos zuzudecken. Aber dafür hat sie nicht genug gesammelt. „Das muss ich aber nachholen", denkt sie.

Endlich hält das Auto an einer Landspitze. Über weites, blaues Wasser schaut Elfie hinüber zu einer langgestreckten, flachen Hügelkette. Schnee liegt auf den kahlen Kuppen und in den Einschnitten der dunkelgrauen Hänge. „Ob das Gletscher sind?", fragt sie sich. „Wie bei Snæ, dem Eisgnom?" Sie schaudert bei der Erinnerung an die Kälte dort.

Dann hört sie, wie der Trollentführer die Wagentür öffnet, aussteigt und dann ein Stück davongeht. Sie schlüpft steifgefroren aus dem Ersatzrad, hockt sich auf dessen Kante und sieht sich um. Hunderte weißflaumige Samenbüschel schaukeln auf langen Wollgras-Halmen im Wind. Wellen plätschern an eine unsichtbare Küstenlinie weit unterhalb der Straße. Dieser Michael-Pichael sitzt ein Stück entfernt auf einem Felsbrocken und schaut kauend zu den mit Schneefeldern gesprenkelten Bergen am anderen Ufer. Weiße Vögel mit schlanken, in der Sonne leicht durchscheinenden Flügeln fliegen zwischen Küste und Meer hin und her. „Ach, Küstenseeschwalben", seufzt Elfie glücklich. „Sie sind so schlank und so weiß und so wunderschön, und sie segeln so feenhaft dahin." Bezaubert schaut Elfie den Vögeln zu, während sie die wärmenden Strahlen der Sonne auf ihrer Haut genießt. Da hört sie hinter sich ein drängendes Pochen. „Trollo!", ruft sie fröhlich. Er hockt an der Heckscheibe und rumpelt mit den Fäusten dagegen. Sofort fliegt Elfie auf und schwirrt zu ihm. Direkt vor seiner grauknolligen Nase bleibt sie in der Luft stehen. „Trollo!“, kreischt sie aufgedreht gegen die Scheibe. „Ich rette dich!“

Trollos Mund bewegt sich. Hören kann Elfie nichts. „Was sagst du?“, ruft sie.

Wieder bewegen sich Trollos Lippen.

„Was?“, kreischt Elfie. Trollos Mund geht auf und zu. Elfie stampft mit dem Fuß in die Luft. „Ich verstehe dich nicht!“, schreit sie, so laut sie kann.

Wieder Mundbewegungen von Trollo.

„Iiiich – hööööre – diiiich – niiiicht!“, schreit Elfie.

Trollos Mundwinkel sacken herunter. Er zieht den Kopf ein und zuckt die Schultern. Elfie sinkt in der Luft einen halben Meter tiefer. „Vermenscht nochmal!“, meckert sie gegen das dunkelblaue Blech des Wagens. Dann fliegt sie wieder nach oben. „Iiiich muss naaaachdeeeenkeeeen!“, schreit sie gegen die Scheibe, so laut sie kann. Trollos fragendes Gesicht macht ihr klar, dass er auch das nicht verstanden hat.

Weiße Vögel

In diesem Moment steht Michael von seinem Stein auf und klopft sich ein paar Brotkrumen von der Jacke. Er schaut sich um und beginnt, längs der Küstenlinie in Richtung auf eine große Fläche mit kahler, steiniger Erde zu gehen, die ein paar hundert Menschenschritte entfernt liegt. Immer wieder landen dort Küstenseeschwalben. Kurzentschlossen folgt Elfie ihm. Sie hat ohnehin keine Idee, wie sie Trollo befreien könnte. Hören tut er sie auch nicht. Aber vielleicht erfährt sie irgendetwas Hilfreiches, wenn sie Michael folgt.

Als dieser nur noch einige Schritte von dem kahlen Boden entfernt ist, fliegen plötzlich kreischend zwanzig Küstenseeschwalben gleichzeitig auf. „Kiiäääähhh! Kiiäääähhh!", schreien sie aufgeregt. Erst eine Schwalbe und dann eine zweite fliegen zu Michael herüber und bleiben drei Meter über ihm flügelrüttelnd und kreischend in der Luft stehen. Doch Michael geht einfach weiter.

„Kiiääähhh!“ Eine der Schwalben fliegt auf Michael zu, bremst noch einmal rüttelnd in der Luft und stürzt sich dann auf seinen Kopf hinab. Im letzten Moment schaut er auf und zieht den Kopf ein. „Heee!“, ruft er erschrocken.

Elfie kichert. „Eine Schwalbe mit scharfem Schnabel müsste ich sein“, seufzt sie. „Und sichtbar. Dann würd ich diesen Steinewerfer ...“ Sie schnappt nach Luft, denn in diesem Moment stürzt sich die nächste Schwalbe so waghalsig auf Michael hinunter, dass selbst Elfie erschrocken den Kopf einzieht.

„Was zum Teufel ...!“, hört sie den Trollentführer schimpfen, aber er geht immer noch weiter. Steine knirschen unter seinen Füßen. Die ganze Luft ist jetzt voller aufgeregter Vögel. „Kiiääähhh! Kiiääähhh! Kiiääähhh! Kiiääähhh! Kiiääähhh!“, kreischen sie und stürzen sich ohne Unterlass auf den Menschen hinunter. Der fängt an, mit den Armen über seinem Kopf herumzufuchteln.

„Was ist denn mit diesen Vögeln los?!“, schimpft er laut.

„Kiiääähhh! Kiiääähhh! Kiiääähhh!“ Immer wütender und ängstlicher hören sich die Schreie in Elfies Ohren an.

„Was ist denn?“, ruft Elfie nach oben. „Was ist denn los?“

Endlich bemerkt eine der Schwalben sie. „Hilf mir! Mein Nest! Mein Ei! Er geht direkt darauf zu!“, ruft sie voller Angst. „Er wird es stehlen! Er wird es zertreten! Hilfe!“

Da sieht Elfie das braungefleckte Ei in einer flachen Mulde des ganz genau gleich braunfleckigen Bodens liegen – nur vier große Schritte von Michael entfernt. Ein Schreck durchfährt Elfie. „Komm noch mal runter!“, schreit sie der Schwalbe zu, während sie selbst zu Michaels Kopf hochrast. Der Vogel stürzt sich herab. Ganz nah an Michaels Haarschopf schreit die Schwalbe ihr wütendes „Kiiäääähhh!“ heraus und saust mit ihrem ausgestreckten, spitzen Schnabel nur zwei Zentimeter am Scheitel des Menschen vorbei. In diesem Moment springt Elfie mit aller Kraft auf Michaels Kopf und zieht ihm so heftig an den Haaren, wie sie nur kann. Ruckartig bleibt er stehen. Tastend fasst er sich an den Scheitel und blickt verwirrt nach oben.

„Kiiäääähhh! Kiiäääähhh!“, kreischen die Schwalben aufgebracht.

„Hat mich die Schwalbe eben mit dem Flügel gestreift?“, murmelt der Mensch. „Oder war es ihr spitzer Schnabel?“ Er tastet zwischen den Haaren herum.

Elfie rast an sein Ohr. „Die Nester! Die Eier!“, schreit sie hinein.

„Kiiäääähhh!“

„Vorsicht doch, die Nester!“, schreit Elfie nochmal. „Wehe, wenn du ein Ei anfasst! Wehe, wenn du eins zertrittst!“

„Kiiäääähhh! Kiiäääähhh!“, kreischt es rund um sie.

„Ob die Schwalben hier nisten?“, murmelt Michael leise. „Das würde ihre Angriffe erklären.“

Kreischend kreisen die Schwalben über ihm. „Kiiäääähhh!“ Wieder stößt eine herab.

Michael duckt sich. Elfie sieht, wie er mit den Augen den Boden absucht. Nur einen Schritt entfernt liegt vor ihm das Ei! Da! Er zuckt zusammen und geht in die Hocke. Kreischend stürzt sich die Schwalbe wieder herab.

„Rühr es nicht an!“, keift Elfie in sein Ohr.

„Kiiäääähhh!“, kreischen die Vögel.

Michael guckt sich um und zu den Schwalben nach oben.

„Fass es nicht an!“, schreit Elfie.

„Kiiääähhh! Kiiääähhh!“, kreischen die Schwalben.

„Ist das gut getarnt!“, murmelt der Mensch erstaunt. „Ich erkenne es kaum, obwohl ich direkt davor hocke.“ Noch einmal sieht er sich um. Unter dem Geschrei der Seeschwalben und wütenden Drohungen Elfies zieht er den Kopf ein und – tritt einige Schritte zurück! Elfie atmet auf. Dann geht der Mensch – vor jedem Schritt aufmerksam den Boden betrachtend – langsam zurück in Richtung Auto.

„Kiiääähhh!“ Die Küstenseeschwalben kreischen weiter, doch ihre Angriffe lassen nach.

Da dreht sich Michael noch einmal zum Nest um.

„Lass es sein!“, schreit Elfie ihn an. Doch dann hört sie ihn brummen: „Die Eier sind wirklich perfekt getarnt zwischen den Steinen. Nur zwei, drei Halme liegen in der Mulde. Beinahe hätte ich ein Unglück verursacht. Manchmal wäre ein bisschen weniger Tarnung wirklich hilfreich. Wenn Leute wie ich unbedacht daherstapfen zum Beispiel.“ Er wendet sich ab und geht zum Auto zurück.

„Danke!“, ruft die Schwalbe Elfie zu. „Du hast mein Ei gerettet!“

„Gern geschehen!“, lächelt Elfie und schaut ihr zu, wie sie elegant auf dem Boden landet.

Plötzlich zuckt sie zusammen. „Trollo!“ Sie sirrt zurück zum Auto. Der Motor läuft schon. Außer Atem rast sie an Trollos erschreckten Augen vorbei zur Heckklappe und schlüpft in das Ersatzrad, gerade, bevor der Wagen Fahrt aufnimmt.

Heiße Quellen am Strand

Michael biegt auf eine Piste ab, die nach Norden führt. Nach kurzer Zeit erreicht er die Spitze einer schmalen Landzunge. Hier geht es nicht mehr weiter. Auf einem rumpligen Parkplatz aus Erde und Schotter stellt er seinen Wagen ab und blickt sich um. „Ich dachte, hier gäbe es ein Dorf", denkt er. „Und jetzt stehen hier nur diese drei Hotel-Gebäude. Aber ein riesiger Swimmingpool ist da." Er grinst. „Was ein Isländer halt so braucht." Er reckt sich. „Puh, das Fahren auf diesen Fjordstraßen ist ganz schön anstrengend. Ich glaube, ich schaue mich erstmal ein bisschen um, bevor ich zum Mittagessen gehe."

Es sind nur ein paar Meter bis zu der kleinen, hellen Bucht am letzten Zipfel der Halbinsel. Als er dort ankommt, bleibt er perplex stehen. „Das ist – irgendwie unwirklich. Wie auf einem fremden Planeten." Die vom Wasser flachgeschliffenen, nassen Felsen direkt am Ufer reflektieren das Licht der nordischen Mittagssonne so hell, dass sie ihn blenden. Auf den Felsen liegen, wie Kohlestücke auf frischem Schnee, hunderte schwarzer und dunkelgrauer, großer und kleinerer kugeliger Steine. „Und diese fleischigen, dunkelgrünen Polster von Seetang dazwischen. Wie glibberige Kissen. Bin ich hier auf der Bühne eines verdrehten Theaterstücks gelandet?", denkt Michael. Er schaut sich um. „Was sind das für giftgrüne Flecken daneben? Irgendeine faserige, glitschige Pflanze. Wie schleimige, grüne Haare." Michael verzieht die Mundwinkel.

Wie auf der Suche nach einem Beweis, dass er immer noch auf der guten, alten Erde steht, lässt er seinen Blick über den blauen Fjord unter den weiß leuchtenden Wolkenschleiern schweifen. Aber das Wasser dampft wie eine Dampflokomotive in voller Fahrt! Dichte Schwaden ziehen ans Ufer. „Das ist ja ..." Sprachlos schüttelt er den Kopf. Dann fällt sein Blick auf den Boden vor seinen Füßen. Kreideweiße, merkwürdig knubbelige Gebilde liegen wie mit einem überdimensionalen Salzstreuer ausgestreut zwischen blauen und rötlichen Muschelschalen, rotbraun vertrockneten Tangresten und kleinen, blauschwarzen, grauen und braunen Steinchen. „Und was ist das?!" Neugierig beugt sich Michael hinunter und nimmt zwei dieser merkwürdigen, weißen Dinger in die Hand.

Elfie hat immer noch keine Idee, wie sie Trollo aus dem Auto herausbekommen soll. Während der Fahrt war ihr einfach zu kalt zum Nachdenken. Auf der Suche nach einer Idee ist sie wieder dem Entführer gefolgt und fliegt jetzt zu diesen merkwürdigen, weißen Knubbeln herunter. Sie landet neben einem dieser Dinger und betastet es. „Kühl. Und rau“, denkt sie. „Ein bisschen wie Kreide. Aber mit Löchern und Gängen! Sind das lauter weiße Würmer, die sich umeinander gewickelt haben und so erstarrt sind?“ Ihr Blick fällt auf ein anderes Stück. „Lauter vielstämmige knubbelige Bäumchen, die aus der Mitte heraus in alle Richtungen gewachsen sind?“ Sie blickt sich um. „Länglich, kugelig, klein, groß, die sind ja alle komplett verschieden! Was ist das bloß?!“ Ärgerlich, weil sie nicht versteht, was sie da entdeckt hat, sieht sie sich nach irgendeiner Erklärung um, findet aber nichts. „Michael-Pichael tut doch immer so schlau. Soll der mir das doch erklären! Er hat ja schon zwei dieser Dinger in der Hand.“ Der dreht die zwei Gebilde gerade hin und her. Als sie gegeneinander schlagen, geben sie einen hellen Ton von sich. Der Mensch wiegt sie mit gerunzelten Brauen in seiner Hand. Dann plötzlich hellt sich sein Gesicht auf. „Korallen?!“, ruft er erstaunt aus.

„Was sind denn Korallen?“, denkt Elfie. Sie schwirrt zu Michaels Ohr hoch. „Was sind denn Korallen?“, flüstert sie hinein.

„Kleine Tiere, die auf dem Meeresgrund leben“, erhebt der Mensch nach kurzem Zögern tatsächlich seine Stimme. „Wie Schnecken haben sie eigene Häuser, die mit ihnen wachsen: kleine, gewundene Röhrchen. Diese hier müssen vom Meer an den Strand gespült worden sein. Ich wusste gar nicht, dass es vor der isländischen Küste Korallen gibt.“ Nachdenklich guckt er zum Wasser. „Wachsen die nicht nur in warmem Wasser?“, murmelt er weiter. „Oder – Moment! Habe ich nicht vor einiger Zeit gelesen, dass es auch Kaltwasserkorallen gibt?“ Er reibt sich die rechte Schläfe und kratzt sich über dem Ohr.

Fast will Elfie sich bedanken, während der Mensch nun nachdenklich auf den Dampf über dem Wasser schaut. Aber dann presst sie die Lippen aufeinander und sirrt Richtung Meer. Auch Trollos Entführer macht jetzt ein paar Schritte auf den Wassersaum zu, da ertönt über ihnen ein bekannter Schrei.

„Kiiäääähhh!“

Eine Küstenseeschwalbe kreist in der Luft. „Oh nein!“, stöhnt Elfie und wirbelt herum. Aber der Breitfuß ist sofort stehen geblieben und schaut sich suchend um. Dann tritt er – einige Schritte zurück! Elfie stutzt und guckt ungläubig zwischen Michael-Pichael und der Küstenseeschwalbe hin und her. Die beäugt den Menschen argwöhnisch, doch sie kreischt nicht mehr. Michael-Pichael geht tatsächlich noch ein paar Schritte rückwärts und setzt sich auf einen Felsbrocken! „Ist er vielleicht doch gar nicht …?“ Elfie überlegt. „Ha, jetzt sehe ich's: Er beobachtet die Schwalbe aus den Augenwinkeln!“

In diesem Moment gleitet der weiße Vogel tiefer und landet einige Meter entfernt auf dem Korallenstrand.

„Bestimmt will dieser Schuft nur, dass die Schwalbe ihr Ei verrät!“, denkt Elfie wütend. Sie will die Schwalbe warnen, aber da trippelt sie schon einige Schritte zur Seite, breitet ihre Fittiche aus und setzt sich in eine flache Mulde vor zwei Felsbrocken. Elfie sieht, wie Michael-Pichael triumphierend lächelt. „Dieser Fiesling!“, schimpft sie laut.

„Wieso?“, fragt die Schwalbe.

Aber als Elfie antworten will, fällt ihr ein, dass dieser Mensch das Ei vorhin an der Küste nicht angerührt hat. Zweifelnd reibt sie sich das rechte Ohrläppchen und schaut Michael unschlüssig an. „Ist dieser Breitfuß vielleicht doch ein bisschen in Ordnung?“, denkt sie. Der guckt jetzt wieder zum Wasser hinüber. Elfie folgt seinem Blick.

„Wieso dampft es hier eigentlich so?“ Vor Verwunderung spricht sie laut aus, was sie denkt.

„Is doch klar!“, ertönt eine raue Stimme. „Das Wasser is heiß. Noch nie was von heißen Quellen gehört? Bist wohl nich von hier.“

„Wer spricht da?“, raunt Elfie erschrocken.

„Karl is mein Name. Tach auch. Und der mit der hohen Stirn neben mir, das is Kalli. Du starrst uns doch die ganze Zeit schon an. Nu tu man nich so verschreckt.“

Elfie schaut zur Küstenseeschwalbe hinüber. Direkt hinter der Nestmulde hocken zwei Felsgeister! „Oh, Verzeihung.“ Elfie lächelt die beiden entschuldigend an. „Ich bin Elfie Grasnelke. Ich hatte euch gar nicht gesehen.“

„Das ist auch richtig so!“, sagt die Küstenseeschwalbe spitz. „Sprich lieber mit mir. Die zwei Grummelköppe sind nicht sehr unterhaltsam.“

„Hör nich auf die olle Kreischerin“, fordert Kalli Elfie auf, noch ehe diese antworten kann. „Wenn du nich aufpasst, schnabelt se dir den ganzen Tach langweilige Geschichten vor.“

Elfie weiß nicht, was sie antworten soll. Blinzelnd schaut sie zwischen den dreien hin und her.

„Warum sacht denn Frollein Grasnelke nix? Du scheinst echt nich aus der Gegend zu sein.“ Karl schaut sie auffordernd an.

„Ich komme von Snæfellsnes“, antwortet Elfie langsam. Sie weiß immer noch nicht recht, mit wem sie nun eigentlich sprechen soll. Also sieht sie einfach alle drei abwechselnd an.

„Snæfellsnes!“, keckert die Schwalbe begeistert. „Der Snæfellsjökull ist ein wundervoller Berg.“

Elfie lächelt ihr dankbar zu.

„Snæfellsnes?“ Kalli guckt Karl an und verzieht den Mund. „Haste davon schon ma gehört?“

„Nee“, meint Karl, „wo soll das denn sein?“

„Das ist eine Halbinsel ganz im Westen.“ Elfie deutet in die Richtung. „Ich bin mit dem Auto von dem Menschen hergekommen.“ Jetzt weist sie auf Michael-Pichael, der immer noch auf seinem Felsbrocken sitzt und in die Gegend guckt.

Kalli, Karl und die Schwalbe schauen irritiert auf den Menschen. „Du fährst in einem Menschenauto?“, fragt die Schwalbe entgeistert.

„Nein, nicht *im* Auto.“ Elfie grinst vergnügt. „Da ist hinten ein Ersatzrad dran. Ein bisschen Moos und Gras hinein, schon hat man ein gemütliches Reiseabteil und saust mit vierfacher Elfengeschwindigkeit durchs Land.“

„Komische Idee, mit nem Menschen zu fahrn. Wie biste denn dadrauf gekommn? Oder seid ihr auf Snæfellsnes alle so ulkig?“ Kalli grinst herablassend.

„Ach, das ist eine lange Geschichte“, meint Elfie. Doch sofort wird sie von Kalli, Karl und der Schwalbe gleichzeitig unterbrochen: „Oh nee! Bloß keine lange Geschichte!“ – „Prima, eine lange Geschichte!“ – „Ach du Meise, ne lange Geschichte!“

Elfie lacht laut los. „Na, ihr seid ja witzig! Wie seid ihr denn Nachbarn geworden?“

Die drei finden das überhaupt nicht zum Lachen. „Wir warn zuerst da!“, schimpft Kalli.

„Quatsch nicht!“, meckert die Schwalbe. „Ich komme schon seit fünf Jahren jeden Sommer hierher zum Brüten.“

„Als wir im Winter ankamn, wars wunderbar still hier! Und

Hier haben wir Kalli und Karl gefunden.
Was entdeckst du?

Auf den nächsten Seiten siehst du die
beiden, wie wir sie sehen.

dann kam irgendwann diese Quasselstrippe und aus wars mit der Ruhe!", motzt Karl.

Die Schwalbe bricht in wüstes Zetern aus. Kalli und Karl fallen sofort ein und schimpfen auf die Schwalbe ein, was das Zeug hält. Elfie kann in dem Gekeife kein Wort verstehen und guckt nur von einem zum anderen. Sie verkneift sich ein Kichern, wartet eine kurze Pause ab und wechselt schnell das Thema: „Wieso dampft es hier eigentlich so? Du hast vorhin etwas von ‚heißen Quellen' gesagt, Karl. Ich bin schließlich nicht von hier ..." Sie setzt ein zuckersüßes Blumenelfenlächeln auf.

Die drei lassen voneinander ab. Karl verzieht spöttisch das Gesicht. „Tja, Elfie, so war doch dein Name, oder?" Karl spricht schon weiter, bevor Elfie nicken kann. „Wenn man immer nur inner Gegend rumreist, braucht man sich nich zu wundern, wenn man von nix ne Ahnung hat!"

„Was ist am Reisen schlecht?", fährt die Schwalbe hoch. „Ich fliege jeden Herbst nach Süden, weit, weit weg. Da ist Sommer, wenn hier Winter ist. Und wenn dort der Sommer vorbeigeht und es langsam kühler wird, komme ich wieder hierher. Dann bricht hier der Sommer gerade wieder an."

„Dann fliegste ja immer vorm Winter weg, wie soll das denn gehen?!", knurrt Kalli und verzieht das Gesicht. Auch Elfie runzelt die Stirn.

„Ist eben so", sagt die Schwalbe und reckt angeberisch ihren Schnabel in die Höhe. „Wenn man reist, lernt man viele Dinge kennen. Reisen macht nämlich sehr klug! Schaut mich an!"

„Ach, quatsch nich!", sagt Karl wütend.

Elfie schnauft. „Sagt ihr mir jetzt endlich, warum es hier so dampft?! Oder wisst ihr es selbst nicht?"

„Klar wissen wir das!“, grummelt Kalli. „Is doch ganz einfach: Da sind Quellen. Die meisten Quellen sprudeln kaltes Wasser nach oben, hier sprudeln se heißes Wasser. Und deswegen dampfts so.“

„Genau“, meint Karl.

„Aber woher kommt denn das heiße Wasser?!“, fragt Elfie gereizt.

„Sacht Kalli doch gerade: ausn QUELLEN! Bist ziemlich schwer von Kapee, was?“, feixt Karl.

„Was ist das, ‚schwer von Kapee‘?“, fragt die Schwalbe.

„Das heißt, dass jemand die einfachsten Sachen nich versteht. Blöd. Verstehste?“, grinst Karl mit gemeiner Miene.

„Na, du erst“, fährt die Schwalbe ihn an. „Verstehst wohl schlaue Fragen nicht! Stell ihm eine dumme Frage, die kann er beantworten, aber komm ihm nicht mit einer klugen! Elfie will wissen, woher die Quelle das heiße Wasser nimmt, stimmt's?“ Die Schwalbe schaut Elfie auffordernd an.

Die nickt.

„Siehste!“, schnäbelt die Schwalbe spitz. „Fragt sich, wer hier schwer von Kapee ist.“

Karl holt tief Luft, da erhebt sich Michael plötzlich von seinem Stein. Erschreckt fliegt die Schwalbe auf und davon.

„Michael-Pichael sieht ihr irgendwie bedauernd nach“, denkt Elfie, während sie ihn mit ungläubigem Blick beobachtet. Jetzt geht er über die flachen Felsen zum Meer hinüber. Immer wieder bückt er sich und schaut interessiert auf das, was er da entdeckt.

Die Küstenseeschwalbe fliegt bereits weit weg über das Wasser. Prüfend schaut Elfie zu Karl und Kalli. Karl guckt noch ziemlich knautschig. Also spricht sie Kalli an. „Sag mal, Kalli, weißt du, wieso das Wasser aus diesen Quellen heiß ist? Ich kenne viele

Quellen, aber die haben alle kaltes Wasser." Elfie setzt noch einmal ihr süßestes Lächeln auf.

„Hm. Soweit ich weiß, kommt das von den Drachen. Hocken in ihren Höhlen unter der Erde. An vielen Stellen steigt ihre Hitze bis nach oben."

„Drachen?" Elfie läuft ein heißer Schauer über den Rücken. „Meine Weltkundelehrerin hat mir von den vier Schutzgeistern Islands erzählt. Stier, Riese, Greif und Drache. Aber gibt es denn noch andere Drachen in Island?"

„Weiß nich so genau", antwortet Kalli zögernd. „Irgendwas muss doch da unten sein, was die Hitze macht. Da fallen mir nur Drachen ein."

„Hm." Elfie denkt nach. „Mein Freund hat mir von einer Stelle erzählt, wo der Boden ganz heiß ist. Einfach so, von unten her. Und ich bin mit meiner Elfenlehrerin zu einem heißen Wasser geflogen, das nach oben springt. Können Drachen heißes Wasser spucken?", überlegt sie laut. „Und dieser Mensch ...", sie zeigt auf Michael-Pichael, „hat von heißen Steinen gesprochen, die flüssig sind und von Bergen ausgespuckt werden."

„Flüssige Steine!", lacht Karl. „HAHAHAHA!" Er hält sich vor Lachen mit beiden Händen den wackelnden Bauch. „HAHAHA! Ach, Grasnelkchen, du bist wirklich komisch. HAHAHAHA."

„Frag doch deinen Menschenfreund!", schlägt Kalli schnippisch vor. „Wenn der so schlau daherredet."

„Das ist nicht mein Freund!", sagt Elfie spitz.

„Ich dachte. Weil du doch mit ihm hergekommen bist."

„Schon. Aber nur, weil er meinen Freund Trollo entführt hat."

„Trollo? Das is aber n merkwürdiger Name fürn Elf."

„Trollo ist doch kein Elf! Trollo ist ein Troll!"

„Ein Troll?! Ne Blumenelfe hat nen Troll zum Freund und reist mit nem Menschenauto durch Island, weil der Mensch den Troll entführt hat?“ Kalli grinst breit. „Frollein Grasnelke ist mindestens so verrückt wie die Geschichte mit der Hitze inner Erde.“

„Ich wollte es euch ja vorhin erzählen!“, braust Elfie auf. „Aber ihr wollt ja keine lange Geschichte hören!“

„Nee, wolln wir nich!“, sagt Kalli. „Ich glaub, ich brauch erstma mindestens zwei Tage Ruhe. Kannst ja in drei Tagen wiederkommen. Vielleicht habn wir dann Lust auf deine komische Geschichte.“

Elfie mag nicht mehr streiten. Aus den beiden Felsgeistern bekommt sie ja doch kein gescheites Wort heraus. Also sagt sie nur: „Na dann auf Wiedersehen. Grüßt die Seeschwalbe von mir. Aber in drei Tagen bin ich bestimmt nicht mehr hier.“

„Macht gar nix“, grummelt Karl.

„Die Seeschwalbe grüßen? Als hätten wir nix Bessres zu tun“, murmelt Kalli.

Elfie seufzt und dreht sich um. Michael-Pichael geht gerade zurück zur Straße und hinüber zu den Gebäuden. Als er in dem größten der drei Häuser verschwindet, beschließt Elfie, die Tür im Auge zu behalten und noch einen Moment in der Bucht zu bleiben. Kopfschüttelnd fliegt sie über die Felsen zum dampfenden Wasser. „Puh, waren die griesgrämig!“, denkt sie.

Da kommt die Küstenseeschwalbe wieder zurück. „Tschüss, Elfie!“, ruft sie fröhlich. „Ich flieg jetzt zum Fischefangen!“

Elfie winkt ihr noch einmal zu. Dann schaut sie sich aufmerksam um. Es gibt mehrere Stellen, an denen Dampf aufsteigt. Im Meer nahe dem Ufer scheint es am heißesten zu sein. „Hier ist ein dampfender Bach, der über den Strand ins Meer fließt!“, entdeckt Elfie. „Iiiih, auf seinem Grund wachsen schleimige, grüne Algen. Wie grünschleimiges Engelshaar." Sie kichert. Dann taucht sie vorsichtig eine Fingerspitze ins dampfende Wasser. Es ist angenehm warm. „Wie in der Badewanne zuhause", seufzt sie. „Ich habe immer noch kalte Füße von der Fahrt." Sie fröstelt ein wenig im kalten Wind. Dann zieht sie kurzentschlossen Schuhe und Strümpfe aus und planscht mit den Füßen ins Wasser hinein. Sie lacht und spritzt und fängt an, ein plantschig-spritziges Badelied zu singen. Ein Sandregenpfeifer trippelt vorbei. „Komm, bade mit mir! Das ist toll!", ruft sie ihm zu, schöpft eine Hand voll warmes Wasser und wirft es übermütig hinüber. Aber der kleine Vogel mit dem lustig gestreiften Hals und Kopf pfeift darauf und trippelt auf seinen orangefarbenen Beinen einfach davon.

Elfie setzt sich auf einen warmen Stein, der halb im Bach liegt und lässt die Füße ins Wasser baumeln. Sie wackelt mit den Zehen, schwappt ab und zu mit den Händen ein wenig Wasser über ihre Waden und plitschert mit den Fingern fröhliche, leise Tropfenlieder auf die Wasseroberfläche. Dann schließt sie wohlig die Augen.

Plötzlich knallt eine Autotür zu und reißt sie aus ihrem warmen Badetraum. Sie schreckt hoch, schnappt sich hastig ihre Schuhe und Strümpfe und rast, sprühende Tropfen hinter sich, in Richtung des Parkplatzes. „Halt!", schreit sie, so laut sie kann. Michael-Pichael startet gerade das Auto. Hals über Kopf sirrt Elfie auf den Wagen zu, der in diesem Moment wieder auf die Piste einbiegt. Im letzten Augenblick schlüpft Elfie in das Ersatzrad und zerrt ihre Schuhe hinein.

Eine merkwürdige Eingebung

Trollo starrt auf die Heckscheibe. Gerade noch war Elfie herangesirrt wie eine angreifende Wespe, jetzt ist sie weg. „Kiesel nochmal, wo ist sie denn hin?“, murrt Trollo. „Wenn sie zurückgeblieben wäre, dann hätte ich sie doch sehen müssen.“ Er kratzt sich am Moosbart. Noch einmal sucht er mit den Augen die Luft hinter dem Auto ab. Nicht der kleinste Nelkenkleidzipfel ist zu sehen. Er seufzt. „Hoffentlich komme ich bald hier raus. Ein bisschen Hunger hab ich auch schon wieder.“ Er will in den Fußraum springen, um sich ein paar Steinchen zu suchen, da stockt er. „Ach, zum Krümelfels, noch nie habe ich so viel von Island gesehen. Ein paar Steine kann ich mir auch nachher noch suchen.“ Er lehnt sich an die Kopfstütze neben ihm und ignoriert zum ersten Mal in seinem Leben sein Hungergefühl.

Seine Augen schweifen über weites Wasser, düster aufragende Felsen, grün leuchtende Moospolster, blaue Bäche, braunes Geröll, bunte Blumentupfer, gelb gesprenkelte grüne Wiesen und weiße Wasserfälle unter hohen Wolken. Er vergisst die Zeit.

Schließlich führt die Straße zwischen sanften Hügeln ein grünes Tal hinauf und auf eine weite, braun und grün gesprenkelte Hochebene. Zwischen hunderten und tausenden von Tümpeln, Teichen, Seen, Pfützen, Bächen, Flüsschen, Rinnsalen und feuchten Senken schlängelt sich der Straßendamm hindurch. „Holla Bergkristall, da haben die Menschen aber viele Steine geschleppt", denkt Trollo beifällig, während er mit Kennermiene den langen Damm betrachtet.

In diesem Moment grummelt sein Magen mehr als vernehmlich. Trollo legt die Hand darauf und verzieht kläglich das Gesicht. „Wie komm ich bloß dazu, aus dem Fenster zu gucken, wenn längst Zeit zum Essen ist", murmelt er. Ein Seitenblick auf Michael, dann hüpft er über das Polster der Rücksitze hinunter in den Fußraum und stöbert zuerst unter dem Beifahrersitz. Nur ein einziges Steinchen und ein paar unbedeutende Krümelchen hat Michael dort gelassen. Trollo steckt sich alles in den Mund und kratzt ein letztes Bröckchen aus der Schiene, in der man den Sitz vor und zurück schieben kann. Dann guckt er sich stirnrunzelnd um. „Das kann doch nicht alles sein?! – Na, unter dem Fahrersitz ist bestimmt noch was." Er hüpft hinüber. Aber hier ist nur ein wenig Sand, mehr nicht. Trollo sammelt ihn sorgsam auf und steckt die Krümel schmatzend zwischen seine Zähne.

„Da vorn im Fußraum, zwischen diesen merkwürdigen Pedalen bei Michaels Füßen – ich glaub, da liegen noch zwei Steinchen!" Begierig heftet er seine Augen auf die grauen Bröckchen. „Karnickelmist, da komm ich erst dran, wenn dieser Mensch ausgestiegen ist." Er wendet sich ab und sucht noch einmal in allen Ritzen. Wieder knurrt sein Magen vernehmlich. Aber all die vielen leckeren Steine, die vorhin noch unter dem Beifahrersitz lagen wie für ein Festmahl angerichtet – sie sind in den Kofferraum gewandert. Trollo runzelt die Stirn.

Da spürt er, wie das Auto langsamer wird. Es ruckelt und knirscht leise, dann hält es an. Kaum ist Michael ausgestiegen und vom Fenster verschwunden, hüpft Trollo zu den Pedalen und stopft sich gierig die beiden grauen Steinchen zwischen die malmenden Zähne. „Mmmh!" Er verdreht genießerisch die Augen und schluckt geräuschvoll. „Und jetzt? Ich hab immer noch Hunger!" Er guckt sich noch einmal um, aber es ist kein Krümelchen mehr zu finden.

Steif krabbelt Elfie aus ihrem Versteck hinaus. Sie ist furchtbar durchgerüttelt, und ihr ist mächtig kalt. Kilometer um Kilometer ist das Auto an einem Fjord erst nach Süden und dann, nach einer weiten Kehre, am anderen Ufer wieder gen Norden gefahren, während ihr der kalte Wind um die Ohren pfiff. Dann kam diese Hochebene, da war der Wind zusätzlich noch feucht. Und die Sonne, die ihr durch eine Ritze vorher wenigstens manchmal auf die Nase schien, wurde von Schleiern verdeckt. Und nun liegt neben der Straße ein neuer Fjord bleigrau unter dicken, regenschweren Wolken. Beißend nasskalter Wind weht vom Wasser her und zerrt an Elfies Blumenkleid.

„Pfui Möwenklecks, ist das lausig!", schimpft sie, während sie ihre Arme um sich schlingt und zu den Autofenstern hochfliegt. Sie späht hinein.

„Und wo ist dieser verdrehte Troll?!" Drei Mal umrundet sie das Auto, bevor sie ihn im Fußraum vor dem Fahrersitz entdeckt.

„Da hockt er im Warmen, und ich friere mir die Blüten ab!", zetert sie. Weil ihr einfach nichts anderes einfällt, surrt sie zum Griff der Fahrertür und rüttelt daran. Nichts rührt sich. Sie fliegt zu den anderen Türen und zum Kofferraum – ohne Erfolg. Trollo hockt mittlerweile wieder auf der Hutablage.

Elfie hebt hilflos die Hände und zuckt bedauernd mit den Schultern. Da sackt er in sich zusammen und senkt den Kopf. Aber dann reißt er ihn gleich wieder hoch. Mit großen Augen brüllt er etwas, was Elfie nicht versteht.

„Wie bitte?", schreit sie gegen die Scheibe.

Trollo bläht die Brust und brüllt mit aufgeblasenen Wangen und rotem Kopf spuckesprühend gegen die Scheibe. Dabei reißt er den Mund so weit auf, dass Elfie meint, bis in seinen steinkrümeligen Trollmagen hinuntergucken zu können. Ganz leise hört sie unverständliche, dumpfe Töne, aber beim Anblick des aufgeblasenen, roten Trolls mit dem aufgerissenen Riesenmaul fängt sie haltlos zu kichern an. Die zuerst herrlich verständnislose und dann immer saurer werdende Miene Trollos – jetzt platzt er fast vor Wut! – steigert ihr Kichern zu einem fabelhaften Lachanfall, der sie von den Ohrspitzen bis zu den Blütenschuhen durchschüttelt. Prustend, quietschend und nach Luft schnappend sinkt sie neben dem Auto auf den Schotter hinunter und muss die Blumen ihres Kleides fester stecken, damit sie nicht hinuntergeschüttelt werden. Als schließlich eine Blüte, die sie nicht schnell genug befestigt hat, auf den Boden segelt, kann sie sich endlich beruhigen. Ganz tief atmet sie durch. Ihr ist vor Lachen ganz heiß geworden – endlich friert sie nicht mehr!

Immer noch kichernd und mit breitem Grinsen surrt sie wieder hoch zur Fensterscheibe. Trollo guckt sie wütend an, aber dann macht er mit seinen Händen eine unverwechselbare Geste: das Zeichen für Elfenzauber. Sogar Trollo kennt es. Da wird Elfie plötzlich wieder ganz ernst. „Es reicht nicht", seufzt sie. „Für verschlossene Autotüren reicht es nicht, was ich kann. Diese Schlösser sind einfach zu groß und schwer. Solange sie sich nicht von selbst in Bewegung setzen, kann ich nichts machen." Schulterzuckend sieht sie Trollo an. „Ach ja, du kannst mich ja nicht hören", spricht sie gegen die Scheibe, während sie in Trollos fragende Augen sieht. Der runzelt die Stirn, wartet, und dann brüllt er wieder etwas gegen die Scheibe. Elfie seufzt nur und zuckt fragend noch einmal die Schultern. Da plustert sich Trollo auf wie eine zu groß geratene Drossel und schreit gegen die Scheibe, dass Elfie jeden einzelnen grauen Krümelrest zwischen seinen kräftigen Trollzähnen sehen kann. Schon kichert sie wieder los. Doch plötzlich taucht der Breitfuß auf, öffnet die Tür und steigt ein. „Ich kann das nicht!", ruft Elfie zu Trollo hinein. „Geschlossene Türen schaff ich nicht! Aber ich fahre mit! Irgendwie krieg ich dich da raus!" Mit einem Rumms fällt die Tür zu.

Es beginnt zu regnen. Immer dichter fallen die Tropfen, während Michael das Auto über graue Straßen lenkt. Er seufzt. „Das richtige Wetter für einen langen Tag im Auto." Er stellt den Scheibenwischer eine Stufe schneller.

Als er endlich nach einer weiteren langen Fahrt Hvammstangi erreicht und vor dem Gästehaus hält, in dem er die Nacht verbringen will, peitscht der Wind den Regen stoßweise gegen die Autoscheiben. „Nee, bei dem Sturzregen steige ich nicht aus. Es wird schon gleich weniger werden", denkt Michael. Er gähnt herzhaft. Dann dreht er sich nach hinten um, angelt sich seinen Pullover von der Rückbank und nach einer Wasserflasche. Da entdeckt er den Stein auf der Hutablage. Stirnrunzelnd guckt er ihn an. „Ich hatte doch alle Steine in den Kofferraum gesteckt", murmelt er. „Lag der vorhin auch schon da oben?" Er macht einen langen Arm und ergreift ihn. „Komisch", denkt er, den Stein hin und her drehend, „das Moos darauf welkt gar nicht. Der liegt doch jetzt bestimmt schon zwei Tage im Trocknen." Er legt den Stein auf den Beifahrersitz, um die Wasserflasche aufzudrehen. Während er trinkt, ergreift den Brocken wieder und betrachtet ihn nachdenklich. Einer merkwürdigen Eingebung folgend lässt er dann ein paar Tropfen aus der Flasche auf das Moos regnen. Anschließend legt er ihn in den Fußraum vor dem Beifahrersitz und schraubt die Flasche zu. In diesem Moment verebbt das Trommeln des Regens gegen die Scheiben.

Michael guckt überrascht nach draußen. „Das ist ja super", denkt er. „Ich hätte nicht gedacht, dass es so schnell eine Regenpause gibt." Er öffnet die Tür einen Spalt, um hinauszusehen, aber der böige Wind erfasst sie und reißt sie mit einem Ruck auf. Als sie den Anschlag erreicht, knirschen die Türangeln bedenklich, aber sie halten stand. Kalter Sturm weht Michael ins Gesicht. Es hat tatsächlich plötzlich aufgehört zu regnen, aber er sieht den nächsten Regenvorhang schon auf sich zukommen. Eilig stopft er sich seinen Pullover unter den Arm, steigt aus, wirft die Tür zu, platscht durch Pfützen zum Kofferraum, reißt den schweren Koffer heraus und knallt die Hecktür zu. Im Laufen verschließt er die Zentralverriegelung. Gerade als er die Tür der Unterkunft erreicht, rauscht der Regen von neuem herab. Zusammen mit einer tropfensprühenden Windbö stürmt Michael prustend hinein.

„Puh, was für ein Wetter!“, lacht er.

Der Herr am Empfang lächelt. „Richtig isländisch!“, sagt er.

Vom Regen ins Auto

„Autsch! Zum Spinnenbiss, was fällt dem eigentlich ein?!“ Das Zuknallen der Kofferraumklappe hat Elfie mit Schwung gegen die Rückseite ihrer Reifen-Höhle geworfen und dröhnt immer noch in ihren Ohren. Ärgerlich schiebt sie einen tropfenden Haarkringel aus ihrer Stirn und schüttelt sich. Sie ist durch und durch nass, kalt, und außerdem hat sie seit Stunden schon Hunger. Draußen treibt der Wind wieder rauschenden Regen vor sich her. „Wenn ich eh schon tropfnass bin, ist ein dicker Platzregen auch egal“, murmelt sie vor sich hin. Zwischen fallenden Regentropfen und wilden Böen macht sie sich auf die Suche nach Blumen. Nur ein paar Flügelschläge vom Auto entfernt blühen Grasnelken. Elfie lächelt, aber nach der Landung verzieht sie missmutig das Gesicht. „Der Blütenstaub ist ja total matschig!“ Sie schnuppert an den Blüten. „Puh! Und der ganze Nektar ist weggewaschen!“ Schon nach drei Klümpchen von der wässrigen Blütenstaubpampe schwirrt sie mürrisch zum Auto zurück.

Als sie vor der Scheibe erscheint, grinst Trollo über beide steinernen Backen. Elfie schüttelt mit einer schnellen Drehung einen Sprühnebel von sich ab, und zeigt dann mit dem Finger auf das Ersatzrad.

„Hier drin schlafe ich“, sagt sie langsam und deutlich gegen die Scheibe. Sie legt ihre Hand an die Wange und schließt die Augen, damit Trollo versteht, was sie meint. Tatsächlich lächelt Trollo sie jetzt an und nickt verstehend. Doch dann verzieht er wehleidig sein Gesicht, legt seine steinerne Hand auf seinen Magen und drückt eine Kuhle hinein.

Elfie zuckt mit den Schultern. „Hat der Mensch denn die ganze Zeit kein Trollbrot aufgesammelt?“, fragt sie gegen die Scheibe. „Der hebt doch sonst jeden Stein auf.“

Trollo zuckt die Schultern und zieht verständnislos die Augenbrauen hoch.

Elfie surrt zur Erde und hebt zwei flache Steinchen auf. Zurück an der Scheibe legt sie sie aneinander, zeigt darauf und dann mit fragendem Blick in das Auto hinein. „Hast du kein Trollbrot mehr?“, ruft sie laut und deutlich gegen die Scheibe.

Trollo schüttelt mit kläglicher Miene den Kopf.

„Ich zeige dem Menschen morgen eins!“, ruft Elfie. „Ich bringe ihn dazu, es ins Auto mitzunehmen!“

Trollo schaut Elfie nur fragend an. Elfie überlegt, dann tippt sie sich an die Brust, danach an die Schläfe, schnippt dann mit dem Finger und macht dabei lächelnd die Augen ganz weit auf.

„Ich – habe – eine – Idee“, sagt Elfie ganz langsam und formt die Worte überdeutlich.

Trollo braucht eine Weile, um das zu verstehen, aber dann grinst er dankbar und streckt den rechten Daumen nach oben.

Elfie legt wieder die Hand an die Wange. „Erst schlafen!“, formt sie mit den Lippen. Sie macht ein müdes Gesicht. Trollo nickt tapfer, und Elfie schwirrt in ihre gepolsterte Höhle.

Gras und Moos sind genauso nass und kalt wie Elfie. Sie legt sich trotzdem hinein und schließt die Augen.

Dripp. Dripp. Dripp. Dripp. Leise, aber stetig tropft Wasser zu ihr hinein. Dripp. Dripp. Dripp.

„Das halt ich nicht aus!“, kreischt Elfie unvermittelt und rast wutentbrannt aus dem Rad in den Regen hinaus. Mit einem Seitenblick sieht sie Trollo gemütlich auf den Polstern schlummern. „Der liegt da drinnen seelenruhig im Warmen, und ich?!“, schreit sie das Auto an. „Ich ertrag dieses Wasser nicht mehr!“ Eine Windbö erfasst sie und weht sie ein Stück davon. Wütend boxt Elfie in den Regen und sirrt zum Auto zurück. „Ich ertrag diesen Wind nicht mehr! Ich ertrag diese Kälte nicht mehr!“, kreischt sie und fuchtelt wild mit den Händen durch die fallenden Tropfen. „Wenn dieser Lulatsch zurückkommt, flieg ich ins Auto! Da ist es wenigstens warm und trocken!“ Sie tritt heftig gegen die Scheibe, hinter der Trollo liegt. Aber der rührt sich nicht. „Und außerdem kann ich dann endlich mit Trollo reden, statt ihn nur durch die Scheiben anzuschreien, ohne dass er was kapiert!“ Rot vor Wut rast sie in die Höhe, wieder herunter, um das Auto herum und verschwindet dann unter ihm. Dort ist sie wenigstens vor dem Regen geschützt. Da bemerkt sie, dass der Motorblock noch warm ist. Ein kugeliger Stein ragt direkt darunter aus der nassen Erde in die Höhe. Die Wärme des Motors hat ihn getrocknet. Elfie landet, zieht die Beine unters Kinn und schließt müde die Augen. Nach einer ganzen Weile, als der Motor sie gewärmt und getrocknet hat, schlummert sie endlich ein.

Platsch!

„Iiihhh!!!“, kreischt Elfie. Sie ist von ihrem Stein gerutscht und in einer Pfütze gelandet! Nass wie eine Wasserratte kriecht sie wieder hinauf. Der Motor ist längst kalt geworden. Elfie beginnt zu bibbern.

Als Michael am Morgen endlich erscheint, ist Elfie furchtbar müde, ihr ist grässlich kalt, und alles an ihr ist nass. Es regnet immer noch.

Elfie ist so übel gelaunt wie ein Felstroll, der in einer Gletscherspalte feststeckt und von kichernden Kobolden mit Schneebällen beworfen wird. Mit wutglänzenden Augen verfolgt sie jede Bewegung des Menschen und lässt ihn dafür büßen, dass sie so schlechte Laune hat: Bevor er das Auto erreicht, ist er zwei Mal gestolpert, platschend in eine tiefe Pfütze getreten und beinahe in eine hineingefallen. Kurz vor dem Wagen rutscht ihm sein Koffer aus der Hand und poltert auf den schlammigen Parkplatz. Elfie kichert böse. Während Michael den Koffer ins Auto setzt, sirrt sie vor die Tür zur Rückbank. Kaum hat der Mensch diese geöffnet, um seine Jacke abzulegen, düst Elfie ins Auto hinein.

Obwohl Michaels Jacke nur eine Handbreit neben Trollo zu liegen kommt, schlummert er seelenruhig auf dem Polster. Elfie lässt sich schimpfend und zeternd neben ihn fallen.

Mit einem Ruck wacht Trollo auf. „Elfie!“ Er strahlt über das ganze Gesicht und will ihr um den Hals fallen.

„Lass mich!“, zischt sie ihn so böse an, dass er vor Schreck rückwärts in den Fußraum hinter dem Fahrersitz poltert. „AUUU!“

In diesem Moment öffnet der Mensch die vordere Tür und setzt einen Fuß ins Auto. Schmaläugig wedelt Elfie mit der Hand.

„Autsch!“ Der Mensch stößt sich am Holm kräftig den Schädel. Laut fluchend reibt er sich den Kopf, lässt sich in den Sitz fallen und wirft seinen Rucksack auf den Beifahrersitz.

„Ha!“, zischt Elfie böse und schwirrt hinunter zu Trollo. Während das Auto startet, faucht sie Trollo an: „Lass mich jetzt bloß in Ruhe!“

Ein gebrochenes Versprechen

Während das Auto durch den noch immer strömenden Regen fährt, hockt Trollo neben Elfie. Sie sitzt reglos auf dem Boden und hat die Arme um die Knie geschlungen. Ihre feuerroten Haare hängen ihr tropfend ins Gesicht, die Blumen auf ihrem Kleid lassen nass die Köpfe hängen, ihre Schuhe sind mit Schlamm bespritzt. Sie starrt mit einer so steilen Wutfalte auf der Stirn und so schmalen Lippen vor sich hin, dass Trollo einfach den Mund hält. Er bemüht sich, nicht zu lächeln, um sie nicht noch mehr zu erzürnen, aber in seiner steinernen Brust hüpft ihm das Herz vor Freude.

Nach einer für Trollo unendlich erscheinenden Weile des Schweigens lenkt Michael das Auto von der Straße hinunter und rumpelt auf den Seitenstreifen. Der Motor erstirbt, und Michael seufzt: „Kleine Pause." Dann schiebt er den Fahrersitz nach hinten.

„He!" Elfie zieht abrupt den Kopf ein.

„Aua!", schimpft Trollo. Er reibt sich die Nase. „Kann der nicht aufpassen!?"

Trollo rückt ein Stück vom Fahrersitz weg und will noch etwas sagen, aber Elfie guckt jetzt noch wütender. Trollo macht den Mund wieder zu. Er hört, wie Michael den Deckel seiner Wasserflasche aufdreht und genüsslich einige laut gluckernde Schlucke nimmt. „Ich hab Durst!", murmelt Trollo sehnsüchtig. „Und Hunger!" Jetzt, wo er an etwas zu essen denkt, knurrt sein Magen vernehmlich.

„Ich hab für mein Leben genug Wasser gehabt", murrt Elfie.

Sie spricht wieder! Endlich! Trollo macht im Sitzen einen klitzekleinen Hüpfer und versucht vergeblich, weiterhin nicht zu lächeln. Aber dann grinst er doch, und schaut Elfie glücklich von der Seite her an. Ihre Haare tropfen nicht mehr, und auch die rosige Haut der Arme scheint getrocknet. Nur in den Blütenköpfen ihres Kleidchens hängen noch glänzende Tropfen. Dann knurrt Trollos Magen wieder. „Wenn ich nicht bald etwas zu essen kriege, verhungere ich", stöhnt er.

Elfie schaut ihn an. „Dein Magen klingt ja schon wie eine polternde Steinlawine!" Sie grinst. „Seit wann hattest du denn nichts mehr zu essen?"

„Seit gestern", stöhnt Trollo. „Und da waren's auch nur ein paar Krümel. Dieser Mensch hat doch alle Steine in den Kofferraum gesteckt", jammert er. „Eigentlich hab ich also gestern auch schon nicht mehr wirklich was gegessen."

„Warum springst du denn nicht einfach aus dem Auto, wenn dieser Typ die Tür öffnet?"

„Das kann ich doch nicht. Der sieht mich doch! Wenn er merkt, dass ich gar kein Stein bin, sondern ein Troll, dann ..." Trollo erschaudert und klappt den Mund zu.

„Was dann?", hakt Elfie verständnislos nach.

„Du hast ja keine Ahnung!", sagt Trollo. „Wenn Menschen Trolle bemerken, dann ..."

„Nun sag schon!"

„Meine Mamma hat mir grässliche Geschichten erzählt: von Menschen, die Trolle fangen und zermalmen oder Nachttrolle ins Tageslicht zerren. Immer hat sie gesagt: ‚Lass niemals einen Menschen erkennen, dass du ein Troll bist! Menschen sind böse. Sie töten Trolle. Niemals darf ein Mensch begreifen, dass du kein Stein bist!' Und wenn ich einfach so raushüpfe, direkt vor die Füße von diesem Michael, dann ..." Wieder verstummt er.

„Aber wir müssen dich doch irgendwie hier rausbekommen!", sagt Elfie.

„Das darf aber dieser Michael nicht mitbekommen", jammert Trollo.

„Also müssen wir uns was ausdenken. Uns fällt schon etwas ein." Elfie lächelt aufmunternd.

„Wenn ich nicht bald was zu essen bekomme, fällt mir gar nichts mehr ein", brummelt Trollo leise.

„Na, dann bringe ich den Typen erstmal irgendwie dazu, ein Trollbrot für dich mit ins Auto zu nehmen. Wenn er das nächste Mal aussteigt. Oder ich hole dir selbst etwas. Okay?"

„Das wäre toll!" Trollo guckt Elfie dankbar an. „Wenigstens hat er mir gestern Abend ein paar Tropfen Wasser gegeben", brummt Trollo.

„Er hat dir zu trinken gegeben?!?" Elfie starrt Trollo an. „Dann hat er dich doch schon erkannt! Oder nicht?“ Sie legt verwirrt die Stirn in Falten.

„Nein!“ Trollo schüttelt energisch den Kopf. „Er wird doch immer sauer, wenn irgendwer ihm von uns Naturgeistern erzählt. Vielleicht hat er mir das Wasser auf den Kopf getröpfelt, damit das Moos nicht verdorrt“, meint Trollo schulterzuckend, greift sich in den moosigen Haarschopf und verstrubbelt ihn kräftig. „Ich hab jedenfalls ganz vorsichtig den Mund geöffnet und zwei Tropfen eingesaugt.“

Elfie zieht zweifelnd die Nase kraus, sagt aber nichts mehr. In diesem Moment verstaut Michael seine Brotdose und die Wasserflasche in seinem Rucksack. Er zieht seinen Sitz wieder vor und startet den Motor.

Elfie reibt sich die nackten Arme. „Ist das gut, dass es hier drin trocken und warm ist. Von vorne kommt ein richtig warmer Luftzug. – Hab ich gefroren in diesem kantigen, kalten Ersatzrad da hinten!“

„Bist du die ganze Zeit da drin mitgereist?“, fragt Trollo ungläubig und setzt sich ein bisschen bequemer zurecht.

Elfie nickt.

„Wo wir wohl jetzt sind?“, fragt Trollo nach einer kurzen Pause und guckt aus dem Fenster in die Wolken. „Wir fahren immerzu nach Osten.“ Plötzlich hellt sich seine Meine auf. „Vielleicht fährt Michael mit uns zu der Stelle, wo die neuen Steine gemacht werden!“, platzt er heraus. „Er ist doch Geologe, das interessiert ihn bestimmt!“

„Er ist was?“, fragt Elfie.

„Geologe. Das hat er zu Jonas gesagt. Er weiß ganz viel über Steine und Küsten und Strände und so und sammelt ständig Steine ein. Da interessieren ihn die neuen Steine bestimmt auch!“

„Wer ist Jonas?“, fragt Elfie.

„Das ist ein Menschen-Junge, dem Michael ganz viel erklärt hat.“

„So wie Pippa?“

„Wer ist denn Pippa?“, fragt Trollo.

„Die hat Michael-Pichael bei Knubbelnase getroffen und ihr was über die Entstehung der Welt erklärt.“

„Knubbelnase?“, fragt Trollo verwirrt.

„Ich hatte euch doch verloren“, sagt Elfie langsam und schüttelt zwei Tropfen aus einer Blüte über ihrem rechten Knie. „Aber dann hat mich Dynjandi zu Knubbelnase geschickt. Dieser Knubbelnase war echt komisch. Er sagte, es hätte etwas zu bedeuten, dass wir diesem Michael drei Mal kurz hintereinander begegnet sind. Und dann meinte er, ich bräuchte nur zu warten, um dich wiederzufinden. Und prompt tauchte dieser Lulatsch auf.“ Sie schüttelt vorsichtig zwei weitere Blüten aus. „Und genau da, bei Knubbelnase, hat Michael-Pichael Pippa getroffen, ein Menschen-Mädchen. Und dieser Pippa hat er auch Dinge über die Welt erzählt. Ja, ich glaube, da sagt er auch, er wäre Goelege.“

„Geologe“, wirft Trollo ein.

„Meinetwegen“, erwidert Elfie. „Michael-Pichael hat Pippa jedenfalls erklärt, Island wäre wie eine Sandburg auf zwei Brettern und würde langsam auseinanderrutschen. Und die Risse würden mit flüssigen Steinen repariert werden. So ein Quatsch!“, faucht Elfie.

„Flüssige Steine?“, fragt Trollo mit großen Augen. „Dass es sowas gibt, hat doch auch der Geist vom Vogelfels gesagt!“

„Es ist trotzdem Quatsch“, zischt Elfie.

„Hm“, macht Trollo nur. „Aber wer ist denn dieser Knubbelnase? Und wie konnte er wissen, dass Michael auftauchen würde? Und wer ist Dynjandi?“

„Knubbelnase ist ein Steinelf. Er kann in die Zukunft sehen. Er hat auch noch andere komische Sachen gesagt“, meint Elfie und macht eine abfällige Handbewegung, bevor sie vorsichtig die nächste Blüte rüttelt. „Ich dürfe dich nicht zu früh befreien. Und wir hätten eine Aufgabe und so. Dieser Knubbelnase war echt merkwürdig.“

„Was denn für eine Aufgabe?“ Trollo kratzt sich an der Nase. Er ist mittlerweile völlig verwirrt.

„Ist doch egal! Mit einem Menschen mache ich eh keine gemeinsame Sache!“

„Mit einem Menschen?“, fragt Trollo noch verwirrter. „Sagtest du nicht gerade, dass Knubbelnase ein Steinelf ist?“

„Knubbelnase meinte den da vorne.“ Elfie winkt abfällig zu Michael hinüber. „Wir beide sollen zusammen mit diesem Michael-Pichael eine Aufgabe erfüllen, sagte Knubbelnase. Alles Quatsch!“ Sie wirft energisch ihre Haare in den Nacken. „Hauptsache, ich habe dich wiedergefunden. Jetzt kriegen wir dich aus diesem Auto schon irgendwie raus.“ Sie schüttelt die letzten Tropfen aus ihrem Kleid und betrachtet dann angewidert den Schlamm an ihren Schuhen.

„Aber wenn wir zusammen mit Michael eine Aufgabe erfüllen sollen?“

„Wurzelquark“, schnauft Elfie. „Knubbelnase war doch bloß komisch.“

„Aber er wusste auch, wie du mich wiederfindest. Vielleicht sollten wir ...“, wendet Trollo vorsichtig ein. Dann verstummt er, denn Elfie starrt mit verschlossenem Blick an ihm vorbei und verschränkt ihre Arme vor der Brust.

„Und dieser Dynjandi? Wer ist das, und wo hast du den getroffen?", wechselt Trollo das Thema. „Pippa, Knubbelnase, Dynjandi. Ich bin schon völlig verwirrt. Erzähl doch mal der Reihe nach. Am besten, du fängst mit dem Moment an, wo Michael mich aufgesammelt und in seine Tasche gesteckt hat. Wir sind doch kreuz und quer durchs Land gefahren!"

„Okay, also ..." Elfie lehnt sich bequem an die Rückbank. Dann beginnt sie zu erzählen.

Als sie mit ihrer Erzählung fertig ist, berichtet Trollo von seinen Erlebnissen. Schließlich guckt er Elfie nachdenklich an. „Was ist das wohl für eine Aufgabe", fragt er, „die wir zusammen mit Michael erfüllen sollen?"

Elfie achtet nicht auf seine Frage, sondern streicht sorgfältig noch einmal die Blumen auf ihrem Kleid zurecht.

In diesem Moment wird das Auto langsamer und hält. Es regnet immer noch in Strömen. Michael angelt sich seine Jacke von der Rückbank, zieht sie sich mit einigen Verrenkungen im Sitzen an und stülpt sich die Kapuze über den Kopf. Als er zur Türverriegelung greift, guckt Trollo erwartungsvoll lächelnd zu Elfie hinüber. „Gleich flitzt sie raus", denkt er hoffnungsvoll. „Und kommt mit Michael und einer Menge Steine zurück." Sein Magen knurrt schon wieder vernehmlich.

Der Mensch öffnet die Tür, setzt seinen linken Fuß mit einem sehr nassen Geräusch platschend auf die Erde und steigt aus. Elfie bleibt reglos sitzen.

„He, du wolltest doch ...", sagt Trollo verwirrt. Da schlägt die Tür schon wieder zu. Trollo hört, wie sich die Schritte Michaels draußen entfernen. Die Türschlösser klicken. Fassungslos blickt er Elfie an. „Du wolltest Michael doch dazu bringen, mir etwas zu essen mit ins Auto zu nehmen! Jetzt ist er weg!“ Trollos Stimme wird ganz rau. „Ich sterbe vor Hunger!“

„Ach, das habe ich ja ganz vergessen“, sagt Elfie leichthin und verdreht die Augen. „Aber bei dem Wetter bleib ich eh lieber hier drinnen. Ich bin gerade erst wieder einigermaßen getrocknet.“

Entgeistert starrt Trollo sie an. „Du hast es versprochen“, murmelt er tonlos.

„Ach, naja. Dann beim nächsten Mal. Du siehst nicht gerade abgemagert aus.“ Elfie guckt auf Trollos Bauch und kichert.

Trollo spürt, wie ihm plötzlich ganz heiß wird. Wut brodelt in ihm hoch wie überkochende Milch in einem zu kleinen Kochtopf. „Ich habe seit vorgestern fast nichts gegessen!“, explodiert er. „Du hattest es versprochen! Trockene Flügel sind dir also wichtiger als verhungernde Freunde, ja?! Pah, Elfen!“, schnaubt er und tritt ärgerlich gegen die Rückbank.

„Ach so?“, platzt Elfie mit rotem Kopf heraus. „Ich hätt gar nicht erst nach diesem blöden Auto suchen sollen! Wär besser einfach auf Snæfellsnes geblieben.“

„Natürlich! Und ich hätte dich über dem Meer davonwehen lassen sollen. Da hätt ich mir einigen Ärger erspart.“

Mit Genugtuung sieht Trollo, wie Elfie bei diesen Worten zusammenzuckt und sich dann auf die Lippen beißt. Plötzlich spiegelt ihr Gesicht noch einmal panische Angst wider – wie in dem Moment, als die Möwe sie bei ihm absetzte. Es kommt Trollo vor, als sei das Wochen her. Er kann fast sehen, wie Elfie jetzt mit sich kämpft.

Dann schlägt sie die Augen nieder. „Entschuldige“, murmelt sie leise. „Ich hatte ganz einfach vergessen, dass ich dir ein Trollbrot besorgen wollte."

Trollo dreht sich weg und schweigt. Er ist entsetzlich hungrig.

Ein ausgelassenes Bad und ein furchtbarer Geruch

Elfie knufft Trollo in die Seite. „Au, bist du hart!“, zwitschert sie kichernd und reibt sich den Ellbogen. „Komm, wir öffnen den Rucksack! Vielleicht kriegen wir die Wasserflasche auf. Dann kannst du wenigstens etwas trinken!“, flötet sie. Aber so leicht lässt sich Trollo nicht erweichen.

Elfie sirrt nach vorn. Trollo hört, wie sie an dem Rucksack zerrt. „Die Wasserflasche liegt gleich obenauf!“, ruft sie fröhlich.

Widerstrebend macht Trollo nun doch neugierig einen langen Hals. Jetzt zerrt sie am Verschluss der Flasche, aber der rührt sich nicht. Hilfesuchend schaut Elfie zu Trollo. Bevor er sich wegdrehen kann, lächelt sie ihn bezaubernd an. „Nun komm schon, du alter Knurretroll!“, flötet sie und wirft ihm eine elfenleichte Kusshand zu. Trollo kann nicht anders: Er grinst breit. „Dir kann ich einfach nicht lange böse sein“, brummelt er versöhnlich und streicht sich den Moosbart glatt. Dann hopst er nach vorn und dreht mit all seiner Steinkraft am Verschluss. Aber der gibt nicht nach.

Da schlägt sich Elfie plötzlich an die Stirn und ruft: „Ich hab's!“ Blitzschnell – Trollo wird allein vom Hinsehen schon ganz schwindelig – umschwirrt sie den Flaschenhals in engen Kreisen. Fuchtelt sie dabei mit den Händen? Funkelt da ein Licht?

„Jetzt drehen!“, ruft sie. Verblüfft dreht Trollo am Deckel – und es verschlägt ihm glatt die Sprache: Nun lässt er sich spielend leicht öffnen!

„Bitteschön!“, japst Elfie und landet außer Atem neben ihm.

„Sowas kannst du?“, murmelt Trollo beeindruckt.

Elfie kichert. „In der Elfenschule haben wir Blütenkelche so geöffnet. Ich wusste nicht, dass das auch bei Wasserflaschen klappt! Jedenfalls, wenn du gleichzeitig dran drehst.“ Sie schöpft eine Hand voll Wasser aus der schräg liegenden Flasche und – schüttet es Trollo mit Schwung über die Haare.

„Heeeeyyy!!!“, lacht Trollo. „Yippiiieehh! Mehr!“

Das lässt sich Elfie nicht zwei Mal sagen. Quieksend spritzt sie Trollo von allen Seiten nass, bis ihm kalte Rinnsale aus Haaren und Bart rinnen. Fröhlich prustend leitet er eines mit den Händen zum Mund und saugt es schmatzend in sich hinein. Dann springt er mit beiden Moospantoffeln zugleich in die Pfütze, die sich unter ihm auf dem Polster gebildet hat, setzt sich – „Yippiiieeehhh!“ – mit einem großen Platsch hinein und macht schließlich lachend – „Vorsicht, ich komme!“ – einen Hechtsprung in den Rucksack unter die Flaschenöffnung. „Kippen!", jauchzt er. Elfie gießt ihm lachend einen großen Schwung Wasser über den Kopf. Prustend und über das ganze Gesicht strahlend kommt Trollo hoch, nimmt den Flaschenhals in beide Hände und trinkt sich gierig satt.

„Aaaah, war das guuut!" Er strahlt Elfie an.

„Also ich habe für die nächsten Wochen genug gebadet", lacht Elfie außer Atem. Sie nippt noch zwei winzige Tröpfchen, dann surrt sie hoch und zurück hinter den Fahrersitz. Trollo hopst ihr grinsend hinterher.

In diesem Moment klacken die Türschlösser und die Fahrertür wird geöffnet.

Trollos Entführer lässt sich auf den Sitz fallen und schließt die Tür mit einem Knall. Er hängt seine triefende Jacke über die Lehne des Beifahrersitzes und wirft seine nasse Mütze nach hinten. Dann erstarrt er. „Was zum Teufel ..." Trollo linst vorsichtig um die Lehne des Fahrersitzes. Hastig greift sein Entführer jetzt zum Rucksack und zieht die offene Wasserflasche heraus. „Das gibt's doch gar nicht!", bricht es aus ihm heraus. „Wie kann das ..." Wütend greift Michael nach dem Deckel und dreht ihn wieder auf die Flasche. Er zieht zwei nasse Handschuhe aus dem Rucksack, ein dickes, durchfeuchtetes Buch und einen braunen Pullover mit einem ausgedehnten Wasserfleck. Trollo und Elfie kichern.

„Mist aber auch!", schimpft Michael. „Wieso gehen diese vermurksten Flaschen ständig auf?!" Er schnaubt wütend und kippt den ganzen restlichen Inhalt des Rucksacks einfach in den Fußraum vor dem Beifahrersitz. Mit der Hand wischt er die Wasserpfütze vom Polster und drückt die trockenste Stelle seines Pullovers auf den Sitz, um das Wasser herauszusaugen. Anschließend wirft er auch den Pulli in den Fußraum und schnauft einmal durch. „Ich muss wirklich besser auf meine Wasserflaschen achten“, murmelt er vor sich hin. „Was ist bloß mit mir los?“

Er knistert grummelnd im Handschuhfach herum, steckt sich etwas in den Mund und startet dann den Motor. Kurz darauf verbreitet sich wieder einmal der scharfe Geruch im Auto, den Trollo schon allzu gut kennt.

„Oh, nein!“, stöhnt er, zieht einen Träger seiner Mooshose lang und drückt seine Nase hinein.

„Iiihh!“, kreischt Elfie entsetzt. Sie sirrt hoch und versucht panisch, durch eines der Fenster zu entkommen. Hinten. Vorne. Doch alle sind geschlossen.

„Nicht!“, ruft Trollo. „Elfie! Bitte nicht wegfliegen!“

Da verschwindet Elfie vor dem Beifahrersitz im Dunkel eines Lüftungsschlitzes. Das monotone Rauschen der Lüftung wird zu einem sirrenden Pfeifen.

„Elfie!“, schreit Trollo. „Sie steckt fest! Ich muss sie retten!“ Er will gerade nach vorn poltern, da dreht Michael die Lüftung auf volle Stärke. „Vielleicht ein Blatt“, hört Trollo ihn murmeln.

„Iiiih!“, quietscht Elfie im Dunkel der Lüftung noch einmal. „Uääh!“ Dann kommt sie wieder zum Vorschein. Die Lüftungsanlage rauscht wieder wie immer. Michael dreht sie zurück auf normale Stärke.

Trollo ist so erleichtert, dass Elfie wieder da ist, dass er nicht einmal über ihr verstaubtes Gesicht, die zerzausten Haare und das verwuschelte Kleid lacht. „Elfie, bitte, es geht gleich vorbei“, spricht er beruhigend auf sie ein. „Das sind nur so kleine Kugeln, die sich Michael ab und zu in den Mund steckt. Er hat eine ganze Tüte davon in dem Fach da vorn. Aber es dauert nur ein paar Minuten, dann ist der Geruch wieder weg.“

Mit verzerrtem Gesicht fuchtelt Elfie ungestüm mit den Armen und landet vollkommen zerzaust auf dem Rücksitz. Dann zieht sie einen Ärmel ihres Blütenkleides zu ihrer Nase und versenkt sie tief hinein. Langsam entspannen sich ihre zusammengekniffenen Augen.

Mit einem ängstlichen Blick auf Michael hüpft Trollo zu ihr hoch, klopft ihr vorsichtig den Staub aus dem Kleid, von den Flügeln, von den Knien und pustet und wedelt ihn behutsam aus den Haaren. „Wir sollten diese Kugeln verstecken", sagt er. „Bei der nächsten Gelegenheit."

Elfie schaut ihn über die Blumen ihres Kleides hinweg leidend an und nickt heftig.

Der Wasserfall der Götter

Endlich hört der Regen auf. Die Straße, das Moos, das Gras, die Steine rundum, alles glänzt wie reingewaschen, als Michaels nächstes Ziel in Sicht kommt. Rechts der Straße auf einem Parkplatz parken mehrere Busse, Lieferwagen und eine Unmenge Autos kreuz und quer durcheinander.

„Was ist denn hier los?!", denkt Michael. Nur ganz vorn, halb auf dem Gras, kann er noch parken.

Als Michael die Tür öffnet, rammt Trollo Elfie seinen Ellbogen in die Seite.

„Autsch!", ruft sie empört. „Was soll denn das?!"

„Ich hab Hunger!", sagt Trollo. „Schnell!"

Ohne sich die Zeit für eine Antwort zu nehmen, saust Elfie nach draußen. Gerade noch rechtzeitig. Als die Autotür zuschlägt, zieht Elfie eben noch die letzte Blume ihres Nelkenkleides aus dem Spalt. „Das war knapp!", japst sie.

Dann schaut sie noch einmal durchs Fenster zu Trollo hinein. Der guckt sie erschreckt an. Aber als sie lächelt, ‚Alles in Ordnung!' mit den Lippen formt und den Daumen nach oben reckt, grinst Trollo ihr zu und streicht sich dabei erwartungsvoll über seinen Bauch.

Am Rande des Wasserfalls, den Michael sich ansehen möchte, stehen zwei Männer an großen, schwarzen Filmkameras, die auf schweren Stativen ruhen. Eine Frau trägt eine dritte, etwas leichtere Kamera auf der Schulter. Andere Männer und Frauen halten lange, fransenumwickelte Mikrofone, die an meterlangen Stangen befestigt sind. Leute laufen hierhin und dorthin. „Ist ein Unfall passiert?", fragt sich Michael besorgt, während er auf die vielen Menschen zugeht. Plötzlich ruft eine Stimme in warnendem Tonfall isländische Worte. Rund um ihn her verstummen alle Stimmen. Abrupt bleibt Michael stehen.

Nur ein paar Schritte entfernt, auf den grauen Felsblöcken direkt am Rande des weiß tosenden Wasserfalls kniet ein Mann mit wildem, im Wind wehenden Haarschopf und zerzaustem Bart. Er trägt eine grobe Lederweste über einer derben, mit dicken Fäden rau zusammengenähten Wolljacke. Seine Beine stecken in einer Fellhose, seine Füße in klotzigen, mit Lederbändern geschnürten Stiefeln. Der Mann hebt mit langsamen, fast ängstlichen Bewegungen ein Jesuskreuz in die Höhe. Mit lautem, inbrünstigem

Singsang ruft er dem Kreuz isländische Worte zu, als erwarte er eine Antwort. Dann bricht seine Stimme. Klagend lässt er das Kreuz zu Boden sinken, während er mit der rechten Hand nach einer anderen Figur tastet, die vor ihm auf dem Boden liegt. Er hebt sie hoch. Es ist eine Bronzestatue eines gegürteten, stämmigen Mannes, der mit beiden Händen einen Doppelhammer hält.

‚Thor, der Donnergott', fällt Michael der Name des dargestellten Gottes ein.

Jammernd ruft der Mann Thor an, hält dann lauschend inne, schaut sich suchend um. Wieder hebt sein Flehen an, lauter, dringender. Fragend, fast bohrend verweilt sein Blick auf der Figur. Dann lässt er sie auf den Boden gleiten. Er hebt ein drittes Bildnis hoch, die Steinfigur eines einäugigen Mannes in langem Mantel, auf dessen Schultern zwei Raben sitzen. In der Hand hält die Figur einen Speer.

„Odin, der höchste Gott, Vater von Thor", murmelt Michael atemlos vor Spannung vor sich hin. „Was ..." Er verstummt.

Wieder erschallt das Flehen des Mannes wie ein dringendes, verzweifeltes Gebet. Wieder lauscht dieser. Nichts geschieht, nur der Wind lässt seine Fellärmel flattern. Händeringend sinkt der Mann in sich zusammen, rauft sich den Bart, reibt sich verzweifelt Augen und Stirn. Dann legt er die Steinfigur sanft vor sich auf die glatten Steine. Er reibt sich Tränen aus den Augenwinkeln. Auf den Steinen kniend und in sich zusammengesunken betet er nun wieder das Bildnis des gekreuzigten Jesus an. Endlich, mit einem letzten Blick auf das Kreuz, kommt er mühsam auf die Füße. Er ergreift wie ein Blinder tastend die anderen dort liegenden Statuen und tritt schleppend den letzten Schritt an die Kante des Steilufers heran. Mit gequälter Miene schließt er die Augen, hebt die Figuren hoch und schleudert sie mit einem zuerst zögernden, dann nachdrücklichen Wurf hinein in die rauschende Gischt des Wasserfalls. Dann sinkt er schluchzend auf die Knie und schlägt die Hände vor das Gesicht.

Es poltert und scheppert. Eine isländische Stimme flucht lautstark. Wütende Rufe hallen über den Platz.

Nachdem Elfie mit Michael aus dem Auto geschlüpft ist, nascht sie zuerst einmal ein wenig süßen, körnigen Blütenstaub und einen Tropfen Nektar. Als ihr Hunger gestillt ist, schaut sie mit gekräuselter Nase, aber trotzdem neugierig zu den vielen Menschen hinüber. Plötzlich entdeckt sie die wuscheligen Dinger an den langen Stangen. „Was ist das denn?“, denkt sie. „Sowas hab ich ja noch nie gesehen.“ Neugierig sirrt sie zu dem Ding, das ihr am nächsten ist, fliegt um es herum und zupft kichernd an den im Wind wehenden Fransen. Da sieht sie einen Mann, der sein Gesicht dicht an ein merkwürdig unförmiges, dreibeiniges, schwarzes Ding presst. Wie festgeklebt steht er dort. „Warum presst der sein Auge denn immerzu an diesen Kasten?“, fragt sie sich. „Gibt's da irgendwas zu sehen?“ Sie saust hinüber und guckt von der anderen Seite hinein. Ein dickes, gebogenes Glas ist dort, aber dahinter ist alles schwarz. Sie surrt näher und versucht, in dem Dunkel etwas zu erkennen.

„Schon wieder so eine lästige Fliege“, brummt der Mann an dem Kasten unvermittelt. „Es ist heute doch eigentlich viel zu windig für die Viecher.“ Plötzlich erscheint eine große, schwielige Hand neben Elfie und versetzt ihr einen heftigen Schlag.

„Autsch!“ Elfie wird zur Seite geschleudert, überschlägt sich drei Mal in der Luft und landet unsanft auf dem steinigen, vom

Regen immer noch feuchten Boden. Sie reibt sich die Schulter. Ihre Augen verengen sich. Mit einem so wütenden und rachelüsternen Blick, dass sogar ein Kobold vor ihr das Weite suchen würde, rappelt sie sich auf und zischt pfeilschnell auf den Menschen an seinem Kasten zu. Ein kurzes, grelles Aufblitzen lässt ihn geblendet die Augen schließen und zurückstolpern. Dabei stößt sein Fuß gegen einen Felsbrocken, auf dem das dreibeinige schwarze Ding steht und bricht ein Stück davon heraus. Langsam senkt sich der Kasten, kippt schneller werdend der Erde zu und schlägt mit einem hässlichen Knirschen und Klirren auf einen faustgroßen scharfkantigen Stein. Das Glas zerbricht, Glas- und Felssplitter springen hoch und treffen den Mann im Gesicht. Sein lautes Fluchen hallt über die Szene, während er sich mit schmerzverzerrtem Gesicht Auge und Wange hält.

Wütend rufend kommt ein anderer Mann angerannt, während ein merkwürdig gekleideter, wild aussehender Typ am Rande des Wasserfalls entgeistert hinüberruft: „Was ist denn los? Die Szene war doch noch gar nicht zu Ende! Etwa alles noch mal ...??" Elfie versteht nicht, was er meint, aber es ist ihr auch herzlich egal. Mit einem gehässigen Kichern reibt sie sich die Hände und saust davon.

Verwirrt beobachtet Michael das Durcheinander am Filmset. Da dem Kameramann nichts Ernsthaftes passiert zu sein scheint, wendet er sich an einen Mann, der zum Filmteam gehört und abwartend dasteht, da seine Hilfe nicht gebraucht wird.

„Was wird denn hier gerade gedreht?", fragt Michael.

„Ein historischer Film über Island", antwortet der Mann freundlich.

„Tatsächlich? Was für eine Szene habe ich denn da gerade gesehen?"

„Das war der Moment, in dem Þorgeir, der vor etwa eintausend Jahren ein großer Anführer der Isländer war, seine heidnischen Götterbilder in den Wasserfall warf. Weil er beschlossen hatte, den christlichen Glauben anzunehmen. Sie wissen, dass dieser Wasserfall ‚Goðafoss' heißt?"

Michael nickt.

„‚Goðafoss' bedeutet übersetzt ‚Wasserfall der Götter'", erklärt der Mann.

„Ach!"

„Ja. Und Þorgeir war damals Gesetzessprecher. Der zu der Zeit wichtigste Mann der Isländer. Es ist ihm nicht leicht gefallen, sich zwischen dem Christentum und seinen alten Göttern zu entscheiden."

„Das hat man gesehen", sagt Michael.

„Na, schauen Sie sich den Wasserfall am besten jetzt an, solange wir nicht weiterdrehen können. Ich glaube, wir müssen unsere Ersatz-Filmkamera aus dem Lieferwagen holen. Am besten, Sie gehen an den Punkt, an dem unser Þorgeir kniete. Von dort aus kann man das weite Halbrund im Fels und die zwei breiten und zwei schmalen Wasserfälle, die sich nebeneinander in die Schlucht stürzen, am besten sehen."

Während Elfie sich im Fliegen die Seite reibt, wo die Hand des Mannes sie getroffen hat, fällt ihr Trollo wieder ein und sie beginnt hektisch, sich nach einem Trollbrot umzusehen. Steine über Steine liegen hier: graue, schwarze, weiß gesprenkelte, kantige, runde, kleine, große, rötliche, kugelige, längliche, helle, dunkle. Aber sie kann und kann kein Trollbrot finden. Immer wieder blickt sie sich zu Michael um, der auf einem Felsbrocken am Rande des gischtsprühenden Halbrundes sitzt und auf das fallende weiße Wasser schaut. Hierhin und dorthin flitzt Elfie, erst weiter entfernt, dann näher bei Michael. „Ich hab es Trollo versprochen!“, flüstert sie drängend. „Warum ist hier kein Trollbrot?! Er hat solchen Hunger! Ach, dreimaliger Spinnenbiss, hier ist einfach keins!“ Sie stampft mit dem Fuß in die Luft. Michael steht auf und geht zurück zum Auto.

„Es gab keine Trollbrote hier – weit und breit nicht!“, sprudelt sie sofort los, als sie neben Trollo im Fußraum landet. „Tausende von Steinen, alle Farben, alle Formen, groß, klein, rund, eckig – aber nicht ein einziges Trollbrot!“ Schuldbewusst schaut sie Trollo an. „Tut mir leid.“

Trollo bekommt riesengroße, runde Augen: „Tausende von Steinen?“, stöhnt er. „Warum habt ihr denn dann keinen mitgebracht?“

Erschrocken sieht Elfie ihn an. „Ich dachte, du isst nur Trollbrot!“

„Ich esse am liebsten Trollbrot. Wenn ich es bekommen kann. Aber wenn nicht, dann esse ich alle Steine! Jeden! Ich hab so einen Hunger!“ Trollo sinkt in sich zusammen.

„Warum hast du das denn nicht gesagt!“, ruft Elfie betroffen. „Du hast immer nur von Trollbrot mit Steinmus geredet ...“

Aber Trollo hockt nur da und rührt sich nicht. Da bekommt Elfie Angst. „Trollo, bitte! Du bekommst bald was zu essen, ganz bestimmt. Beim nächsten Halt bringe ich Michael dazu, einen Stein ins Auto mitzubringen! So groß, wie er ihn tragen kann!“

Erleichtert sieht sie, wie Trollo ganz tief Luft holt. Dann richtet er sich ein wenig auf. „Wie willst du das machen?! Der hört dich doch nicht!“, sagt er mit matter Stimme.

„Du wirst es schon sehen!“, sagt Elfie trotzig. „Wenn ich will, hört er mich doch!“

Trollo schaut sie nur zweifelnd an.

„Oder du springst einfach raus, wenn Michael aussteigt“, schlägt sie vor.

Aber Trollo antwortet nicht.

Ein Steinchen für Trollo

Komm raus, Trollo! Los, spring!", ruft Elfie und hüpft aufgeregt in der Luft auf und ab. Gerade hat Michael die Tür geöffnet, und sie ist hinausgeschlüpft. Aber Trollo rührt sich nicht!

„TROLLO! Mach schon! Gleich macht er die Tür wieder zu. Hier draußen sind tausende von Steinen!" Michael kramt noch auf dem Beifahrersitz herum, und endlich erscheint Trollo mit angstvollem Blick an der Türöffnung. „Wenn der sieht, wie ich mich bewege ...", flüstert er. Michael setzt ein Bein auf die Erde. „Ach, mein Geld!", murmelt er dann und beugt sich noch einmal zum Handschuhfach hinüber.

„Spring!"

Mit einem ängstlichen Blick nach oben lässt Trollo sich fallen.

„Au!" Wehleidig reibt er sich den Knöchel.

„Unters Auto!“, kreischt Elfie hektisch. Aber in diesem Moment beugt sich Trollos Entführer nach draußen. „Ist da etwas aus meinem Auto gefallen?“, murmelt er.

„Oh, nein!“, stöhnt Elfie noch, da greift Michael nach Trollo. „Wie ist der denn rausgefallen? Erst übersehe ich ihn, als ich alle Steine hinten in die Kiste räume, und jetzt fällt er hier plötzlich raus? Hatte ich ihn nicht in den Fußraum vor dem Beifahrersitz gelegt? – So langsam zweifele ich an meinem Verstand ...“, grummelt Michael mit gerunzelter Stirn. Er legt Trollo auf die Fußmatte vor den Fahrersitz, steigt aus, knallt die Tür zu und verschwindet im Hotel, in dem er heute übernachten will.

„Mist.“ Elfie bleibt mit hängenden Schultern mitten in der Luft stehen.

Als Michael wieder aus dem Hotel kommt und sich aufmacht, den Ort zu besichtigen, fällt ihm schon nach ein paar Schritten ein flaschengrüner Opal auf, der in einem Beet dunkelroter Rosen einen spannenden Kontrast bildet. Der süße Duft der Rosen weht zu Michael hinüber, während er die Farben des Opals betrachtet. Er bleibt stehen. Dann fällt ihm ein: „Ich wollte mir doch die Stadt ansehen. Mitten in Húsavík sollte sogar ich die Steine einfach mal Steine sein lassen.“ Er zwingt sich, den Blick zu heben, und schaut auf die in der Sonne leuchtende Holzkirche und daran vorbei auf den Hafen, wo Boote und Schiffe bunt auf dem Wasser schaukeln. Dahinter spiegelt der weite Fjord in tiefen Blautönen den sommerlichen Himmel wider. Auf dem gegenüberliegenden Ufer erhebt sich eine Kette runder Bergkuppen, aus deren Tälern Schneefelder weiß herüberleuchten. „Grandios sieht das aus“, denkt Michael fasziniert.

An der nächsten Straßenecke bleibt er an einer kleinen Steinpyramide stehen, die irgendjemand hier gebaut hat. Der oberste Stein scheint nur aus kleinen Beulen zu bestehen, als seien aus seinem Inneren lauter trübweiße, halb durchscheinende Steinblasen hochgeblubbert und dann nebeneinander erstarrt. Michael nimmt den Stein in die Hand und fährt mit dem Daumen über die erbsengroßen Beulen. Jede einzelne fühlt sich glatt und schmeichelhaft rund an, aber zusammen ergeben sie eine Buckellandschaft, die für seine Fingerkuppen wie ein Abenteuerspielplatz ist. „Chalcedon", denkt er, „eine besondere Ausprägung des Quarzes." Dann lacht er kopfschüttelnd. „Ich bin ja schon wieder mit Steinen beschäftigt." Er legt den Stein zurück auf die Spitze der Pyramide.

Eine halbe Stunde später hat Michael sich noch nach einigen anderen Steinen gebückt, aber nach wie vor keinen mitgenommen. Elfie sirrt suchend hierhin und dorthin, immer ein paar Michael-Schritte voraus, um vielleicht doch noch einen Stein zu finden, den sie ihm für Trollo aufschwatzen kann. Aber hier kann sie nur noch Pflastersteine entdecken, für die sich Michael bestimmt nicht interessiert. Und jetzt wendet sich der Breitfuß zurück zum Parkplatz! Da taucht ein Kiesbett in einem Vorgarten auf. Elfie schwirrt noch einmal zum Kopf des Lulatsches, packt dessen Ohr und zieht kräftig daran. „Guck dorthin! Die sind ja schön! So weiß! So rund! So lecker! – Ach Quatsch!" Sie kichert und sieht vor ihrem inneren Auge, wie sich der Mensch an einem Kieselstein die Zähne ausbeißt. Dann reißt sie sich zusammen. „Schau mal, die sind interessant! Wie sie leuchten. Da ist einer mit schwarzen, glitzernden Punkten! Heb ihn auf! Heb ihn auf!", flüstert sie eindringlich. Geschafft! Michael beugt sich hinunter und hebt den Stein auf. Aber nach nur einem Augenblick lässt er ihn wieder fallen, schüttelt mit gerunzelten Brauen den Kopf und murmelt unverständliche Worte.

„Zerzauste Flügelfeder!“, schimpft Elfie. „Nun nimm doch endlich einen mit!“ Zu spät. Da vorn steht schon das Auto! Der Trollentführer steuert zielstrebig darauf zu.

„Halt! Du musst doch ...! Aber ...“ Der Mensch reagiert nicht mehr. „Dann wenigstens diesen hier!“ Elfie sirrt zur Erde und hebt ein Schotterstückchen auf, so groß, wie sie es gerade noch tragen kann.

Michael steht schon an der Beifahrertür und holt gerade seine Landkarte aus dem Handschuhfach. Elfie rast um das Auto herum, saust gerade noch hinein, bevor die Tür wieder ins Schloss fällt. Sie lässt das Steinchen ächzend vor Trollos Füße fallen. Trollo schaut fragend von dem Bröckchen zu Elfie und wieder zum Steinchen.

„Michael wollte einfach keinen Stein mitnehmen“, sprudelt Elfie hervor. „Ich hab alles versucht. Er hat bestimmt fünf oder sechs in die Hand genommen. Aber er hat alle wieder fallen lassen. Ich weiß gar nicht, was in ihn gefahren ist ...“ Beim Blick in Trollos traurige Augen verstummt sie. „Es tut mir leid“, schnieft sie. „Das war der größte, den ich tragen konnte ...“

Tief aufschnaufend guckt Trollo auf das Bröckchen. Er ergreift es, dreht es zwei Mal in seinen grauen Fingern herum und steckt es dann in den Mund. Es ist kaum so groß wie zwei seiner kräftigen Zähne.

Es kracht, dann knirscht es, dann ist nur noch ein Mahlen zu hören. Es mahlt und mahlt. Endlich schluckt Trollo bedächtig und wischt sich mit seinem Handrücken den Mund ab.

„Das war lecker!“, lächelt er. „Nicht viel, aber lecker. Danke!“

Elfie strahlt. Sie ist so froh, dass er nicht über die Winzigkeit des Steinchens schimpft. Aber Trollo schweigt und starrt an ihr vorbei. Besorgt schaut Elfie ihn an. „So kann es nicht weiter gehen“, denkt sie. „Ich muss ihn endlich aus diesem Auto bringen.“

Ungebeten meldet sich eine leise Stimme in ihrem Kopf: „Du darfst Trollo nicht zu früh befreien. Ihr habt eine wichtige Aufgabe ...“

„Ach, Papperlapapp!“, denkt Elfie und schüttelt heftig den Kopf. „Trollo verhungert, wenn er hier drinnen bleibt!“

„Aber ...“, beginnt die innere Stimme. Doch Elfie schüttelt noch einmal ihren Kopf und flüstert verschwörerisch in Trollos steinernes Ohr: „Ich habe einen Plan ...“

Die innere Stimme schweigt.

Vulkane, die keine sind

„Komm, hock dich an die Fahrertür. Am besten hierher, direkt zwischen Sitz und Seitenwand! Da hast du die beste Startposition."

„Ach, Karnickelmist, das klappt sowieso nicht. Hast du doch gestern gesehen", stöhnt Trollo, aber er zwängt sich trotzdem an die Stelle, auf die Elfie zeigt. „Puh, ist das eng hier! Grätenfisch nochmal, das ist ..."

„Hör auf zu meckern", unterbricht ihn Elfie und zupft sich ärgerlich eine geringelte Haarsträhne aus dem Gesicht. „Willst du nun raus oder nicht?! Hast du nun Hunger oder nicht?!"

Trollo stöhnt laut auf. „Ich hab Hunger wie ich noch nie Hunger hatte! Meine Hände sind zittrig, ich bin wacklig auf den Beinen, und in meinem Kopf dreht sich alles." Er sackt in sich zusammen, richtet sich aber gleich wieder auf. „Nicht mal hängen lassen kann ich mich hier!", knurrt er schwach. „Diese dicke Schraube drückt mir ein Loch in den Rücken."

„Ist sowieso viel besser, wenn du aufrecht sitzt. Womöglich bist du sonst im entscheidenden Moment eingeschlafen." Elfie kichert, setzt sich bequem oben auf die Lehne von Michaels Sitz und betrachtet die Welt, die am Auto vorbeisaust. „Das ist spannend! Wenn du das alles sehen könntest, Trollo! Du würdest Augen machen!"

„Ich kann es aber nicht sehen!", murmelt Trollo weinerlich. „Ich hocke hier unten und hungere!"

Elfie verdreht die Augen.

Vor dem Fenster zieht das flache, grüne Ufer eines weiten Fjordes vorbei. Sie sieht einen dampfenden See, heidebewachsene Hügel und saftige Wiesen. Dann wechselt die asphaltierte Straße in eine Schotterpiste und durchquert weite, steinige Flächen, auf denen unter dem blau strahlenden Himmel kaum eine Pflanze zu sehen ist.

„Dieses Gerumpel ist nicht zum Aushalten!"

Elfie hört, wie sich Trollo in seinem Versteck hin und her wendet. „Er wird bestimmt bald anhalten. Vielleicht in diesem Menschenort hier." Aber die Häuser draußen sausen rechts und links am Auto vorbei und sind schon wieder verschwunden.

Fünf Minuten später wird der Wagen endlich langsamer.

„Achtung, Trollo! Er biegt auf einen Parkplatz ein! Ich flitze gleich raus! Bist du startklar?"

„Bin ich", antwortet Trollo dumpf von unten.

Michael lenkt das Auto auf einen halb geschotterten, halb erdigen Platz voller Schlaglöcher. Kaum hat er die Fahrertür geöffnet, ist Elfie schon draußen. „Hey, Wind!“, ruft sie. „Mein Freund ist gefangen. Bitte! Puste mal kräftig!“ Sie ergreift einen Prospekt, der im Seitenfach der Autotür steckt und zieht ihn heraus.

„Klar!“, braust die Stimme des Windes ihr um die Ohren. Schon flattert das Papier davon.

„He! Halt!“ Michael rudert mit der Hand, bekommt es aber nicht zu fassen. Er springt aus dem Auto und setzt ihm nach.

„Jetzt!“, schreit Elfie.

Trollo springt aus dem Auto und rollt sich darunter hindurch zur anderen Seite. Als Michael den Prospekt endlich erwischt und sich wieder der Fahrertür zuwendet, steht Trollo schon breit grinsend auf der anderen Wagenseite.

„Danke, Wind!“, ruft Elfie.

„Keine Ursache“, braust der und weht hinüber zum See, um über die Wellen zu fliegen.

„Du bist frei!“, ruft Elfie voller Übermut.

„Juchhuuuuh!“, schreit Trollo. Er springt in die Luft, lässt sich über die Erde kugeln, greift sich den nächstbesten Stein und beißt krachend hinein. Grinsend setzt sich Elfie neben ihn.

Kaum hat Trollo den Stein ganz zwischen seine malmenden Zähne geschoben, greift er zum nächsten. Als er ein Stück von einem dritten abbeißt, stößt Elfie ihn an: „Komm ein Stück vom Auto weg.“

Trollo nickt kauend und rollt sich mit dem Rest des Steins in der Hand zum Rand des Parkplatzes und dann einen kleinen Hang hinunter. Noch im Rollen steckt er ihn vollends in den Mund und beißt ihn krachend in Stücke. Lachend hält Elfie sich die Ohren zu. Da biegt ein zweites Auto auf den Parkplatz ein und hält neben Michaels Wagen.

„Halt dich bloß gut versteckt!“, sagt Elfie warnend. „Da kommen noch mehr Menschen.“

Trollo kann nicht antworten, sein Mund ist zu voll. Aber er nickt und kullert hinter einen Felsbrocken.

Elfie kichert. Dann saust sie davon. „Bin gleich wieder daha!“, ruft sie Trollo über die Schulter zu.

„Dieser isländische Wind ist wirklich unberechenbar“, denkt Michael, als er seinen Wagen verriegelt. „Man meint, es wehe nur ein laues Lüftchen, und dann kommt plötzlich eine Windbö daher, als habe sie nur darauf gewartet, dass ich die Tür öffne. Jetzt ist wieder nur noch ein Hauch zu spüren. Merkwürdig.“ Dann lächelt er dem blonden Jungen zu, der gerade aus dem zweiten Auto aussteigt.

„Hallo, Jonas!“, sagt Michael. „Schön, dich zu sehen!“

„Hallo, Michael!“, antwortet Jonas.

Jetzt steigen auch Jonas’ Eltern aus. „Gut, dass du uns gestern angerufen hast“, begrüßt Andreas Michael. „Jonas hat uns immerzu Löcher in den Bauch gefragt, die wir nicht stopfen konnten.“

„Hallo, Michael“, grüßt auch Lisa. „Schön, dich wiederzusehen.“

„Gleichfalls“, lächelt Michael. „Wollen wir gleich starten? Ich bin schon ganz gespannt.“

„Ich auch“, sagt Jonas. „Ich hoffe nur, es sind nicht allzu viele Mücken da. Weißt du, dass Mývatn übersetzt ‚Mückensee‘ heißt?“, fragt er und rollt mit den Augen.

„Ja, ich weiß“, nickt Michael säuerlich. „Mit denen habe ich eigentlich schon genug Bekanntschaft gemacht.“ Er schaut sich um und entdeckt einen Pfad, der auf den Hügel neben dem Parkplatz hinaufführt.

„Geht's da rauf?", fragt Jonas in diesem Moment.

„Ich glaube schon", erwidert Michael.

Schon rennt Jonas, seine Jacke im Laufen zuziehend, hinauf. Jonas' Eltern und Michael folgen etwas langsamer.

„Keine einzige Mücke!", ruft Jonas. Als erster erreicht er den runden, steinigen Gipfel. „Aber ein Suuuper-Ausblick! Guckt doch mal! Das sind ja tolle, grüne Inselchen! Wie sehen die denn aus?!"

Michael lehnt sich an einen großen, graubraunen Felsblock, der auf dem Hügelgipfel liegt. Sonne und Wolken malen Licht- und Schattenspiele auf das weite, blaue Wasser und auf die vielen grasbewachsenen Inselchen, die sich aus dem See erheben. Manche sind einfach niedrige Hügel, aber viele ragen kreisrund, mit schräg aufragenden Hängen und einer Vertiefung in der Mitte wie Suppenschüsseln aus dem Wasser.

„Und? Was fällt dir dazu ein?", wendet Michael sich Jonas zu.

„Lauter kleine Krater", antwortet der. „Hier gibt's aber viele Vulkane."

„Das könnte man denken", sagt Michael verschmitzt. „Es sind aber keine."

„Klar sind das Krater!"

„Krater schon, aber keine Vulkane."

„Wie soll das denn gehen?!"

„Man nennt sie Pseudokrater. Am Mývatn gibt es die schönsten in ganz Island. Sie gehören sogar zu den schönsten der ganzen Welt."

„Was sind denn Pseudokrater?", fragt Jonas wissbegierig.

Lisa lacht. „Da siehst du's. Er fragt schon wieder Löcher in Bäuche. Gut, dass jetzt du zum Gelöchertwerden da bist. Ich mach's mir mal gemütlich." Sie setzt sich auf einen runden Stein in die Sonne und schaut über den See. Andreas folgt ihrem Beispiel.

„Und ich werde sogar gern gelöchert", antwortet Michael und schmunzelt breit. „So einen neugierigen Zuhörer hab ich zuhause nie." Er blickt Jonas von der Seite an, wie er mit roten Wangen auf die Inselchen im blauen Wasser schaut. „Pseudokrater, das sind Hügel, die wie Vulkankrater aussehen, aber keine sind", erklärt er dann.

„Aha. Und wieso sehen die so aus?"

„Das gibt eine etwas längere Erklärung", lacht Michael. „Wenn ich deine Wissbegierde nicht schon kennen würde, würde ich Angst haben, dass du dich zu langweilen beginnst."

„Nun erklär schon", grinst Jonas so breit, dass seine Grübchen ganz besonders tief werden. „Ich will alles wissen!"

„Okay. Also: Bevor diese Hügel entstanden, war hier ein flaches Gebiet, in dem es zwar viel Wasser gab, aber noch keinen See wie jetzt." Er zeigt von links nach rechts über die weiten Wasserflächen.

„Lauter kleine Seen vielleicht?", schlägt Jonas vor.

„Eher sehr feuchte Wiesen, Moor oder so etwas", meint Michael. „Dann brach in der Nähe ein Vulkan aus, und die Lava ..."

„Was ist eigentlich der Unterschied zwischen Lava und Magma?", fragt Jonas dazwischen.

„Eigentlich ist beides dasselbe: heißes, flüssiges Gestein aus den Tiefen der Erde", wirft Andreas ein. „Geologen sagen Magma dazu, solange es noch in der Erde ist. Wenn es durch einen Vulkan auf die Erdoberfläche kommt, nennt man es Lava."

„Ach so." Jonas nickt und schaut Michael dann erwartungsvoll an. „Und wie ging es nach dem Vulkanausbruch weiter?"

„Also", nimmt Michael die Erklärung wieder auf, „die Lava floss hierher, über die feucht-nasse Landschaft. Dabei schloss sie das Wasser, was im Boden war, unter sich ein."

„Klar, das konnte ja nicht vor der Lava weglaufen, wie ich das tun würde." Jonas lacht.

„Wenn du es denn könntest", meint Michael und guckt Jonas ernst an. „Manchmal fließt Lava so schnell, dass sogar der schnellste Junge davor nicht weglaufen könnte."

„Echt?" Jonas guckt ganz erschreckt.

„Echt", nickt Michael. „Ein Vulkanausbruch ist spannend, aber er kann auch sehr gefährlich sein. Allerdings können Wissenschaftlerinnen und Wissenschaftler mittlerweile vieles vorhersagen. Zum Beispiel, wie schnell die Lava fließt. Das hängt damit zusammen, aus welchen Gesteinsarten sie besteht."

„Aha. Aber wie sind denn nun diese vielen Krater entstanden? Nun erklär schon!", drängelt Jonas.

„Die Lava strömte also über den Boden, in dem ziemlich viel Wasser war", wiederholt Michael. „Was passiert dabei mit dem Wasser?"

„Ich würde sagen, dem wird ziemlich heiß." Jonas kichert verschmitzt. „Wahrscheinlich zu heiß. Das würde mir jedenfalls so gehen."

„Dem Wasser geht es genauso", bestätigt Michael. „Und was wird aus Wasser, wenn ihm zu heiß wird?"

„Hm?" Mit gerunzelten Brauen überlegt Jonas. „Worauf willst du hinaus?"

„Hast du eine Ahnung, wie heiß Lava ist, wenn sie noch flüssig ist?"

„Ziemlich heiß“, meint Jonas und legt die Stirn in Falten. „Weiß nicht.“

„Schätz doch mal!“

„Hmmm. Vielleicht ...“, sagt Jonas gedehnt, „... vielleicht 300 Grad?“

„Mehr“, wirft Lisa ein.

„500?“, fragt Jonas.

„Mehr“, sagt Andreas.

„600?“

„Beim Austritt aus der Erde ist sie zwischen 750 und 1.200 Grad Celsius heiß!“, sagt Michael.

„Soo viiiel?“ Jonas reißt die Augen auf. „Wahnsinn!“

„Als die Lava hier über die Landschaft floss, war sie aber schon ein wenig abgekühlt, oder?“, wirft Lisa ein.

Michael nickt. „Das stimmt. Aber selbst die Temperatur, bei der Lava erstarrt, liegt noch bei etwa 650 bis 900 Grad. Und die Lava hier war ja noch nicht erstarrt.“

„Wow, da ist dem Wasser aber wirklich heiß geworden! Das muss ja alles komplett verdampft sein!“, staunt Jonas.

„Du hast es erfasst!“, nickt Michael anerkennend. „Aber es steckte ja immer noch unter der Lava. Hast du eine Idee, was dann passieren könnte?“

Jonas denkt nach und lässt den Blick über die vielen grünen Inselchen vor sich schweifen. Der kühle Wind wühlt in seinen Haaren. Er ist wieder aufgefrischt.

„Ich gebe dir einen Tipp“, sagt Michael. „Wenn Wasser in einem geschlossenen Topf kocht, fängt der Deckel an zu klappern.“

„Lass mich überlegen.“ Jonas schweigt eine ganze Weile. Schatten von Wolken wandern über das Wasser und die Hänge der Pseudokrater hinweg.

„Ich komme nicht drauf." Jonas zuckt mit den Schultern.

„Ich gebe dir noch einen Tipp", sagt Michael. „Dampf braucht viel mehr Platz als flüssiges Wasser."

Sofort hellt sich Jonas' Gesicht auf. „Ach ja, klar! Und deswegen drückt der Dampf den Topfdeckel hoch. Weil er nicht genug Platz im Topf hat. Dann entweicht ein Dampfwölkchen, und der Deckel fällt wieder hinunter. Bis wieder so viel Dampf entstanden ist, dass der den Deckel hochhebt. Und immer so weiter. Und wenn hier unter der Lava ganz viel Wasser verdampfte ... – Klar!", ruft er. „Die Lava ist wie ein Topfdeckel."

„Genau", bestätigt Michael. „Ein sehr schwerer Topfdeckel. Aber es war eben auch viel Wasser da."

„Und dann hat der Wasserdampf den Lavadeckel hochgehoben? Nicht mit einem leisen Klappern wie beim Topf, sondern bestimmt mit einem lauten Knall!", ruft Jonas. „BUMM!" Er macht einen Satz und reißt die Hände in die Höhe.

„Jawoll, und zwar mit richtig viel Kraft. Die Lava wurde wie durch eine Bombe weggesprengt, fiel rund um das entstandene Loch wieder hinunter, und es entstand ein Lava-Wall."

„Wow! Und dann sieht es aus wie ein Vulkankrater", stellt Jonas fest.

„Richtig", nickt Michael. „Aber eigentlich sind es lauter Explosionskrater. Von Dampfexplosionen."

„Spannend", wirft Andreas nun ein. „Wollen wir jetzt dort hinunter gehen und sehen, ob wir ein bisschen näher ans Ufer kommen?"

„Gern, aber ich war noch nicht ganz fertig. Wenn nämlich so ein Krater erstmal entstanden ist, spuckt er hinterher manchmal tatsächlich Lava", sagt Michael mit geheimnisvoller Miene.

„Quatsch!", sagt Jonas, und eine steile Falte entsteht auf seiner Stirn. „Wie soll das denn gehen?! Du hast doch gesagt, das waren keine echten Vulkane."

Michael lacht. „Und es geht doch! Überleg mal ein bisschen!"

„Nee, das fällt mir nicht ein", wehrt Jonas ab.

„Na hören Sie mal, Herr Jungforscher! Hier wird doch nicht einfach aufgegeben!" Michael stemmt die Hände in die Hüften. „Aber ich gebe dir noch einen Tipp: an den Explosionsstellen ist die Lavaschicht logischerweise nicht mehr so dick und fest wie dort, wo es keine Explosion gab."

„Verstehe ich nicht", meint Jonas und verzieht den Mund. Doch dann schnappt er plötzlich heftig nach Luft. „Moment!", ruft er. „Wenn unter der Lavaschicht noch mehr Wasserdampf ist! Dann zischt vielleicht immer wieder neuer Wasserdampf dort hinaus. Denn wenn die Lava dort nicht mehr so dick ist, kann der Dampf aus diesen Kratern ja leichter entkommen als an den Stellen, wo noch eine dicke Lavaschicht den Boden bedeckt. Dann gibt es in diesen Kratern vielleicht nach der ersten Explosion noch mehr Explosionen – wie bei dem Topfdeckel. Der wird ja auch nicht nur einmal, sondern immer wieder hochgehoben! Stimmt's oder hab ich recht?"

Michael klopft Jonas anerkennend auf die Schulter. „Na, siehst du. Ich wusste doch, dass du darauf kommst. Und diese immer neuen Dampfexplosionen reißen dann auch immer etwas Lava in die Höhe. Wie bei einem richtigen Vulkanausbruch spuckt der Krater also Dampf und Lava. Das ist der Grund, warum diese Stellen Pseudokrater heißen. Eigentlich wäre die Bezeichnung Pseudovulkane sogar passender."

„Ach“, sagt Jonas, „ich weiß schon, warum ich dich wiedertreffen wollte!“ Er grinst, schiebt sich seine Mütze nach hinten und lässt noch einmal die Augen über den See mit seinen vielen runden Inseln schweifen.

„Du kannst wirklich gut erklären“, sagt Lisa anerkennend. „Kein Wunder, dass Jonas dich unbedingt wiedersehen wollte.“

Schatten im Wald

Gehen wir jetzt nach unten?“, schlägt Michael vor, nachdem auch er diese merkwürdige Landschaft noch einmal genau betrachtet hat.

„Klar!“, ruft Jonas. „Oder?“ Er dreht sich mit bittendem Blick zu seinen Eltern um. „Dieser Weg dort zwischen den Bäumen führt bestimmt irgendwie zum Ufer.“ Dann stutzt er. „Bäume? Bäume!“, ruft er plötzlich. „Hier wachsen richtige Bäume! Das ist ja ein ganzer Wald hier! Ich dachte, in Island gibt es gar keine Wälder.“

„Du hast recht“, sagt Lisa überrascht, als nähme sie den Wald erst jetzt wirklich wahr. „Sonst steht nur hier und da mal ein Baum in der Nähe von Häusern, wo er geschützt wachsen kann.“

„So sah es auf Island vielleicht an vielen Stellen aus, bevor die Wikinger herkamen“, sagt Andreas nachdenklich. „Die Menschen haben die Bäume gerodet, um Feuerholz und Baumaterial für Häuser und Schiffe zu haben, denke ich. Und, um Fläche für die Landwirtschaft zu gewinnen“, sagt er. „Die Schafe ihrer Nachfahren sorgen jetzt wahrscheinlich dafür, dass der Wald nicht nachwachsen kann. Sie laufen im Sommer doch fast überall frei herum. Und knabbern keimende Bäume wieder und wieder ab, so dass sie nicht wachsen können.“

„Los, ich will wissen, wie es in einem isländischen Wald ist!“, ruft Jonas. Schon flitzt er los.

Die Sonne lässt die Blätter in hunderten von Grüntönen aufleuchten. Leise rauscht der Wind in den Zweigen. Vögel zwitschern. Es duftet nach Farn und Moos, Erde und feuchtem Holz. Nach kurzer Zeit taucht der Pfad aus dem grünen Dämmerlicht wieder hinaus in die Sonne. Michael, Jonas, Lisa und Andreas stehen am Ufer des Sees. Ein niedriger Holzzaun trennt sie von einer steilen, etwa drei Meter hohen Kante. Unter ihnen glitzert die Sonne auf dem Wasser.

„Schaut mal, das Wasser ist so klar, dass man bis auf den Grund sehen kann“, sagt Lisa begeistert. Michael beugt sich über den Zaun. Grüne Blätter von Wasserpflanzen ragen bis an die Wasseroberfläche. Dunkle Steine ruhen in der Tiefe. Dann kräuselt der Wind das Wasser, und die Lichtreflexe leuchten die Bilder aus der Tiefe fort.

„Was sind denn das für merkwürdige dunkle Säulen, Michael?“ Jonas zupft an Michaels Ärmel und zeigt auf meterhohe Türme, die im Wasser und auf dem flachen Ufer einer nahen, grünen Insel stehen. „Die sehen echt unheimlich aus. In der Dunkelheit würd ich mich nicht hertrauen, glaub ich.“

„Das sind Lavatürme“, sagt Michael. „Die dürften zur gleichen Zeit entstanden sein wie die Pseudokrater.“

Plötzlich sieht Michael einen Schatten aus dem Augenwinkel. Als er die Augen hebt, schaut er direkt in die blanken, schwarzen Knopfaugen einer Rotdrossel, die nur ein paar Meter entfernt auf einem Zaunpfeiler hockt und die vier Menschen interessiert betrachtet.

„Schaut mal, die Drossel“, flüstert Michael.

„Uih! Ob sie sitzen bleibt?“ Ganz behutsam geht Lisa ein paar Schritte näher und wispert: „Sie guckt mich an, als würde sie mir etwas sagen wollen.“

Da flötet die Drossel ein paar leise Töne und fliegt in den Wald davon.

„Ob sie will, dass wir mitkommen?“, überlegt Lisa und sieht ihr nachdenklich hinterher. „Habt ihr etwas dagegen, wenn wir ihr nachgehen?“, fragt sie die anderen drei.

„Nein, überhaupt nicht“, sagt Michael mit kritischem Unterton. „Auch wenn eine Drossel uns ganz sicher nichts sagen will.“

Die vier folgen dem Vogel auf einen Pfad, der sie wieder unter die Bäume führt.

„Eine von grünem Licht durchflutete Welt aus jung erscheinenden, aber von uralten Flechten bewachsenen Stämmen“, murmelt Lisa vor sich hin.

Michael schaut sie an. „Da schlummert ja eine Dichterin“, lächelt er. „Die Drossel ist jedenfalls nicht mehr zu sehen – wie zu erwarten war.“

Jonas voran folgen sie dem Pfad durch die grüne Dämmerung. „Wie die Luft hier nach Bäumen und bemooster Erde duftet! Wie die Sonne fröhlich durch die Blätter lächelt!“, sagt Lisa leise.

Da huscht etwas am Rande von Michaels Gesichtsfeld durch die grünen Schatten. Instinktiv wendet er den Blick dorthin, aber alle Bewegungen verschwimmen in den Lichtspielen der Sonne auf den Baumstämmen und dem üppig bewachsenen Waldboden. Michael blinzelt und zieht die Stirn kraus, dann guckt er wieder auf den Pfad und die geringelte Mütze von Jonas vor ihm.

Da! Wieder eine Bewegung, die er nur im Augenwinkel wahrnimmt! Er sieht genau hin, aber wieder ist nichts zu entdecken. „Merkwürdig“, denkt er.

Als sich dies noch einmal wiederholt, wendet er sich irritiert an die anderen. „Seht ihr auch so etwas wie Vögel, die blitzschnell im Geflecht der Zweige verschwinden oder hinter die Stämme huschen?“

„Nö. Ich sehe keine. Wieso denn?“, fragt Jonas. Michael blickt Jonas verwirrt an. Der grinst spitzbübisch. „Siehst wohl Elfen und Zwerge, was?“

„Das fehlte mir gerade noch!“, murmelt Michael und schüttelt unwillig den Kopf. Doch sofort scheinen die Schatten ihn erneut narren zu wollen. „Seht ihr denn keine Schatten hin und her flitzen?“, fragt er die anderen.

Jonas guckt sich neugierig um. „Nee“, sagt er dann. Auch Andreas schüttelt den Kopf. Lisa, die hinter Michael geht, antwortet nicht.

„Komisch.“ Und schon wieder hat er den Eindruck, in den Augenwinkeln huschende Schatten zu sehen. Aber dann schüttelt er energisch den Kopf und achtet einfach nicht mehr auf sie.

Über einen kurzen Hang steigen sie aus dem Wald hinab auf einen Fahrweg und wenden sich zurück in Richtung Straße. Sie sind noch nicht weit gegangen, als Michael plötzlich das merkwürdige Gefühl hat, dass er von hinten beobachtet wird. Er schaut zurück zum Wald. Ist da ein Schatten zwischen den Stämmen? Michael blinzelt. Als er wieder hinsieht, huscht eine schummrige Kontur in den Wald. „Was zum Teufel ...?!“ Auf seiner Stirn entsteht eine tiefe, steile Falte, aber er sagt nichts.

„Wie schade, dass man nur noch an so wenigen Stellen in Island Wald findet“, sagt Lisa in diesem Moment nachdenklich. „Die Bäume sind nicht hoch, aber sie scheinen zu lachen und vor Lebenskraft zu strahlen. Zauberhaft. Vielleicht waren es gar keine Vögel, die dort in den Schatten herumhuschten.“

„Mama sieht schon wieder Elfen“, kichert Jonas.

Eine lange Mahlzeit und ein tausendjähriger Tanz

Während Trollo einen Stein nach dem anderen in seinen Mund steckt, saust Elfie purzelbaumschlagend über Gras und Blumen, nascht ein wenig süßen Nektar, balgt übermütig mit einem weißen Schmetterling und pustet einer Biene die Blütenpollen von den Hinterbeinen. Die summt erbost hinter ihr her, aber Elfie ist schon davon. „Trollo ist frei!“, jauchzt sie einer durchscheinend leuchtenden Lichtfee zu, die auf einem Farnwedel schaukelt.

„Wer ist Trollo?“, wispert die Fee, doch Elfie schwirrt schon lachend zu einer Buschreihe hinüber, durch die ihr der See entgegenblinkt. Auf den Wellen tanzen Lichter. Elfie fliegt zum Ufer, schöpft ein wenig Wasser und benetzt damit die Blüten ihres Kleides. „Ihr Armen, ihr habt jetzt aber lange keine Erfrischung mehr gehabt“, flüstert sie. Danach trinkt sie selbst ein Schlückchen und sieht sich um.

„Oh, eine Silberwurz!“, zwitschert sie fröhlich. Sie lässt sich auf die strahlendweiße Blüte der gedrungenen Pflanze fallen. Die Silberwurz hat ihre Blüte der Sonne zugewandt. Elfie setzt sich gemütlich zurecht, beobachtet glücklich den Lichtertanz auf dem Wasser vor ihr und genießt die warmen Strahlen der Sonne. „Trollo kaut bestimmt noch eine ganze Weile mit vollen Backen“, kichert sie. Elfie lässt sich in der Blüte schaukeln und von ihr immer in Richtung der Sonne drehen. Dann kann sie ihre Ungeduld nicht mehr bezähmen, fliegt auf und saust zu Trollo zurück. Der hockt immer noch hinter seinem Steinbrocken und kaut. Als Elfie herankommt, greift er gerade nach einem weiteren Stein.

„Immer noch nicht satt? Du willst wohl den ganzen Tag lang essen“, zieht Elfie ihn kichernd auf.

Trollo schüttelt nur den Kopf.

„Deine Hose spannt ja schon über dem Bauch!“, lacht sie.

Trollo schaut auf seinen Bauch, zuckt grinsend die Schultern und kaut krachend weiter. Dann sieht er sich nach dem nächsten Stein um und rückt ein Stück weiter den Hang hinunter. Rings um ihn sind alle aufgegessen.

„Oh, Trollo, du kannst doch nicht ganz Island vertilgen!“, quiekst Elfie.

„Ich bin fast verhungert!“, knurrt Trollo mit vollem Mund.

Elfie lacht. „Aber jetzt siehst du nicht mehr sehr verhungert aus.“ Sie tippt spöttisch mit ihrem Finger auf seinen Bauch.

Trollo schubst grinsend ihre Hand weg und beißt wieder in einen Stein. Elfie hält sich lachend die Ohren zu und surrt vor Trollo in einen Kopfstand. Als sie sich wieder auf die Füße fallen lässt, schluckt Trollo und lächelt dann breit.

„Fertig?“, ruft Elfie.

„Nein. Immerhin fühle ich mich nicht mehr so dürr.“ Er klopft sich zufrieden auf seinen gerundeten Bauch. Dann greift er nach dem nächsten Stein.

„Oh, nein!“, kreischt Elfie fröhlich. Und schon steht sie, sich die Ohren zuhaltend, wieder kopfüber.

Trollo lacht ein steiniges Lachen und beißt knirschend ein Stück aus seinem Brocken heraus. „Jetzt hab ich Durst“, brummt er schmatzend.

„Dann komm, da vorn ist ein See!“, flötet Elfie vergnügt und saust los. Trollo folgt ihr mampfend.

Während er seinen Durst in langen, gierigen Zügen löscht, düst Elfie am Ufer entlang. Dort wachsen in üppigem Grün Birken, so hoch, wie Elfie sie vorher noch nie gesehen hat. Sie schwirrt zu Trollo zurück.

„Trooolloooo! Trollooohooo!“, juchzt sie.

Trollo grinst über beide Backen. Er hockt auf einem großen Basaltbrocken am Ufer und fühlt sich so satt und zufrieden wie seit langem nicht mehr. „Elfiiiihiiie! Hier bin ich!“

Als Elfie außer Atem neben ihm landet, fragt er unternehmungslustig: „Was machen wir jetzt?“

„Da vorne ist ein Wald, ein richtiger Wald!“, ruft Elfie begeistert. „Komm, wir schauen uns den an! Ich habe noch nie so große Bäume gesehen!“

„Okay, roll los!“, erwidert Trollo.

„Ich fliege!“, erwidert Elfie. „Ich will mir doch nicht den Kopf lädieren.“ Sie schwirrt los. Trollo rumpelt hinterher.

„Uff!", staunt er, als er die Bäume am Ufer sieht. „Sind die hoch!"

Elfie saust übermütig hinauf in den Wipfel einer Birke, die direkt am Wasser steht. „Trollo! Komm rauf! Hier kann man ganz weit schauen! Der See ist sooo riesig! Nun komm schon!"

Trollo steht schweigend im Gras und schaut zu Elfie hinauf.

„Wo bleibst du denn?", ruft sie hinunter.

„Ich weiß nicht ..." Trollo macht eine Pause. „Ich bin noch nie auf einen Baum geklettert."

„Ach ja richtig, du kannst ja nicht fliegen!" Elfie schaut durch die Zweige zu Trollo hinunter. Dann ruft sie: „Da vorn ist ein Hügel. Komm, von da aus kannst du genauso weit gucken!" Sie saust hinunter zu Trollo und zeigt in die Richtung. „Willst du einen Tritt?", fragt sie lachend.

Trollo schaut den Hang hinauf. „Lieber nicht." Er grinst verschmitzt. „Da rassle ich nur gegen einen der Baumstämme." Er rollt und springt los. Elfie überholt ihn und fliegt vor ihm her.

Bald sitzen sie auf dem Gipfel, auf dem vor einer kurzen Weile noch Jonas, Michael, Lisa und Andreas standen und genau wie sie staunend über den See schauten. Der Wind flüstert in den Bäumen, Vögel singen im lichten Geäst. Aus dem Wald weht leise das Singen und Lachen von Elfen herauf.

„Komm, wir besuchen die Elfen!", ruft Elfie aufgekratzt.

„Weiß nicht", murmelt Trollo zögernd. „An deinen Übermut habe ich mich ja mittlerweile einigermaßen gewöhnt. Aber eine ganze Gruppe Elfen ist mir nicht geheuer. Die lachen bestimmt über mich!"

Elfie schaut Trollo nachdenklich an. Dann lenkt sie ein. „Das kann sein. Elfen sind manchmal einfach ein bisschen abschätzig anderen Geistern gegenüber – und Trolle mögen die meisten nicht. Aber ich möchte so gern ihrem Gesang zuhören und ein bisschen mit ihnen sprechen", seufzt sie.

„Dann lass uns hinunterrollen. Ich suche mir einfach eine gemütliche Mooskuhle, bevor sie uns sehen. Dann verdaue ich ein wenig, während du mit ihnen sprichst", schlägt Trollo vor. Elfie lächelt ihn dankbar an, aber dann runzelt sie die Stirn: „Ich fliege!", sagt sie mit Nachdruck.

„So oder so", erwidert Trollo unbekümmert.

Sie tauchen in den Schatten der Bäume ein und schauen sich mit großen Augen in dieser grünen Wunderwelt um. Elfie folgt den Stimmen quer durch den Wald, Trollo hüpft von Moos zu Stein hinterher. Als die Stimmen dicht vor ihnen sind, verabschiedet sich Trollo: „Da hinten scheint die Sonne durch die Bäume. Ich suche mir dort ein schönes Plätzchen. Holst du mich da wieder ab?" Seine Stimme schwankt ein wenig.

Aber Elfie ist so fröhlich zumute, dass sie es gar nicht bemerkt. „Na klar! Bis nachher!", flötet sie. Dann saust sie davon.

Trollo rollt los in Richtung auf die sonnige Stelle. Als er sie fast erreicht hat, hört er Stimmen. Menschliche Stimmen! Trollo versteckt sich hinter einem Baumstamm. Von dort kann er sehen, dass er das Ufer des Sees erreicht hat. Nur ein paar Meter entfernt steht sein Entführer! Trollos Herz klopft ihm bis zum Hals. Dann erkennt er die bunte Mütze und die orangefarbene Jacke des Jungen neben Michael: Das ist doch Jonas! Und seine Eltern! Ob Michael wieder etwas erklärt? Aber in diesem Moment fliegt zwischen ihm und den Menschen eine Drossel auf, die Trollo gar nicht bemerkt hatte, und saust flatternd direkt über seinen Kopf hinweg in den Wald.

„Ob sie will, dass wir mitkommen?", hört Trollo Lisa fragen. Sie guckt der Drossel über Trollos Kopf hinweg hinterher. „Habt ihr etwas dagegen, wenn wir ihr nachgehen?"

„Nein, überhaupt nicht", antwortet Michael. „Auch wenn eine Drossel uns ganz sicher nichts sagen will." Die vier wenden sich dem Pfad zu, neben dem Trollo hinter seinem Baumstamm hockt. Panisch zieht er den Kopf ein, hüpft über eine dicke Wurzel und rollt sich, den Kopf nach unten, wie ein Igel zusammen. Er hört die Schritte näher kommen, hört sie neben sich, hört, wie sie sich entfernen.

Erst, als sie ganz verklungen sind, richtet er sich wieder auf. „Puh, das war knapp!", stöhnt er. Mit wackligen Knien stapft er zum Ufer, rollt sich in einer kuscheligen Mooskuhle unter einer Birke zusammen und schläft ein.

Als er wieder erwacht, ist die Sonne von einer dicken Wolke verdeckt. Ein Windstoß vom See fährt ihm kalt in den Bart. Trollo reibt sich den Schlaf aus den Augen und lauscht, aber das Lachen und Singen der Elfen ist verstummt. „Nach dem Stand der Sonne muss ich fast eine Stunde geschlummert zu haben!", überlegt er, während er sich aufrappelt. „Wo bleibt Elfie nur?" Er lauscht. „Ob sie mit den Elfen davongeflogen ist? Warum ist denn gar nichts mehr zu hören?" Trollo krabbelt aus seiner Mooskuhle und schaut sich um. Dabei fällt sein Blick auf einige merkwürdige Felstürme, die im Wasser des Sees und gegenüber auf dem Ufer einer nahen Insel stehen. Plötzlich ertönt eine tiefe Stimme.

„Hu, was macht denn ein Troll wie du hier am helllichten Tag?"

Trollo stutzt. Dann sieht er einen sehr stämmigen Geist. Er lehnt an dem Felsturm, der Trollo am nächsten steht! Mit seinem

Auf diesem Foto haben wir den Grauhünen und zwei Zeitgeister gefunden. Was entdeckst du?

Auf den nächsten Seiten siehst du die drei, wie wir sie sehen.

kräftigen Brustkorb und den muskelbepackten Schultern und Armen sieht er aus wie ein Zwerg. Aber dafür ist er viel zu groß, und außerdem hat er keinen Bart. Seine Haut ist grau wie Stein. Ein Grau-Hüne!

„Guten Tag!“, antwortet Trollo. „Ich warte hier auf meine Freundin. Sie ist bei den Elfen im Wald. Hoffentlich kommt sie wieder.“

„Ho, auf deine Freundin? Ist sie liebreizend? Magst du sie?“

„Ich mag sie gern. Liebreizend? Ja, ich glaube schon, das ist sie.“

„Hi, das weißt du nicht? Hihi. Und warum schickt ein Troll seine Trollfreundin zu den grauäugigen Waldelfen? Und noch dazu am hellen Tag? Hu, das hätte ich nicht getan.“

„Wie spricht denn der?“, denkt Trollo, bevor er antwortet: „Sie wollte endlich mal wieder unter Elfen sein. Wir haben die Elfen singen und lachen gehört, als wir dort hinten auf dem Hügel saßen.“ Trollo zeigt in die Richtung.

„Ha, auf dem Hügel. Ho, in der Sonne. Und warum seid ihr nicht versteinert?“, fragt der Hüne.

„Eine Elfe versteinert doch nicht!“, antwortet Trollo kopfschüttelnd.

„Ha! Eine Elfe! Haha! Du bist doch keine Elfe! Hö-hö-hö-hö!“ Der Grau-Hüne lacht ein merkwürdig holpriges, stockendes Lachen.

„Ich doch nicht! Meine Freundin ist eine Elfe!“

„Hö?“ Der Hüne stockt. „Deine Freundin ist eine Elfe? Hu. Aber bist du denn kein Troll? Du siehst doch aus wie ein Troll. Hu, aber wenn du nicht versteinerst ...“ Fragend schaut der Grau-Hüne Trollo an.

„Na klar bin ich ein Troll!“ Trollo lacht ein satt rollendes Lachen. „Ich bin ein Tagtroll. Trollo, aus der Familie der Kieselbeißer. Angenehm." Er verbeugt sich.

Der Hüne bricht in Lachen aus. „Hö-hö-hö-hö! Du bist merkwürdig. Von Tagtrollen habe ich noch nie etwas gehört."

„Wir Tagtrolle versteinern nicht, wenn wir in der Sonne sind. Wir mögen die Sonne. Nachts schlafen wir lieber."

„Ha-ha-ha! Eben hast du aber tagsüber geschlafen", lacht der Grau-Hüne wieder sein stammelndes Lachen.

„Das war doch nur ein Verdauungsschläfchen!"

„Ho-ho-ho! Ein Verdauungsschläfchen! Kurz vor dem Mittag! Ho-ho-ho!"

Trollo runzelt die Stirn. „Muss ich dem denn alles erklären?", fragt er sich. „Besonders schlau scheint der nicht zu sein." Er wechselt das Thema. „Was sind denn das für merkwürdige Türme hier?", fragt er.

„Ha!" Der Hüne scheint mächtig erfreut zu sein über diese Frage. „Ho, das sind Lava-Türme. Nur ein paar tausend Jahre alt. Also noch sehr jung! Hoho."

„Lava-Türme?" Trollo zieht die Augenbrauen zusammen und kratzt sich am Moosbart.

„Hi, ja! Davon gibt es noch viel mehr in der Gegend. Da hinten, da liegen die Dämmerburgen. Ein paar Tanten und Onkel von mir leben da. Nette Gegend. He."

Trollo verkneift sich ein Lachen. Diese Hi-s, Ho-s, He-s, Hu-s und Ha-s sind wirklich zu komisch!

Der Hüne bemerkt Trollos Grinsen gar nicht und spricht ungerührt weiter: „Die sind alle entstanden, als die Laxárlava kam."

„Die was?"

„Ho, die Laxárlava."

„Was ist das denn?“

„He. He-he. Laxárlava, so heißt der Lava-Strom, der von dem Vulkan dort hinten kam“, sagt der Grau-Hüne, als sei das das Selbstverständlichste der Welt. Er macht eine winkende Handbewegung etwa in die Richtung, über der die Sonne gerade steht. „Ist schon ein paar tausend Jahre her. Ho.“

„Aha“, sagt Trollo, aber wirklich schlauer fühlt er sich nicht. „Was ist denn Lava?“

„Ho, du weißt nicht, was Lava ist?“ Der Hüne lacht wieder ein holperiges Lachen. „Hi-hi-hi-hi. Lava, das ist der heiße Steinbrei, den die Vulkane ausspeien. Neue Steine, ha! Ganz neu, direkt aus den Tiefen der Erde. He.“

„Neue Steine?!“ Trollos Ohren werden fast so spitz wie die von Elfie. „Vulkane spucken neue Steine aus?“

„Klar! Ha! Wusstest du das nicht?“

„Nein. Ich dachte sie spucken Feuer.“

„Und was für Feuer! Ho-ho-hoooo! Die Lava! Ho! Das sind kochende, heiße, feurige, glühende Steine! Wie brennender, dickflüssiger Brei; leuchtend orangeroter, neuer Steinbrei, der alles verbrennt, was ihm im Weg ist! Die Lava. Hu!“

„Die Lava ...“, murmelt Trollo langsam. „Neue Steine – Feuer – Vulkane – Hitze in der Erde – warme Mooshosen. Ich glaube, jetzt verstehe ich etwas.“

„Ha! Das ist gut. Du verstehst etwas. Ha-haa!“

Trollo schweigt. Ganz langsam verbinden sich die Gedanken in seinem Kopf. Dann fragt er: „Die neuen Steinen kommen als Lava aus den Vulkanen? Und sie sind heiß wie Feuer? Und weil sie flüssig sind, fließen sie rundum in das Land hinaus?“

„Ho, genau. Als Lava-Strom. Wie langsame, brennende Flüsse.“

„Aha.“ Trollo runzelt nachdenklich die Stirn. „Und wie werden aus diesen glühenden Lavaströmen dann Steine?“

„Ho! Ist doch klar. Die Lava ist doch nichts anderes als Stein, glühender Steinbrei. Wenn sie aus dem Vulkan raus ist, wird sie kalt, gaaanz langsam. Und wenn heiße Steine kalt werden, werden sie hart. Ho. Steinhart. Ho-ho!“ Der Grau-Hüne lacht wieder.

Mit großen Augen schaut Trollo auf die Lavatürme und den Geist. „Heißen alle Lavaströme denn Laxárlava? Komisches Wort.“

„Hö-hööö, du bist komisch! Guter Witz, höö!“

„Das war kein Witz“, brummt Trollo. Aber der Hüne hört gar nicht zu. Er spricht schon weiter: *„Dieser* Lavastrom heißt Laxárlava! Er hat sich da hinten in das Tal geschoben. Da schlängelte sich vorher ein Fluss durch: die Laxá. Lachsfluss, ha, so heißt der Fluss. Und dann ist die Lava fest geworden und hat den Fluss aufgestaut. He!“

„Wie bitte?“, fragt Trollo verwirrt. Das geht ihm alles zu schnell.

„Der Fluss! Heißt Laxá. Ha! Und dann kam die Lava und versperrte dem Fluss den Weg. Ho! Deswegen heißt sie Laxárlava. Hat das Tal einfach mit einem dicken Damm zugemacht. Und das ganze Wasser blieb in der Senke, bis der Mývatn da war, dieser See, das Mückenwasser. Ha!“

Trollo schaut über das Wasser und auf die Lavatürme. „Und diese Türme sind Lavatürme?“

„Ha, genau. Reste der Lava von damals. Und bei den Dämmerburgen da hinten“, er zeigt noch einmal in Richtung der Sonne, aber ein wenig weiter nach links als vorhin, „da gibt es noch viel mehr solcher Türme. Ha.“

„Da gibt es noch viel mehr?“ Trollo staunt mit offenem Mund.

Dann fällt sein Blick plötzlich auf eine merkwürdige doppelte Säule. „Oh, nein! Die Armen!“, ruft er erschüttert.

Der Grau-Hüne sieht ihn verdutzt an. Dann folgt er Trollos Blick. „Ach, die! Ho“, meint er herablassend.

„Sind das versteinerte Trolle?“, flüstert Trollo mit bekümmertem Blick. „Sie sehen aus, als seien sie mitten im Tanz versteinert.“

„Hö! Nein. Die leben schon noch. Sind aber furchtbar langsam.“

„—N——i——c——h——t——s— —d——a—“, ertönt plötzlich sehr langsam eine dumpfe Stimme. Sie kommt von dem Tänzer.

„—W——i——r— —t——a——n——z——e——n— —e——i——n——e——n— —— —r——a——u——s——c——h——e——n——d——e——n— —— —— —T——a——n——z—, —— —— —s——e——h——t— —i——h——r— —— —— —— —d——a——s— —n——i——c——h——t—?“

Perplex starrt Trollo auf die beiden Gestalten. „Ich, äh ... Ihr steht doch ganz starr“, stottert er.

„—W——i——r— —d——r——e——h——e——n— —u——n——s— —r——u——n——d— —u——n——d— —r——u——n——d—!“, sagt die Tänzerin schleppend. „—D——i——e— —K——l——e——i——d——e——r— —f——l——i——e——g——e——n—, —d——i——e— —H——a——a——r——e— —w——e——h——e——n— ...“

Trollo starrt auf die beiden reglos Tanzenden. War da tatsächlich ein Hauch einer Drehung?

„Ho, wundere dich nicht über die“, ist die Stimme des Grau-Hünen wieder zu vernehmen. „Das sind Zeitgeister, he. Bei denen ist die Zeit ganz anders als bei uns. Für die beiden vergeht unsere Zeit unglaublich schnell. Die meinen, sich rasant zu drehen. Ha! Aber es müssen Jahre vergehen, bevor man etwas davon sieht, he. Merkwürdige Leute, aber ich habe mich an sie gewöhnt. Hu. Meistens reden sie ja nicht. Ho, stehen einfach nur rum.“

„Zeitgeister?“ Von Zeitgeistern hat Trollo noch nie etwas gehört.

„Ja, ho. Meist bemerkt man sie nicht, weil sie so unendlich langsam sind. Es gibt aber auch andere. Manche sind das genaue Gegenteil. Hi. Die sind so schnell, dass wir sie nicht sehen, weil sie vorbei sind, bevor wir überhaupt bemerken, dass da wer gewesen sein könnte. Hoppla – weg. Ho. Merkwürdige Leute. Hi-hi.“

„Na, hier ist aber noch jemand merkwürdig“, denkt Trollo. Er schaut noch einmal auf die Tänzer. Dann fällt ihm etwas ein. „W–a–r–t i–h–r a–u–c–h s–c–h–o–n h–i–e–r, a–l–s d–i–e L–a–v–a k–a–m?“, fragt er langsam.

„—W—i—r— — —s—i—n—d— —m—i—t— —i—h—r— —h—e—r— g—e—k—o—m—m—e—n—. — —W—i—r— — —h—a—b—e—n— —i—n— —d—e—r— — —L—a—v—a— —g—e—t—a—n—z—t—, — — —h—a—b—e—n— — —u—n—s— —a—u—s— —i—h—r— — —h—e— r—a—u—s—g—e—d—r—e—h—t— —i—n— — —h—u—n—d—e—r—t— —D— r— e— h— u— n— g— e— n—. —D—a—s— — —m—e—i—s—t—e— —v—o—n— —i—h—r— —i—s—t— —d—a—v—o—n—g—e—f—l—o—s—

s—e—n—. — —B—e—d—a—u—e—r—l—i—c—h—e—r—w—e—i—s—e—. —A—b—e—r— —w—i—r— —s—i—n—d— — —n—o—c—h— —h—i—e—r—. — — —W—i—r— —t—a—n—z—e—n— — —w—e—i—t—e—r—. — —W—i—l—d—e— —L—a—v—a—t—ä—n—z—e—, — —t—a—u—s—e—n—d— —D—r—e—h—u—n—g—e—n— — —a—n— —e—i—n—e—m— —e—i—n—z—i—g—e—n— — —W—e—l—t—e—n—t—a—g—“, antwortet der Tänzer.

„Was ist denn ein Weltentag?“, fragt Trollo verwirrt.

„Ich sage doch, die haben ihre eigene Zeitrechnung, hu“, erwidert der Hüne.

Die Zeitgeister antworten nicht mehr. Trollo starrt sie an, kann aber nicht die kleinste Bewegung erkennen. Dann wendet er sich wieder dem Grau-Hünen zu. Dieser schaut stumm über den See. Da erinnert sich Trollo wieder an Elfie. Er hockt sich auf einen Stein und stützt den Kopf in die Hände. Traurig starrt er auf die Wellen und hinunter auf die großen, algenbewachsenen Steine im kristallklaren Wasser.

„Sie kommt bestimmt nicht mehr wieder“, denkt er. „Ich hab schon so lange gewartet. Sie ist bestimmt weg. Mit den Elfen. Was mach ich denn jetzt? Wie komme ich bloß wieder nach Hause?“ Nervös greift er sich ein Steinchen, steckt es in den Mund und versucht, mit ihm auch die aufsteigende Angst hinunterzuschlucken.

Die Waldelfen

Elfie fliegt nur ein kurzes Stückchen, dann kann sie sie sehen: Es sind Waldelfen! Ihre Haare sind braun wie fruchtbare Erde, ihre Augen grau wie Birkenstämme im Mondlicht. Sie tragen Umhänge, die in allen Grüntönen der Welt zu schimmern scheinen: Im Schatten der Bäume verschmelzen sie mit dem dunklen Moos und den tiefgrünen Farnwedeln, in den Sonnenflecken unter den lichten Zweigen leuchten sie wie maigrünes Gras.

Über einem moosbewachsenen Stein schwirrt Elfie zögernd auf der Stelle und nestelt unentschlossen an den Blumen ihres Kleides. Da ertönt ein heller Ruf. Die Elfen halten im Tanz inne und schauen sie an. Zaghaft surrt Elfie näher. Sie fühlt sich sehr klein und nichtssagend unter diesen wunderschönen, hochgewachsenen Leuten.

„Guten Tag!“, sagt sie leise und blickt auf ihre Blumenschuhe, die von der langen Reise schon ziemlich mitgenommen aussehen.

„Komm, tanz und sing mit uns!“ Eine hochgewachsene Elfe mit jugendlichem und dennoch weisem Gesicht tritt lachend auf sie zu und führt sie in den Kreis.

Kaum hat der Tanz wieder begonnen, als ein Menschen-Junge mit bunter Mütze und hinter ihm Michael und zwei weitere Menschen erscheinen.

„Vorsicht, da sind Menschen!“, ruft Elfie erschrocken und lässt sich hinter ein Büschel großer Giersch-Blätter fallen. Die Waldelfen huschen hinter Steine, Blätter und Stämme.

Michael guckt blinzelnd auf einen grau-weißen Birkenstamm, hinter dem eine der Elfen verschwunden ist. Aber dann runzelt er die Stirn und wendet sich wieder dem Pfad zu.

In diesem Moment fliegen einige der Waldelfen auf und flitzen lachend rechts und links des Pfades zwischen den Bäumen umher. Elfie sieht, wie Michael seinen Blick verwirrt hin und her wendet. „Seht ihr Vögel, die blitzschnell im Geflecht der Zweige verschwinden oder hinter graue Stämme huschen?“, hört sie ihn fragen.

„Nö. Ich sehe keine. Wieso denn?“ Der Menschen-Junge dreht sich zu Michael um. „Siehst wohl Elfen und Zwerge, was?“, hört Elfie ihn mit einem belustigten Unterton fragen.

„Was bildet der sich denn ein?“, denkt sie mit ärgerlich gekräuselter Stirn.

Trollos Entführer murmelt etwas, das sie nicht versteht. Dann fragt er: „Seht ihr denn keine Schatten hin und her flitzen?“

Der Junge guckt sich neugierig um. „Nee“, sagt er dann. Auch der Mann hinter ihm schüttelt den Kopf. Die Frau antwortet nicht. „Komisch", sagt Michael. Die Menschen gehen weiter und verschwinden hinter einer Biegung des Pfades. Zwei Elfen folgen ihnen.

„Wir tanzen weiter!", ist der helle Ruf eines Elfen zu hören. Der leichte, fröhliche Tanz beginnt von neuem.

Als die Sonne von einer dicken, grauen Wolke verdeckt wird und ein kühler Wind in die Blätter der Birken und Zitterpappeln fährt, halten die Elfen inne.

„Woher kommst du? Wir kennen dich gar nicht", wendet sich die Elfe, die Elfie zum Tanz einlud, an den Gast. „Ich bin Jórunn. Und wie heißt du?"

„Ich bin Elfie Grasnelke. Ich komme von Snæfellsnes, weit im Westen", antwortet Elfie. Bewundernd sieht sie Jórunn an. Deren graue Augen leuchten, und ihre langen dunklen Haare sind mit Silbersträhnen durchzogen. Sie trägt ein Kleid, das über und über mit weißen Blüten besteckt ist. An ihrem Ringfinger leuchtet ein wunderschöner, tiefgrüner Stein.

„Von Snæfellsnes!", erwidert ein Elf in moosgrüner Kleidung. Ein Kranz aus frischgrünen Birkenblättern ziert sein dunkles Haar. „Was hat dich denn so weit in den Osten gerufen?"

„Das ist eine lange Geschichte", antwortet Elfie unsicher und zupft beklommen an ihrem Blütenkleid.

„Wunderbar! Wir haben schon viel zu lange keine Geschichte mehr gehört. Erzähle!", fordern die Waldelfen sie auf.

„Aber das ist bestimmt langweilig für euch", sagt Elfie verunsichert.

Die Waldelfen lachen glockenhell. „Na, komm, gönn uns doch deine Geschichte!" Sie nehmen Elfie bei der Hand und fliegen mit ihr zu einer nahen Lichtung. Auf Gras und Steinen setzen sie sich in ein Halbrund um ihren Gast herum.

Elfie zögert und schaut nacheinander all ihren Zuhörerinnen und Zuhörern in die schönen Gesichter. Alle blicken sie freundlich und einladend an.

„Na gut", sagt sie gedehnt und beginnt dann zu erzählen.

Die Waldelfen sind gute Zuhörer. Sie staunen und lachen und ängstigen sich wie Elfie, während diese von ihren Abenteuern berichtet. Als Elfie von der Befreiung Trollos erzählt, klatschen sie lachend Beifall. Zwei der Waldelfen aber regen sich nicht und schauen Elfie ernst an: Jórunn und der Elf mit dem Blätterkranz auf dem Haar.

„Und der Mensch, dieser Michael, wo ist der jetzt?", fragt Jórunn.

„Der ist vorhin hier vorbeigekommen, als wir getanzt haben", ruft Elfie lustig. „Und jetzt ist er bestimmt auf und davon!"

„Hast du denn vergessen, was Knubbelnase der Zukünftige sagte?", fragt der Elf mit dem Blätterkranz ernst.

„Ach der!", schnauft Elfie und lacht unbekümmert. „Der war doch komisch."

„Und wenn das, was er sagte, wahr ist? Schließlich hat er eine ganze Menge über dich gewusst. Und er hat dir geholfen, Trollo wiederzufinden", sagt der Elf tadelnd.

„Pah! Ist doch egal!", winkt Elfie ärgerlich ab. Sie ist doch nicht hergekommen, um sich eine Standpauke abzuholen!

Aber der Elf blickt ihr ernst direkt in die Augen. „Ihr habt eine Aufgabe, die für alle Elfen und Trolle und das ganze verborgene Volk Islands sehr wichtig ist! Auch für dich und Trollo! Und du nimmst einfach Reißaus? Knubbelnase hat gesagt, dass ihr den

Menschen auf keinen Fall zu früh verlassen dürft. Und was habt ihr getan?! Ihr müsst sofort aufbrechen und diesen Menschen wiederfinden!" Er schaut Elfie eindringlich an.

Doch Elfie ist nicht dazu aufgelegt, sich zurechtweisen zu lassen. „Trollo ist fast verhungert! Und ich hatte auch nichts mehr zu essen! Und überhaupt: Was interessiert dich das, ob ich diesen Michael in den Wind sausen lasse!?"

Der Elf öffnet den Mund, um zu antworten, aber Jórunn legt ihm beschwichtigend die Hand auf den Arm. „Still, Hákon", sagt sie zu dem Elfen mit dem Blätterkranz. Sie wendet sich mit einem liebevollen Blick an Elfie. „Überlege doch, Elfie, was Knubbelnase dir gesagt hat", spricht sie sanft. „Du wirst zusammen mit Trollo und Michael entdecken, wie die Welt entsteht. Du bist so eine aufgeweckte, neugierige Elfe. Deine Geschichte zeigt es." Sie macht eine Pause und lächelt gütig. „Ihr wart schon auf dem Weg."

Elfie schweigt. Jórunns freundliche Worte und ihre schöne Stimme haben ihr die ganze Streitlust genommen.

Die Waldelfe spricht weiter: „Ich kann dich verstehen. Du wolltest, dass Trollo endlich wieder etwas zu essen bekommt. Seine Befreiung war ein Freundschaftsdienst, der nicht verurteilt werden sollte. Aber bedenke: Die Menschen und die Naturwesen sind nicht gut zueinander. Die Menschen sind auch nicht gut zur Natur und zu dieser Erde, auf der wir alle leben. Sie verletzen sie. Wäre es nicht wichtig, den Menschen zu helfen, die Erde und ihre Natur wieder zu ehren und zu wahren? Wäre es nicht wichtig, Frieden zu schaffen zwischen den Menschen und den Naturgeistern – zum Vorteil aller?"

Elfie schweigt. Sie ist hin- und hergerissen. Einerseits ist sie ärgerlich über die Einmischung. Auf der anderen Seite meldet sich ungefragt ein leises Bedauern über die vielleicht verpasste Entdeckung. Und zugleich keimt in ihr die Einsicht, dass es vielleicht Aufgaben gibt, die man nicht ablehnen darf, auch wenn sie einem zufallen, ohne dass man gefragt wurde.

Jórunn ergreift noch einmal das Wort: „Wäre es nicht schön, wenn Menschen und Geister in Frieden in einem gesunden und strahlend schönen Land lebten – jeder auf seine Weise, aber als Gemeinschaft von Wesen, die einander respektieren, so wie sie sind?", sagt sie freundschaftlich.

Elfie nickt fast unmerklich. „Ja", sagt sie leise.

„Und wäre es nicht schön, wenn du dabei helfen könntest? Wenn die kleine, vorwitzige Elfie Grasnelke eine große Aufgabe meistert und alle Elfen, Gnome, Kobolde, Wassermänner, Trolle, Waldschrate, Windgeister, Drachen, Nymphen, alle Naturwesen – und alle Menschen! – stolz auf sie sind? Und wenn du dabei Dinge erfährst, die so spannend sind, wie du es dir niemals vorgestellt hast, dass etwas sein könnte? Wäre es nicht ein großartiges Erlebnis, eine Entdeckungsreise durch das Land zu machen und – wie nebenbei – auch noch etwas zu tun, was nur du und Trollo zusammen mit Michael tun könnt und für das euch alle bewundern werden?"

„Michael ist bestimmt längst weggefahren", flüstert Elfie so leise, dass nur Jórunn es hört. „Ich weiß nicht, wohin. Wie soll ich ihn wiederfinden?"

Jórunn lächelt gütig. Ihre Augen strahlen. „Das schaffst du schon! Ihr schafft es gemeinsam! Wenn ihr beiden, Trollo und du, dazu auserkoren seid, diese Aufgabe zu erfüllen, dann wird sich ein Weg finden. Wenn ihr ihn finden wollt. Willst du es versuchen?"

Elfie zögert. Dann nickt sie stumm.

„Dann wünsche ich dir Glück! Verzage nicht! Trollo und du, ihr werdet Michael wiederfinden!"

Elfie starrt auf ihre Blumenschuhe. Dann schaut sie in die Runde der Waldelfen. Sie sehen sie freundlich und ermutigend an. Auch Hákon lächelt. „Fasse Mut!", sagt er. „Deine Erzählung beweist, dass du sowohl klug wie auch einfallsreich bist. Zusammen mit Trollo wirst du Michael finden." Dann hebt er mahnend, aber lächelnd den Zeigefinger: „Aber treibe es nicht zu bunt mit ihm! Ihr braucht ihn für eure Aufgabe."

Elfie nickt. Dann verabschiedet sie sich leise und macht sich auf, zu Trollo zurückzukehren.

Auf dem Parkplatz am Hügel steigt Michael in sein Auto und fährt davon.

Ein neuer Weg

Dort, wo sie sich von Trollo verabschiedet hat, ist er nicht mehr. Elfie wendet sich dem See zu und entdeckt ihn am Ufer auf einem Stein hockend. Er hat ihr den Rücken zugedreht, stützt seinen Kopf in die Hände und schaut auf das glitzernde Wasser. Die Sonne ist wieder herausgekommen.

Ohne das kleinste Geräusch fliegt Elfie heran. Ein verschmitztes Lächeln huscht über ihr Gesicht. Direkt hinter Trollo hält sie lautlos in der Luft an und schreit dann, so laut sie kann: „Hab ich dich!"

Trollo macht vor Schreck einen Riesensatz nach vorn und poltert fast hinunter ins Wasser. Elfie purzelt vor Lachen aus der Luft hinunter ins Gras.

Trollo dreht sich strahlend um. „Du bist wieder da!“, jubelt er.

„Na klar, wieso denn nicht“, sagt Elfie verdutzt. Dann versetzt sie ihm einen missvergnügten Blick. „Du ärgerst dich ja gar nicht!“

„Nö“, meint Trollo, „warum auch?“ Er lächelt so fröhlich, dass Elfie verärgert die Arme in die Hüften stemmt. „Ich hab dich schließlich fast zu Tode erschreckt.“

„Ach wo. Ich weiß doch, dass du immer zu Streichen aufgelegt bist“, antwortet Trollo munter.

„Spielverderber!“, zischt Elfie. Dann lacht sie. Trollo grinst.

„Und? Was hast du die ganze Zeit gemacht? Geschlafen und gegessen?“, zieht Elfie ihn auf.

Statt einer Antwort zeigt Trollo auf eine Steinsäule am Ufer einer Insel nahebei: „Siehst du die beiden da?“, flüstert er.

Elfie bekommt große Augen und schluckt betreten. „Sind das versteinerte Trolle?“

„Pst, das sind Zeitgeister“, flüstert Trollo und legt den Finger auf die Lippen. „Die werden gleich sauer, wenn man sagt, sie seien versteinert. Kennst du Zeitgeister?“

„Nein“, wispert Elfie zurück. Sie runzelt die Brauen. „Warum bewegen die sich denn gar nicht?“

„Sie meinen, sie würden sich rauschend im Tanz drehen. Aber sie machen das so langsam, dass man davon nichts sieht. Für die vergeht die Zeit tausendmal schneller als für uns.“

„Hast du dich mit ihnen unterhalten?“, wispert Elfie.

„Schon, aber die reden –s–o– –l–a–n–g–s–a–m–.“ Trollo verzieht das Gesicht. „Ich habe lieber mit dem Grau-Hünen gesprochen“, flüstert Trollo weiter. Er zeigt verstohlen auf den Hünen, der immer noch stumm über den See schaut. „Der sagt ständig He, Hi, Ha, Ho und Hu, aber er weiß spannende Dinge!“

„Was weiß der denn besonderes?“, fragt Elfie leise.

„Sachen über die Lava!“, strahlt Trollo.

„Lava?“

„Genau. Er sagt, die Vulkane speien heißen Steinbrei aus. Direkt aus den Tiefen der Erde! Das sind kochend heiße, feurig-glühende neue Steine, die wie brennendes, orangerotes dickes Wasser aus den Vulkanen kommen. Diesen Steinbrei nennt man Lava. Die Lava fließt dann rundum in das Land hinaus und verbrennt alles, was ihr im Weg ist!“, sprudelt Trollo heraus. „Weißt du noch? Der Geist vom Vogelfels hat gesagt, die neuen Steine kämen von einem Vulkan und seien an seine Küste geflossen! Und am Snæfellsjökull hat Michael gesagt, dass Feuer aus den Vulkanen kommt. – Steinfeuer, verstehst du? Flüssiges Feuer aus lauter brennenden Steinen! Deswegen ist die Erde hier manchmal so heiß, dass Quellen dampfen und warm sind! Deswegen sind meine Mooshosen vertrocknet, als ich in der Nähe der neuen Steine saß! Und du hast doch erzählt, dass das springende Wasser auch heiß ist! Es ist unten in der Erde einfach kochend heiß.“ Trollo ist immer lauter geworden und zappelt vor Begeisterung. „Wenn die Lava aus dem Vulkan raus ist, wird sie an der Luft kalt. Und wenn heiße Steine kalt werden, werden sie hart. Steinhart, verstehst du?“

Elfie sieht Trollo mit großen Augen an: „Das hat Pippas Mutter erklärt! Wie hieß sie doch gleich? Karen! Sie sagte, dass das flüssige Gestein aus der Erde hart wird, wenn es kalt wird!“, ruft Elfie. „Aber war das nicht ein anderes Wort?“ Sie kräuselt die Nase und reibt sich das Ohrläppchen. „Magma!“, ruft sie dann und runzelt die Brauen. „Karen und Michael haben gesagt, die flüssigen Steine in der Erde heißen Magma.“

„Pippa? Wer war das nochmal?“ Trollo kratzt sich am Kopf.

„Und wieso Magma?“

„Pippa ist das Menschenmädchen, das Michael bei Knubbelnase getroffen hat. Ich habe dort doch auf ihn gewartet. Und als er angelaufen kam, kamen Pippa und ihre Mutter von der anderen Seite. Sie trafen sich genau neben mir und redeten über das Magma“, erklärt Elfie. „Und sie haben gesagt, dass Magma hart wird, wenn es kalt wird. Wie Wasser ja auch.“

„Wasser?“, fragt Trollo verwirrt.

„Klar! Wenn es kalt wird, wird Wasser zu EIS!“

„Ach ja!“, murmelt Trollo. „Aber wieso Magma? Ich dachte, der Steinbrei heißt Lava?“

„—D—e—r— — —S—t—e—i—n—b—r—e—i— — —h—e—i—ß—t— —M—a—g—m—a—, —w—e—n—n—e—r— — —n—o—c—h— —i—n— —d—e—r— —E—r—d—e— —i—s—t—“, ertönt plötzlich die schleppende Stimme des Tänzers.

„—W—e—n—n— —d—a—s— —M—a—g—m—a— —h—e—r—a—u—s—g—e—k—o—m—m—e—n— — —i—s—t—, —d—a—n—n— —s—a—g—t— —m—a—n— —L—a—v—a— —d—a—z—u—.“

Elfie schaut erstaunt auf die Zeitgeister.

„Ho. Das stimmt“, ist plötzlich der Grau-Hüne zu vernehmen. Dann dreht er sich gleich wieder um und schaut erneut über den See.

Elfie starrt ihn an. Dann wendet sie sich wieder Trollo zu: „Wenn das wahr ist, dann gibt es ja tatsächlich neue Steine!“

„Genau!“, strahlt Trollo und hüpft vor Begeisterung von einem

Bein auf das andere. „Und wir wissen jetzt auch, woher sie kommen! Aus den Vulkanen! Ich glaube, es gibt mehrere davon! Der Grau-Hüne sagte, die Türme hier sind aus Lava entstanden, die ein Vulkan da hinten ausgespien hat." Trollo macht eine ungenaue Handbewegung in die Richtung. „Und der Geist vom Vogelfels hat auf den Snæfellsjökull gezeigt, als er sagte, dass seine Steinsäulen aus einem Vulkan zu ihm geflossen sind."

„Ha! Klar gibt es mehrere! Hu. Viele!", mischt sich der Hüne noch einmal ein.

„Diese Lava hier hat einem Fluss den Weg versperrt", erzählt Trollo weiter. „Hat ihn aufgestaut mit einem dicken Damm aus neuen Steinen, bis dieser See da war. Diese Türme sind Reste der Lava von damals. Da hinten soll es noch viel mehr davon geben." Trollo zeigt in die Richtung, die der Grau-Hüne ihm vorhin gewiesen hat. „Das würde ich mir gern ansehen." Er sieht Elfie bittend an.

Elfie blickt von Trollo zu den Zeitgeistern, zum Grau-Hünen und wieder zu Trollo. „Dann erfahren wir ja wirklich, wie die Welt entsteht", murmelt sie verblüfft.

„Wie bitte?"

„Die Elfen! Ich war doch bei den Waldelfen. Ich habe ihnen von dir erzählt", erklärt Elfie. Und dann berichtet sie von den Worten Hákons und Jórunns.

Als sie endet, sieht Trollo sie nachdenklich an. „Ich glaube, wir haben was falsch gemacht", sagt er dann.

„Kann sein."

„Wie finden wir Michael jetzt wieder?"

„Weiß nicht. Aber Jórunn sagte, wenn wir ihn finden wollen, dann finden wir ihn auch."

Trollo nickt. „Wollen wir denn?“, fragt er forschend.

Elfie zögert eine Sekunde. Dann nickt sie.

Trollo lächelt. „Ich habe eine Idee.“

„Du?“ Elfie verzieht den Mund. „Seit wann hast du denn Ideen? Na, da bin ich ja gespannt.“

„Ja, ich“, gibt Trollo zurück. „Michael ist doch so an Steinen interessiert und hat von Vulkanen und neuen Steinen und Magma und all dem erzählt. Bestimmt interessieren ihn die Lavatürme auch. ‚Dämmerburgen‘ heißen sie. Lass uns da hin rollen!“

„Ich FLIEGE!“, zetert Elfie und verschränkt die Arme. „Wie oft soll ich dir das noch sagen?! Wenn ich rollen würde wie du, wäre ich von den vielen Stößen auf den Kopf bald genauso begriffsstutzig!“

Trollo erstarrt abrupt und schaut sie erschreckt an.

„Ich ... bin ... begriffsstutzig?“, stammelt er. Er senkt den Kopf.

Elfie presst die Lippen aufeinander und schaut weg. Beide schweigen. Dann schaut sie wieder zu ihm hin. Er steht immer noch mit hängendem Kopf da. Sie zögert. Schließlich fliegt sie auf und landet so nah bei ihm, dass ihre Flügel ihn ein wenig berühren. Sanft sagt sie: „Entschuldige, Trollo. Nein, du bist nicht begriffsstutzig. Ich bin bloß immer so ungeduldig. Du bist halt ein bisschen langsamer als wir Blumenelfen.“

Hoffnungsvoll schaut Trollo sie an. „Meinst du das auch ernst?“, fragt er leise.

„Jawohl!“, ruft sie, schlägt einen Purzelbaum und strahlt ihn an. „Komm, wir fliegen los! Michael, wir finden dich!“, ruft sie.

„Ich ROLLE!“, sagt Trollo mit Nachdruck und grinst. „Bist du immer so begriffsstutzig?“

Lachend machen sie sich auf den Weg.

~ Ende Teil eins ~

Anhang

Hilfe für die Aussprache isländischer Wörter

In diesem Buch sind alle Orts- und ein paar Eigennamen in der isländischen Schreibweise wiedergegeben. Diese Sprache kennt einige im Deutschen unbekannte Buchstaben und Laute. Zudem können alle Vokale sowie das Y/y mit oder ohne Akzent geschrieben werden. Um die Verwirrung komplett zu machen, werden manche Buchstabenkombinationen im Isländischen gänzlich anders ausgesprochen, als wir es gewohnt sind.

Die folgende Übersicht gibt dir eine grobe Orientierung. Aufgrund vieler Besonderheiten kann sie leider nicht vollständig sein.

Betont wird im Isländischen stets die erste Silbe.

Konsonanten:

Ð/ð	stimmhaftes th wie im englischen that
Þ/þ	stimmloses th wie im englischen think
hv	am Wortanfang wie kw wie in Quark
ll/rl	dl
nn/rn	dn
fl	innerhalb eines Wortes wie pl wie in Planet
fn	pn
pt	ft

Vokale und Diphtonge:

a	a wie in Land
á	au wie in Auftrag
e	e wie in Held
é	je (betont oder unbetont) wie in jede oder jetzt
i/y	kurzes i wie in Mittag
í/ý	langes i wie in Idee
o	kurzes o wie in kommen
ó	ou wie im englischen home
u	ö oder ü wie in Öfen oder üben (je nach Sprecher unterschiedlich)
ú	u wie in gut
Æ/æ	ai wie in Eis
au	öy, kommt im Deutschen nicht vor, ähnlich wie hinten im französischen fauteuil
ey	ey wie im englischen day

Illustrationen, Fotografien und Naturgeister

Seite 11:	Hochland Islands, Münze
Seite 16:	Gletscher Hofsjökull
Seite 30:	Reykjanesskagi
Seite 41:	Felsnadeln Lóndrangar am Kliff Þufubjarg
Seite 48:	Elfies Garten
Seiten 52 - 55:	Elfie und Trollo
Seiten 60/61:	Trollbrot
Seite 62:	Gipfel des Gletschers Snæfellsjökull
Seite 71:	Schneefeld an den Hängen des Snæfellsjökull
Seite 83:	Küste bei Arnastapi
Seiten 93/95:	Der Geist vom Vogelfels
Seite 97:	Torbogen an der Küste bei Arnastapi
Seite 107:	Leuchtturm der Insel Flatey, Breiðafjörður
Seiten 114/115:	Gletscherzungen des Vatnajökull in Michaels Geologiebuch
Seite 124:	Trollo im Auto
Seite 128:	Fähre im Hafen von Stykkishólmur
Seite 132:	Steilküste am Látrabjarg
Seite 136:	Papageitaucher am Látrabjarg
Seite 146:	Am Wasserfall Dynjandi/ Fjallfoss
Seiten 150 - 153:	Die Wächter
Seiten 156 - 159:	Die Wasserkönigin und ihr Hofstaat
Seiten 162 - 165:	Dynjandi
Seite 168:	Strand Rauðisandur
Seite 185:	Wasserfall Dynjandi/ Fjallfoss
Seite 191:	Silberwurz-Blüten im Gras
Seiten 192/193:	Das Kleine Lächeln

Seiten 196 -199:	Knubbelnase der Zukünftige
Seite 205:	Lupinen am Ufer des Fjordes Arnarfjörður
Seite 209:	Feenkamine/ Ganggestein
Seite 218:	Fensterchen in Ísafjörður
Seite 224:	Bunte Häuser in Ísafjörður
Seite 231:	Berghang bei Ísafjörður
Seite 235:	Wollgras und Gletscher Drangajökull
Seite 242:	Nest der Küstenseeschwalbe
Seite 246:	Strand bei Reykjanes
Seiten 252 - 255:	Kalli und Karl
Seite 261:	Auf dem Weg nach Osten
Seite 268:	Nasse Grasnelken
Seite 273:	Trollbrot
Seite 282:	Fjord Eyjarfjörður
Seite 287:	Wasserfall Goðafoss
Seite 295:	Hafen der Stadt Húsavík
Seite 300:	Pseudokrater im See Mývatn
Seite 311:	Rotdrossel
Seite 316:	Blick über den See Mývatn
Seiten 322 - 325:	Der Grauhüne und die Zeitgeister
Seite 333:	Wald am See Mývatn
Seite 340:	Straße entlang des Sees Mývatn

Carola Vahldiek arbeitet als freie Autorin, Fotografin und Malerin in einem kleinen Ort nahe Lüneburg. Sie schreibt mit Leidenschaft Gedichte, Märchen und Geschichten. Auf langen Streifzügen fängt sie große und kleine Wunder der Natur fotografisch ein. Wildromantische Landschaften berühren ihr Herz zutiefst. Wenn sie nicht gerade schreibt oder fotografiert, findet man sie meist in ihrem Atelier, wo sie farbenfrohe Malereien gestaltet. Sie hat Island mehrfach bereist und sehnt sich schon wieder dorthin. **www.lichtgedicht.de**

FOTO: SANDRA KÖNIG

Kathrin Schwertner lebt als freie Illustratorin und Künstlerin in Berlin. Sie illustriert Gedichte, Geschichten und Schulbücher und gestaltet Malereien und Figuren. Bei Kinofilmen wie „Der kleine Eisbär“ und „Lauras Stern“ prägte sie die Schattengestaltung bzw. das Farbdesign. Sie konzipiert und leitet Kunstprojekte für Kinder und Erwachsene. Stets ist sie auf der Suche nach tieferen Wahrheiten in der sichtbaren Realität, die sich zeichnerisch herausarbeiten lassen. Dies hat sie auch in Island getan, wo sich ihre Wege mit denen von Carola Vahldiek kreuzten. **www.kathrin-schwertner.de**

FOTO: PRIVAT

Klima, Natur und Gesundheit

Der Schutz von Klima, Natur und Gesundheit ist wichtiger denn je. Beim Druck unserer Bücher gehen wir mit gutem Beispiel voran:
Dieses Buch wurde nachhaltig, umweltschonend und mit gesundheitlich unbedenklichen Substanzen gedruckt.

- Garantiert frei von krebserregenden, erbgutverändernden und fortpflanzungsgefährdenden Stoffen.
- Innenseiten aus 100 % Recycling-Papier, ausgezeichnet mit dem Österreichischen Umweltzeichen und dem EU-Ecolabel.
- Pappe des Einbandes aus 100 % Recycling-Papier, bezogen mit FSC-zertifiziertem Bilderdruckpapier.
- Druckfarben auf Basis von Pflanzenöl (nicht – wie im herkömmlichen Druck – auf Basis von Mineralöl).
- Lösungsmittelfreie Klebstoffe.
- Lacke auf Wasserbasis.
- Faden- statt Klebebindung.
- Nutzung von 100 % Ökostrom beim Druck.

Die nicht vermeidbaren CO_2-Emissionen der Druckproduktion und der eingesetzten Druckkomponenten (Papier, Druckplatten, Druckfarben usw.) werden zu 110 % kompensiert. Dafür wird ein zertifiziertes Aufforstung-Projekt in Indien unterstützt, das zur CO_2-Bindung in den Bäumen führt und zudem die Lebensbedingungen von 12.000 Bäuerinnen und Bauern verbessert. Zudem werden Druckerei-interne Klimaschutzprojekte unterstützt.

C2C SILBER
drucksinn.at

Überprüft sichere und kreislauffähige Produkte, nachhaltiges Energie- und Wassermanagement und faire Arbeitsbedingungen.

Klimafreundlich gedruckt.

UW-Nr. 609

Auf umweltschonend produzierten Papieren gedruckt. Beschränkungen hinsichtlich Lösungsmittel- und Druckfarbeneinsatz zur Schonung der Umwelt.

FSC-zertifiziertes Papier aus nachhaltiger Waldwirtschaft (nur Bezug des Einbandes; Innenseiten aus 100 % Recyclingpapier).

Zusätzliche Informationen zum Klimaschutz findest du unter www.drucksinn.at/print4climate.

1. Auflage 2025

Georg-Soltwedel-Straße 25
D-21407 Deutsch Evern

www.verlag-grasnelke.de

Kontaktadresse nach EU-Produktsicherheitsverordnung:
mail@verlag-grasnelke.de

Text, Fotografien und Layout Karten: Carola Vahldiek, Deutsch Evern
Illustrationen: Kathrin Schwertner, Berlin
Umschlaggestaltung: Anja Kaiser, München/ Carola Vahldiek
Satz und Layout: HEUREKA!DESIGN, Kiel
Druck und Bindung:
Gugler Medien GmbH, Auf der Schön 2, AT-3390 Melk/Donau

ISBN 978-3-9823417-6-7

Hergestellt in Österreich